新潮文庫

紫姫の国

上巻

沢村　凜著

新潮社版

11991

紫姫の国

上巻

I

父が死んだ。

悲しかったが、それ以上にほっとした。

背中にずっしりとのっかっていた砂袋が消えてなくなったとでもいうような、からだが浮いてしまいそうな感覚に、ソナンは申し訳ない気持ちになった。

薄情な息子だと思わないでください。悲しいのも本当なのです。

心の中でそう語りかけながら、動かない父の手の甲に、そっとおのれの右手を置いた。

冷たくて骨張った、大きな手。

この手が天を覆《おお》うような迫力で、頭上から急降下してきたことがある。たぶんソナンが三つか四つ。まだ分別がつかなくて、とんでもないいたずらをやらかしてしまったときのことだ。

鷲《わし》のかぎ爪《づめ》に捕らえられた獲物のように、ソナンは首根っこをつかまれ、振り回された。

何をした罰だったのか、どんな言葉で叱《しか》られたかは憶《おぼ》えていないが、そのときの恐怖と痛みは記憶に深く刻みついている。何かの拍子に生々しく甦《よみがえ》って、思わず身震いしてしまうほどに。

恐怖と痛み。

それなのに、甘く胸をなでる思い出だ。

あのころは、大きなこの手に従っていれば、それで良かった。気の向くままにはしゃぎまわって遠くへ行っても、この手がきっと、危険な場所から引き戻してくれる。近所の家に強盗が入り、死人まで出たと知った夜、風が板戸を揺らす音にも怯《おび》えたが、自分の寝床を這《は》い出して、この手のそばで丸まったら、朝までぐっすり眠れたものだ。

父は腕のいい大工だった。現場で働く姿は勇ましく、いつか自分もあんなふうになるのだと、ソナンは幼い日々に思っていた。

いつまでも、こんなにちびでいるわけじゃない。そのうち、うんと背が伸びて、父のようにたくましいからだつきになり、父のように、朝から晩まで家族のためにしっかり働く。

そう考えるときソナンは、知らないうちに顔が上向き、つま先立ちになっていた。

この未来図は、ほぼ現実のものとなった。背は十代のうちに父を越え、横幅は父ほどないが、機敏に動けるしなやかな筋肉を身につけた。そして、家族のために朝から晩まで働く毎日。

けれども父が、妻と六人の子供を養いながら陽気に暮らしていたのと違って、ソナンには妻帯する余裕がなかった。父の仕事が、雇い主に喜ばれ、その成果がいつまでも目に見えるものだったのに対して、母がソナンに選んだ仕事は、人にうとまれ、嫌われ、時には深く恨まれるものだった。まじめにこつこつやっていれば、感謝してくれる人もあるにはあったが、彼の生まれ育った街で、治安を守るために巡回する都市警備隊の隊員は、人気者になれないのだ。

もっとも、そんなことは、背中にのっかった袋の中身の数粒に過ぎなかった。荷物のほとんどは、働いても働いても尽きない金の苦労。そして、その荷がずっしり重かったのは、砂を濡《ぬ》らす水のごとく、ソナンの家の毎日をじっとりさせる、父親の酒浸りの姿だった。

その父が、ついに酒を飲むのも、動くのもやめた。

男は酒を飲むものだ。父は、ソナンが生まれる前から飲んでいた。一日の終わりに食卓で、愛用の椀《わん》にそそいだ麦焼酎《むぎじょうちゅう》をぐいとあおる。毎日ではなく、二日に一度、一杯だけ。それが父のささやかな楽しみで、いつか自分もあんなふうになるというソナンの夢想に、この姿は含まれていた。

ところが同じ飲むのでも、椀を豪快に傾けるのでなく、皮袋から啜《すす》るようになった。食事時にかぎらず四六時中、袋の口を握り締めて、ちびちびと。

袋の中身が乏しくなると絞り出し、絞っても出てこなくなると、逆さにした袋の下で口を開け、垂れ落ちるしずくを喉《のど》に運ぶ。滴《したた》る酒さえなくなると、皮袋の狭い注ぎ口に舌をこじ入れてせっせと舐《な》める。

その横顔のさもしさに、幼いソナンは何度となく目を背けた。

きっかけは、仕事の現場で起こった事故だった。背後から、何本もの木材が倒れてきて、背中に大怪我《おおけが》を負ったのだ。

弱音を吐いたことすらなかった父親が、涙を流して痛みを訴え、どうにか横になってからも大粒の汗をかき、一晩中うめいていたのをソナンは憶えている。

風のない夜だった。だから、小さな音もよく聞こえた。堪《こら》えて、堪えて、それでも漏れるうめき声は、もしかしたら聞いているこちらのほうが苦しいんじゃないかと思えるほど、ソナンの胸にぎざぎざの錆《さ》びた鉄みたいなものを詰め込んでいった。苦しさにたえきれなくて目を開けると、周囲にそびえ立つ闇《やみ》が、家の壁とともにがらがらと崩れてくるように感じられた。

父さんが、うめいている。きっとこの家は、何もかも変わってしまったんだ。明日から、これまでのように暮らしてはいけなくなるんだ。

耳の奥で何者かが、そんなふうにささやいた。彼自身の声だった。

そんなはずないと、ソナンはきっぱり言い返した。昼間に医者が、母や兄に説明するのを聞いていたのだ。父さんの怪我は、養生すれば必ず治る。こんなに痛いのは今だけだ。治ってまた、働けるようになるのだから、少しのあいだ、ソナンが母さんの手伝いをうんとして、母さんが今より外で働く時間を長くして、兄ちゃんたちも、朝とか夜に、新しい賃仕事を見つけて、そうやって力を合わせてがんばっていれば、通り過ぎてしまう出来事なんだ。

学校の勉強をおさらいするときのように、ひとつひとつ、自分の中で確かめながら組み立てていった反論だから、間違ってはいないはずだ。けれども、理屈を確認すればするほど、見えない壁がソナンに向かって崩れてきた。その石壁といっしょに底なしの穴に吸い込まれていくようで、ソナンは不安に身をよじった。寝台を這い出して、父親のそばに行きたかった。うめいてなどいない、豪快な寝息をたてる父のそばに。

代わりに、寝台を分け合っている下の兄にからだを寄せた。いつもだったらやんわりと押し返されるのに、兄はソナンの二の腕を握った。

兄もまた不安だったのだと、ずっと後になってから気がついた。十歳だったあの夜には、兄にそんな弱さがあるなど想像できず、しっかりと、でも痛くないように握ってくる父譲りの大きな手は、ただ頼もしかった。四年後にその兄の年齢に達し、十歳も十四歳も似たり寄ったりの不安定な子供にすぎないと知ったころには、父が寝込んだ最初の夜を思い返す暇がないほど、生活に追われていた。

だから、あの夜の次兄の心情をしみじみと思いやったのは、当時を振り返る時間がわざわざとられた初の機会——この兄を弔うための長い祈りが唱えられている最中のことだった。

次兄は遠い戦場で死んだから、葬儀の場に亡骸《なきがら》はなかった。戦友だという、兄を国《くに》境《ざかい》の平原に埋めた人物が持ち帰ったその地の砂を、兄の古着で縫った袋に詰めて人形《ひとがた》をつくり、祭壇の前に横たえた。

下町の小さな寺院は人でいっぱいだった。親切で、正直で、面倒見のよかった若者の死は、たくさんの人に惜しまれたのだ。

人群れに押しやられて、ソナンは人形のすぐそばにうずくまっていた。見えるのは、兄の古着の布地だけ。聞こえるのは、祭司の唱える祈りの調べと参列者の嗚咽《おえつ》のみ。

ほんとうは、まだ嗚咽など漏らしてはいけない段階だった。低くて聞き取りにくい祈りの言葉は、この世に満ちる神の恩寵《おんちょう》の有り難さを説きつづけており、参列者はそのあいだ、神に感謝しつつ故人との日々を回想することになっている。できるだけ良い思い出を心に浮かべて、可能なら微笑《ほほえ》むことが理想とされ、泣き声を漏らすなどは御法度《ごはっと》なのだ。

やがて、祭壇の中央に下げられた百目鈴がしゃりりんと鳴って、祈りの調子が激しいものへと一変したら、そのときこそ、会衆は哀《かな》しみの感情を解き放つ。好きなだけ涙を流し、声をあげて、神のもとへと旅立った魂との別離を惜しむのだ。同時に、その魂が〈永遠に安らげる場所〉に迎え入れられますようにと、神に向かって訴求する。

なにしろ、祭司の激しい口調は、悪事に対する神の怒りと罰とを述べたてている。人々は、先ほど思い起こした故人の美点を心の中にしっかり描いて、「こんな善人だったのです。どうか、わずかな罪は見逃してください。一日も早く、〈永遠に安らげる場所〉にお迎えください」と祈るのだ。

ソナンの住む、王都と呼ばれる大都市では、老いも若きもよく死んだ。流行病《はやりやまい》は繰り返し襲ってくるし、食事も満足にとれない貧しい家では、ちょっとした風邪や下痢で、年寄りや赤ん坊が命を落とした。事故や喧嘩《けんか》や辻《つじ》強盗により、朝元気だった若者が、夜には骸《むくろ》となっていることも珍しくない。人数合わせにやっきになった徴兵官に捕まって、国境の戦地で敵の刃《やいば》に倒れた者も、この町内で初めてというわけではなかったから、ソナンはすでに葬式に出慣れていて、どの祈りのときに何を思い浮かべるのかは、考えなくてもいいくらいにわかっていた。

とはいえソナンが、あの晩に兄も心細かったのだなと思い至ることになる、次兄との思い出をたどる旅路で微笑みを浮かべていたのは、仕来《しきた》りを意識してのことではなかった。ソナンの左右にうずくまる両親と弟妹からも、涙をこらえる不規則な息づかいは聞こえてこない。家族はすでに、兄の死を嘆くだけ嘆き終えていたのだ。

母がもっとも泣いたのは、非業《ひごう》の死が伝えられるよりずっと前、ようやく大工見習いを卒業して一人前の給金を稼ぎはじめた息子が、兵隊にとられて遠い前線に送られた時だった。次兄はそれまで、拳《こぶし》で人を殴ったことすらなかった。それが、剣を握らされ、無情な敵の大群に立ち向かわなければならないのだ。よもや無事で帰ってはこないだろう。

暗い予感に、母もソナンも弟妹も泣いた。父も嘆き悲しんで、また少しからだが弱り、また少し酒量が増えた。

やがて、予期したとおりの知らせが届き、家族はあらためて打ちのめされたが、悪い結末を想像して神経を苛《さいな》まれる日々よりも、確定した不幸のほうが耐えやすいものだったかもしれない。稼ぎ頭を失ったことへの対応や葬儀の準備に忙殺されているうちに、家族はみな感情が鈍麻して、涙も憂《うれ》い顔も失っていた。

参列者の中には、昨日や今日に訃報《ふほう》に接した者も多く、禁じられた嗚咽はあちこちから聞こえていたが、ソナンはもう、つられて涙をもよおすということもなく、兄を偲《しの》ぶ泣き声は、耳に心地よいばかりだった。

なにしろ、この段階で泣いてはいけないというのは建前で、我慢しているはずなのに漏れ出る忍び音は、故人の徳を表すものとして、ひそかに歓迎されていた。金持ちなどは、人を雇って、初めの祈りの最中に嗚咽させることもあるくらいだ。ソナンの家に、もちろんそんな金はなく、そんな細工をしないだけの矜持《きょうじ》を保ってもいたので、兄の葬儀で聞こえていたのはみな、本物だった。

唇に微笑みが浮かんだ理由は、ほかにもある。すぐ上の兄との思い出をたどるのは、苦労らしい苦労を知らなかった幼少期を回想することでもあった。十歳を超える時分までの、無邪気な子供でいられた月日。毎日泣いたり笑ったり、地団駄を踏んだりむくれたり、父や母に甘えたり、反抗したり、叱られたり。

あのころの涙や不満やいらだちは、父の大きな手の中のもので、あとから思えば、本物の憂いなど感じることのない日々だった。

次兄が寝床で腕をつかんだあの晩に、そんな幼年期は終わってしまったけれど。


その変化は、あのとき恐怖した、壁が崩れ落ちてくるようなものではなかった。最初のうちは、彼自身の声でささやいてきた脅しに対して言い返したとおり、少しのあいだ我慢すれば通り過ぎてしまう出来事だと思われたほど、ゆっくりと、ゆるやかに推移していった。

ソナンの家に蓄えはなかったが、隣近所の人たちの助けによってなんとかやりくりがついているうちに、兄二人は朝夕の賃仕事を探し出した。ソナンは母を手伝ったし、小さな弟妹らは健気《けなげ》にわがままを抑え、父のからだは徐々に回復していった。

父がふたたび仕事に出られるようになった日の朝、家族は手をつないで輪をつくり、それを上げ下げして喜んだ。

元気よく出かけた父は、歩くのもやっとというほど疲れきって帰ってきた。病み上がりなのだから当然だと、誰もが思った。まだ半端《はんぱ》な仕事しかできないらしく、それがもどかしいと父は幾度も嘆息したが、時が解決してくれる問題だと、本人さえも信じていた。

翌日は、背中の痛みが激しくて、起き上がることもできなかった。その翌日には仕事に出たが、以降は一日か二日働いたら一日休むの繰り返し。

その状態から脱することができたのは、酒を舐めると痛みがやわらぐとわかったおかげだった。薬よりもよく効くと、父は顔をほころばせ、家族もみな、ほっと胸をなで下ろした。

ほどなくして、三日、四日と続けて働けるようになった。半端仕事だけでなく一人前の仕事が任せられるようにもなった。すべてが元通りになる日も近いと思われたので、母は、寝る時間を削って出ていた早朝の仕事を辞めた。

ところがある日、父がむっつりとした顔で戻ってきた。どうやら大きな失敗をしたようだ。久しぶりだから勘が狂ったんだとつぶやきながら、何日か、家の隅で酒をすって過ごした。仲間に励まされてその危機を脱したあと、しばらくはかつての父が戻ってきたが、はりきりすぎて、また寝込むことになった。

それからは、この繰り返し。渦中《かちゅう》にあっては、父の不調は一時《いっとき》のもの、物事の好転は元の暮らしに向かう確かな前進に思えたが、結局は、行きつ戻りつしながら落ちていく螺旋《らせん》の上にいただけだった。

父の酒量は痛みがぶり返すごとに増え、失敗を重ねるたびに言動が卑屈になった。励ましに来る人々は、うんざりした顔を隠そうとしなくなり、訪問の足はまばらになった。仕事の依頼も、休みが重なるにつれて減っていき、昔の義理から手を回してくれていた知人らも、酒のしくじりが繰り返されると疎遠《そえん》になった。

そうして気がつけば、ソナンの家は、常に支払いに追われる日々から脱するあてがなくなっていた。父が寝込みがちになってまもなく、長兄が一人前に稼ぎだしたのだから、ほんとうだったら、これほど苦労することはなかったはずだが、父の薬代と酒代が大きかった。

一家を養う責任という荷物は、長兄から次兄、次いでソナンへと引き継がれ、この荷の重さに耐えることだけを考えて年を重ねてきた。荷物は背中と一体になり、時にはそれが重いということも忘れて、自分の人生は、ずっとこんなものだと思っていた。

だが、父が死んだ。おそらくこれから物事は変わる。そう思ったら、ほっとしたのだ。

長兄は、次兄より先に逝《い》ってしまった。やはり、故郷を遠くはなれた場所で。戦争に狩り出されたわけではない。砂袋の重さのせいで、この世から押し出されたのだ。

貧しさのせいで、と言い換えてもいい。

ソナンは父が怪我を負うまで、自分の家が貧しいことを知らずにいた。王都の下町の家庭はどこも、一家の主《あるじ》が寝込んだらたちまち困窮するような懐《ふところ》具合で、ソナンの家も例外ではなかったのだが、ひもじさに泣いたことは一度もなかった。着るものも、兄からのお下がりを、母が洗って繕って、見栄《みば》え良く整えてくれていた。同じ街区の人たちは、みな同じような暮らしぶりで、他人を羨《うらや》むという感情が胸に忍び込む機会は訪れなかった。

もちろん王都に暮らしていれば、ほれぼれするほど立派な毛並みの馬や豪華な馬車、麗々しく着飾った貴族や富豪を目にすることも、あるにはあった。けれどもそれらは、自分の暮らしと比べる対象などではなく、雨上がりの虹《にじ》や遠い山並みにとろけていく夕日、年に二回の寺院の祭りの飾り付けと同じく、眺めて楽しむものだった。

だが、〈貧しくても楽しい家庭〉の床板は、非情なまでに脆《もろ》かった。その脆さが、父を酒へと追いやったのかもしれない。完全に良くなるまで休んでいられたなら、きっと結果は違っていた。

そして長兄の命も、床板の脆さに呑《の》み込まれた。

長兄には、一人前に稼げるようになったら結婚しようと約束を交わした相手がいた。小さなころから想《おも》い想われていた幼なじみだ。ところが、いざ一人前になったとき、親兄弟を養うのに稼ぎのすべてを費やす立場になっていた。これでは嫁取りなど無理だ。弟たちの成長を待っていたら、恋人の両親は娘をよそにやってしまう。兄はあせって賭《か》けに出た。一攫《いっかく》千金をもくろんで、外海《そとうみ》を渡る船に乗ったのだ。ぶじに戻って来られれば、ふたつの家庭を何年も養えるほど稼げるが、荒い外海を行く船は、十中八九、途中で沈む。いまでは船の造りが大きく変わって、そんなことはなくなってきたが、あのころ外海に出ることは、勝ち目の乏しい大博打《おおばくち》だった。

長兄の乗った船が嵐《あらし》にあって、積荷も人も深い海の底に沈んでしまったと知らされたとき、ソナンは思った。兄がこれほど分の悪い賭けに出たのは、一気にすべてを解決したいというあせりとともに、本人も気づかない心の隅に、誘惑があったのではないか。家族を支えるという大事な義務に背を向ける形でない、勇敢な死への誘惑が。

「おまえもか」

若い娘にしては低い、表情のない声で、ウミがつぶやいた。

「おまえもか、とは？」

ウミが口をきいたのは、ほとんど半日ぶりだったから、意味をすんなりとらえることができなかった。ウミの声はソナンにとって、祭りの弦の音のごとく、聞くだけで心が満たされるもののようで、気をつけていないと、言葉が素通りしてしまうのだ。

「おまえも、同じだったのか」

そのうえ、ウミがしゃべるときにかぎって、波の音が高くなる。いや、ソナンが彼女の声の余韻まですっかり聞き取ろうとするあまり、いつもと同じ波音が邪魔に感じられるのかもしれない。

「同じ、とは？」

ふたりには時間がたっぷりあったから、問いの意図を問い返しつづけるやりとりも、じれることなくおこなえる。まるで、ただ言葉を交わしあうことを楽しんでいるかのように。

少なくともソナンはそう感じていたし、短気なウミも、こうした問答に機嫌を損ねたことはなかった。

「死への誘惑」

「えっ」

「おまえも、おまえの兄と同じく、それを感じたのか」

「ちがう」

さすがにこんな誤解に対しては、声に聞き惚《ほ》れたりして時を浪費することなく、即座に否定した。

「死への誘惑など、かけらも感じたことはない」

これは誓ってほんとうのことだ。そんなものを、自分では気づかない胸の奥といえども抱えていたら、ここにたどりつくまでの死地を乗り越えることはできなかっただろう。

「ふうん」

鼻の上に皺《しわ》を寄せて、ウミが笑った。

ウミというのは、ソナンがつけた仮の名だ。彼女は名乗らなかったし、名前を訊《たず》ねる隙《すき》をみせもしなかった。短気な彼女は、興味のない話題が出そうになると、それだけで腹を立てるのだ。

ここにはふたりしかいないから、困ることはないのだが、心の中で呼ぶときの名前くらいは欲しくて、勝手につけた。

思い出の中の何かになぞらえたり、誰かと重ねるのは失礼だと思ったので、目に映ったものをそのまま呼び名にしようと決めた。ここには海と岩しかなかったから、イワより響きがいいように思えたウミにした。

そんなふうにつけた仮の名なのに、いまでは、「ウミ」と心の中でつぶやくだけで、胸のうちが温かい真水の波で洗われるような心地がする。

「死への誘惑。それが、おまえの主張する、おまえの〈陰《かげ》〉かと思ったが」

「ちがう」

ウミは、ソナンに陰がないと言った。陰のない人間など、いるはずがない。だからおまえは、人ではないと。

それでソナンは、身の上話をすることになったのだ。誰にも打ち明けたことのない心の裡《うち》まで事細かに。

「ちがうのか。では、話を戻せ。おまえの父が死んだ。家族で亡骸を囲んだ。兄ふたりは、すでにそのとき死んでいた。その続きを話せ」

2

「いいもんだねえ」

母のしみじみとした声に、ソナンはぎょっとして顔を上げた。正面にすわる妹も、おびえた顔で目を大きく開けていた。首をひねって隣の母に目をやると、父の死に顔を見つめるその口元は微笑《ほほえ》んでいた。

「何が、いいんだい」

父親の足元にいた上の弟が、震え声で訊《たず》ねた。

母はそれまで、父を悪く言ったことがなかった。父が寝込んでからの苦労について、こぼしたこともなかった。それでも——それだからこそ、背に負う荷物はソナンよりさらに重かったのではないか。その重荷のなくなったことが、母の唇に微笑みを浮かべさせているのだとしたら——。

母は目尻《めじり》を下げて顔全体で微笑むと、弟の問いに答えた。

「ご遺体のあるご葬儀」

そして、父の頬に片手をのせた。

ああ、そうかと、ソナンも父の手に置いていた掌《てのひら》に意識を戻した。

ソナンの家では、この十年ですでに二回葬式を出していたが、祭壇に亡骸《なきがら》を置けるのは、三回目にして初めてなのだ。

「父ちゃんは、兄ちゃんたちと会えるかな」

小首をかしげた妹は、すでに驚愕《きょうがく》の消え去った静かな顔をしていたけれど、その目から水滴がつるりとすべって落ちるとともに、くしゃっとゆがんで唇が震えた。ソナンとちがって妹は、酒浸りになる前の父親をほとんど憶《おぼ》えていないだろうに、思わず抱き寄せて背中をさすりたくなるほど、哀《かな》しげで心細げな顔だった。

自分はどうだろうと、ソナンはおのれの心をさぐった。

悲しい。でも、ほっとした。

このふたつの気持ちの、どちらのほうが大きいだろう。その前に、悲しいのは、怪《け》我《が》を理由に仕事に出ない父親を喪《うしな》ったことか。それとも、陰気で卑屈で家族の顔色をうかがってばかりいる父が、酒を断ってかつてのたくましさと磊落《らいらく》な笑い声を取り戻す日が来るかもしれないという望みが、永遠にかなわなくなったことか。

「会えないわけがあるものか。三人とも、神様の罰を受けるようなことは、なあんにもしてないんだから」

母の右手は、頬から肩へと移動して、その輪郭を確かめるようになでていた。

「会えないわけがあるものか」

同じせりふを繰り返すとき、母の心はそこにない。ふわふわと少し高いところを漂っていることを、ソナンは経験から知っていた。

「会えないわけがあるものか」

今度は腕を、まるでそうやって摩擦していれば、体温を取り戻して生き返るとでもいうような熱心さでこすりはじめた。

「そうだね。父ちゃんは、神様の罰を受けるようなこと、なんにもしてない。兄ちゃんたちの待ってる、〈永遠に安らげる場所〉に、まっすぐ行けるに決まってる」

そう言い切った下の弟は、誇らしげな、少しまぶしげな、まるで十歳のソナンが仕事に出かける父親に向けていたような目をしていた。


四月《よつき》後に、ソナンは商いの旅に出た。

四月前には思いもよらないことだった。父の葬儀が終わったあとでも、まさか自分が生まれ育った町を出て、王都を離れ、見知らぬ天井の下に眠ることになるとは、想像もしていなかった。

誰に言われたわけでもない。自分で決めたことだった。けれども、何がきっかけだったかと思い返せば、父の遺体を五人で囲んだ悼《いた》みの刻《とき》に行き当たる。自分だけが、父の死にほっとしている。自分だけが、じゅうぶんに悲しんでいない。その後ろめたさと、冷たくなった父を含めた家族の輪に、一人だけ入りそこねたような寂しさ。

それまでずっと、生家を離れることなど思いもよらなかったソナンが、一、二か月の商売の旅とはいえ、ひとりで遠くに行くことを思いついたのは、あのときの罪悪感と疎外感《そがいかん》のせいもあっただろう。

とはいえ旅に踏み切った最大の理由は、家族の状況の変化だった。

父のいなくなったソナンの家では、物事が急速に動きだした。

まず妹が、はにかみながら、実は結婚を考えている相手がいると打ち明けた。その相手が挨拶《あいさつ》に来て、良い人とわかった。こちらからも訪問して、親族どうしで話し合い、父の喪が明けてすぐの婚礼が決まった。

上の弟は、見習いを終えて一年足らずの料理人だったが、親方に働きを気に入られて、店をひとつ任されることになった。給料がぐんと上がり、ソナンが都市警備隊の隊員という、危険で実入りの悪い仕事を続ける理由がなくなった。

　ソナンがそんな仕事に就いたのは、次兄が戦死したためだった。ソナンはそのとき大工見習いだったのだが、このままでは三男もいつ徴兵官に捕まるかわからないと危機感を抱いた母が、訃報《ふほう》の届いた翌日にソナンの入隊手続きをすませてしまった。コネのない庶民にとって、徴兵官の手を確実に逃れる方策はほかになかったのだ。

　それにこの仕事は、給料は安いが遅配や欠配のおそれがない。そこそこまじめにやっていれば失職することもない。家族を養うための手堅い仕事を続ける者が、ソナンの家には火急に必要だったのだ。

　そのころまだ幼かった下の弟も、いずれは警備隊員にさせようと、家族内の話し合いで決められた。そして、入隊できる年齢に達するまでは、見習い仕事に就くよりも賃仕事をしているほうが稼ぎがいいということで、働けるようになってからは、使いっ走りや臨時雇いをして過ごしていた。

　その弟も、妹の縁談がまとまったとき、生き方を変えた。やっぱり大工になりたいと、年少者にまじって親方の教えを受けるようになったのだ。

　弟妹たちは、それまでの我慢から解き放たれて、それぞれの道を歩みはじめた。母親の眉間《みけん》につねにあった皺《しわ》が消え、十歳くらい若返ってみえるようになった。いや、父の背中の怪我以来、ソナンらの母ではなく祖母と間違えられるほど老《ふ》けてしまっていたのが、本来の歳《とし》に戻りつつあったのだ。

まるで、冷たく暗い冬が終わって、暖かな春の日差しが降りそそいできたような変化だった。けれども誰も、それが何によってもたらされたのかを口にしなかった。

それどころか、母も妹も弟たちも、婚礼の準備のこまごましたことや、店を差配する難しさ、大工見習いとしてその日あらたに覚えたことを楽しそうに語ったあと、面を伏せてため息をつき、家の隅の、かつて父が皮袋を握ってうずくまっていたあたりに目をやるのだった。寂しそうな、それでいて懐《なつ》かしそうな顔をして。

婚礼の二日前に、妹が胸のうちをぽろりとこぼした。

「父ちゃんに、見てほしかったな」

ソナンは聞こえなかったふりをした。妹が、この発言を悔いるように下唇を嚙《か》んだから。

父ちゃんに、花嫁姿を見てほしかった。

それは嘘《うそ》偽りない気持ちだろうが、妹も、言い終わるより早く気がついたのだ。父親がもう少し長生きしていたら、その願いがかなったわけではない。酒浸りで働かない親をもつ娘を、喜んで嫁に迎える家はない――少なくとも王都の下町にはないから、父の生前、妹とその恋人は交際をひた隠しにしていたのだ。

上の弟は、聞こえなかったふりをするのでなく、あえて同じ轍《てつ》を踏むことにしたようだ。

「うん、俺も」

「店を一軒任された姿を、父ちゃんに見てほしかったな」

親方が店を任せてくれたのは、酒浸りの親族がいなくなったからだ。父親は、息子の店に押しかけて迷惑をかけるような人間ではなかったが、世間はそうは思ってくれない。それに、酒は人を変えてしまう。父親も、あのままだったら、いつ外に出て問題を起こすようになっていたか、わからない。

すなわち、父がいなくなったことによって、弟妹たちの未来は拓《ひら》けたのだ。

家族みんながわかっているのに誰も口に出せないこの事実が、笑顔の増えた家族のあいだに、湿気が多すぎて息がしづらい空気のようなものを送り込んでくることがあった。

その湿気を、母も妹も弟たちも、花の香をかぐような顔で吸い込むのに、ソナンには息苦しいばかりだった。きっと、そのせいだ。生涯この町で暮らすものだと思いこんでいたソナンが、旅に出ることになったのは。

弟妹たちが新たな暮らしに落ち着いて、母が年齢相応に見えるようになると、ソナンはたまに、近所の若者らと居酒屋に行くようになった。安い店で安酒を飲むだけだが、かつては誰かの結婚前夜の祝いなど、よほどの理由のあるときだけの贅沢《ぜいたく》だった。それが、友人らと同程度には出かけられるようになったのだから、ソナンの生活も、父の死によって変わったのだ。

ある晩、ほろ酔い気分が眠気へと移り変わる間際《まぎわ》に、自分でも思いがけないせりふがこぼれ出た。

「警備隊をやめて、旅商いでもしようかな」

ソナンはずっと、今後のことを考えていた。弟妹たちが新しい道を進みはじめた。自分はどうしたらいいのだろうと。父の薬代がいらなくなり、上の弟がじゅうぶんな稼ぎを得だしたいま、ソナンが警備隊員でいる必要はなくなった。隣国との諍《いさか》いもしばらく起こっていないので、徴兵官に捕まって前線に送られるおそれもなくなっている。前線よりはよほどましだが、警備隊の巡回も、危険でやり甲斐《がい》の薄い仕事だから、辞めていいならそうしたい。

問題は、そのあとどんな仕事に就くかだ。

途中で見習いをやめた大工になるのは、もう無理だ。ほかの仕事も、いまから始めるのでは、出世も人並みの賃金も望めない。それでもいいからやってみたい職があるかといえば、どう首をひねっても思いつかない。警備隊に比べれば、どんな仕事もましな気がするものの、いざ選ぶとなると決め手がない。

この日ソナンが居酒屋に友人たちを誘い出したのは、一人で考えても埒《らち》のあかない問題を相談しようと思ったからだ。

ところが、いざ席について酒を飲みだしたら、いい年をして、こんなことも一人で決められないのは情けないと、気が引けた。話を切り出せないまま四方山《よもやま》話をしていたら、それはそれで楽しかった。友らも用件を訊ねたりせず、ソナンはほろ酔いのなか、堂々巡りの思考を続けていた。そして自分の口から出た言葉に、驚くことになったのだ。

友人たちは、ソナンほどには驚かなかった。それどころか、いい考えだと賛同した。警備隊の仕事で一日の大半を歩いて過ごしているソナンなら、徒歩での旅も平気なはずだ。巡回でたくさんの揉《も》め事をさばいてきたから、忍耐力も折衝力もついている。旅商いは、いい選択だと。

けれども、馬車を連ねる大きな隊商に雇われるのはやめたほうがいいと、商いの世界に詳しい友が助言した。それが手っ取り早くはあるが、この手の大きな商売は、王都ですわったままでいる富豪を儲《もう》けさせるばかりだ。荷主も共に旅するような小さな一行を見つけて、仲間に入れてもらうのがいい。もっとも、そうした隊商に新人が加われる機会はめったにない。気長にじっくり探さなくては。よかったら、あちこち声をかけてみよう。

すると居酒屋の主《あるじ》が、それならいい話があると身を乗り出した。いま推奨されたような行商を、義弟がやっているというのだ。

巡るのは国内だけ。ロバ一頭に荷車を引かせ、人は歩きで荷物も背負う、総勢十人ほどの小さな隊商だが、取引の約束ができているところを巡るので、稼ぎは手堅い。荷主である義弟が儲けの半分をとり、残りを九人で等分に分けるのが通常の取り決めで、ふた月ほどの旅の稼ぎが、中堅雇われ人の三月分ほどになる。ちょうどいま、欠員が出て、新しい仲間を探しているから、やってみる気があるなら紹介しよう。

こんなうまい話がソナンに差し出されたのは、警備隊の経歴を買われてのことだった。

店主の義弟は、剣を佩《は》き慣れた者、遠目にも武人だとわかる物腰の男を探していた。旅商人を襲う野賊は用心深くて、歩く姿から武人を見分けて近寄らないようにするのが常だから、そういう仲間がいっしょだと、物騒な区域も用心棒を雇わなくてすむ。

とはいえ、軍にいたことのある者なら誰でもいいというわけではない。実戦経験のほとんどない王都防衛隊の出の者は、制服を脱いだら武人に見えない輩《やから》が多い。辻強《つじ》盗相手に日々格闘している都市警備隊出身者なら、その心配はないものの、望めば誰でも入れる隊だけに、信用できない人物も多い。うかつに雇うわけにはいかない、剣《けん》呑《のん》な前歴でもあった。

けれどもソナンなら、素性も人柄もわかっているから何の心配もいらないと、店主は破顔した。武人の気配を漂わせているだけでなく、実際に腕が立つ。からだも丈夫だから、旅の途中で病気になって、義弟を困らせることもなさそうだ。

そう言ってはりきる店主の後押しで話はとんとん拍子に進み、ソナンが覚悟をかためる暇もろくにないまま、出発の日となった。

王都を出て半日も歩くと、世界が変わった。

ソナンの故国は、穏やかな内海をはさんで荷をやりとりしている多くの国の中で特に力を持っており、王都には物や人が集まってきた。命知らずの冒険者らが外海を越えて運んでくる珍品も、まずは王都に運ばれたから、ソナンのような身分の者でも、珍しい事物を目にする機会はけっこうあった。変わった服装や風俗の異国人たちも、ふつうにそこらを歩いており、警備隊員としてソナンは、そうした人たちと関わってもきた。

だから、この世にいまさら驚くものなどありはしないと思っていた。

ところが、まるで狭い樽《たる》の中にずっと閉じこもって過ごした人間が、突然外に連れ出されたような眩暈《めまい》とときめきを覚えつづけた。

この後ソナンは、まさか乗り出すと思わなかった海の旅――ただし、最初は内海の旅――に出かけ、さらには外海にまで乗り出し、そのたびごとに世界は大きく変わったが、最初の旅の数日ほど、何もかもが新鮮で、驚きに満ちていたことはなかった。

いま思い返せば不思議なことだ。ことさら目新しい事物を見たわけではない。ひとつひとつは名前のわかる、ありきたりのものなのだ。それなのに、景色の何かが決定的に違っていた。

道は遥《はる》かに遠く、空と地面が出合うところまで続いている。左右には、家も寺院も馬小屋すらない、畑と野原ばかりの大地。ところどころに生えている知っているはずの木々も、信じられないほど大きくて、葉叢《はむら》の形が怪物のようだ。

と思うと、歩みにつれて、地平線の向こうからさらに怪物めいた形の山が現れ、風景を一変させる。それでも常に、頭上の空は果てしなく広い。

開放感に、両手をのばして大きく息をしていたら、同行者らに笑われた。

「空は、ひとつきりなんだから、見る場所が変わっても大きさはおんなじだ。王都でだって、ちょっと高い建物の屋根にでも出たら、果てしなく広い空をながめられたぞ」

そうだったかもしれないが、ソナンはこの空を、妹に見せたいと思った。弟たちに、こんな道を歩かせてやりたかった。若くして人生を断たれた兄たちに、王都とは違う景色を眺める機会のあったことが、心の慰めに感じられた。次兄は国境までの移動を胸がつぶれる想《おも》いでおこなっただろうが、それでもこの世の思い出に、王都の外の広々とした光景を目におさめられて良かったと、〈永遠に安らげる場所〉で長兄と語り合っているのではないだろうか。

父は生涯、王都を出ることがなかった。母も近所の人たちも、旅などという贅沢をしたことはない。そうしたいとも思っていない。知らない土地を歩くなど、心細くて、おっかなくて、気ばかり張って、疲れることだと考えている。

母ほどではないが、ソナンも知らない道を歩くのは、王都の裏路地同様に、首の後ろの産毛《うぶげ》が逆立つような緊張感を伴うものだと思っていた。それが、こんなにくつろいだ気分になれるとは。

貴族や富豪がやたらと王都を留守にして、田舎の領地や風光明媚《めいび》といわれる地に出かけるのには、こういうわけがあったのかと、初めて合点がいったものだ。

いくらか旅に馴染《なじ》んでから、この解放感は悪党どもの密度の違いによるものかもしれないとソナンは思った。旅に出てわかったことだが、王都ほど物騒な場所はめったにない。ほかの土地では、値の張る荷を運ぶ行商人にとっても、用心棒が必要な区域はごくわずかで、多くの町や村では、住人が鍵《かぎ》もかけずに家をあける。

初めて会う人、すれ違う人を、いちいち掏摸《すり》かかっぱらいか詐欺師《さぎし》ではないかと疑わなくてすむのは、こんなにすがすがしいものなのか。

ソナンにとって、重い荷を負って歩くことは苦にならなかった。出かける前にはあれほど自分と縁のない仕事に思えていたのに、旅の半ばに達する前に、もう次の行商のことを考えていた。

海に出ないかと誘われたのは、四度目の旅の終わりが近づいたときのことだった。

四度の旅で、ソナンは行商仲間と深く知り合い、心から信頼できる友もできた。これも旅の良さだと思った。警備隊で一緒に巡回する者たちとは、目配せひとつで次の動きが察せられるほどわかりあっていたが、巡回中に無駄話をする余裕はあまりなかったから、長く同じ組で働いても、友情が結ばれるほど親しくなれる相手はまれだった。

だが、商いの旅には、無駄話でもしていなければ埋められない時間がたっぷりある。長く伸びる道をひたすら歩いているとき。野宿や安宿での夜。川や湿地の手前で大雨に降られて、身動きのとれなくなった日々。

無駄話でも、飽きるほど長いあいだ話していれば、肝胆相照《かんたんあいて》らす仲となり、特に相性のいい人間とは、どこまでも信じられる友となる。

海に出ないかと誘ってきたのは、そんな友のひとりだったが、ソナンは即座に断った。水が怖かったのだ。

初めて海を見たときには、足が震えた。二度目の旅の途上でだった。

これが海だと教えられた光景は、とてつもなく美しかったが、だからこそ、恐ろしかった。

旅の仲間は慣れっこになっているのだろう。浜辺に下りて、波とたわむれたりしていた。当然それは内海で、波は砂浜をするすると昇ってきて、そこに立つ人間の足首あたりにまとわりつくと、すぐに退《ひ》いていくのだったが、ソナンは身をすくませて、離れた場所から見ていることしかできなかった。

長兄が海で死んだこともある。誘われたのは、難破などめったに起こらない内海の旅だったが、同じことだ。船に乗るとは、大地をはなれるということだ。足を支える木板の下は、大量の水があるだけなのだ。

水といっても、井戸や用水路から汲《く》み上げる、手の内におさまる量なら怖くない。生きるのに必要な大切なものだから、むしろ愛《いと》しい。手桶《ておけ》の中で震える様は可愛《かわい》らしく、光を反射する様は美しい。

けれども、人ひとりを包み込むより多量となると、話がちがう。

たとえば、王都を流れる川の水。

水運に使われ、都の住人の飲み水にもなる、なくてはならない川なのだが、広くて深くて、真夏以外は人を麻痺《まひ》させるほど冷たい水が流れているのに、河岸は高い石積みだ。舟や橋から落ちたりしたら、容易には上がってこられない。多くはそのまま溺《おぼ》れ死ぬので、人食い川だといわれていた。

父の死の数か月前、ソナンはこの川が人を食うのを目撃した。橋から川に飛び込んだ男が、一度は川面《かわも》に頭を出したが、すぐにまた全身が沈み込み、それきり見えなくなったのだ。

ソナンは、男が川に飛び込んだいきさつに関わりがあった。だから、男を飲み込むときに激しく泡立ち、すぐになめらかさを取り戻した川面は、ことのほかおぞましく感じられた。

「だけど、この男は死んではいなかった。ずっと後になってわかったんだが、遠い異国で生きていたんだ。ちょっと信じられないような、すごい話でね。この男、ソナンという名前なんだが」

「ソナン」

ウミがつぶやいた。

「初めてだ。おまえの話に、人の名前」

「そうだったかな」

言われてみれば、そうだったかもしれない。意識して省いたわけではなかったが、父や母や弟妹の名を並べても、ウミにとって意味がないと、心のどこかで思ったのだろう。もしかして、家族の名前を口にしたら、二度と会えないかもしれない悲しさに押しつぶされると思っていたのかもしれない。

「特別なのか。ソナンは。おまえにとって」

「まあ、そうともいえる。一度、剣を交わしてさんざんに負けた。次に会ったとき、この男は、仲間から集めた金を運んでいた。だが、私も私の友人たちも、そんなことは知らなかったから、この男を押しとどめて」

言葉を切って、海を見つめた。どう続けようか迷ったのだ。

初めて人の名前が話に出たなどと、いつにない指摘をされての動揺もあった。

五日前に身の上話を始めたときから、ウミは相槌《あいづち》も感想も、質問さえもよこさずに、ほとんどずっと黙っていた。表情も変わらないから、最初のうちは気になって、聞いているかと確認した。するとウミは険しい顔で「聞いている。続きを話せ」と苛立《いらだ》った。彼女が比較的穏やかな――少なくとも怒っていない顔をするのは、彼が話しているときだけだったから、ソナンは独り言のように語りつづけた。

いつしかそれは、葬式の始まりの祈りを聞きながら思い出を心に浮かべるような作業となって――だとすれば、これは、ソナン自身の葬式だ――うまく話そうとか、自分のことを良く見せようという邪心のないまま進めてきた。

それなのに、話があの男のことにさしかかると、欲が出た。

あの男の名前を出せば、ついでのように言うことができる。実は私も同じ名だと。

出会いからこれまで、ウミの本当の名前を聞きそびれているのと同様に、ソナンは自らの名を告げられずにいた。ここにはふたりしかいないのだから、それで困りはしないのだが、彼女を苛立たせることなく、さらりと名乗りたいとの想いは日に日につのり、同名の人物が話に出てきた機会を利用しようとしていたのだ。

よりによって、そんな時、いつにない指摘をされたから、下心を見透かされたようでうろたえた。

海はきらきらとまぶしかった。彼らのいる岩棚の足下に打ち寄せる波は、人の骨も砕くほど荒いのだが、遠くの海は、ただ美しい。

ウミは気が短くてすぐ怒るが、話が途切れることには寛容で、急《せ》かさず待っていてくれる。話の続きに興味がないのかと勘ぐりたくなるほど、いつまでも。

だからさっきの指摘には、驚かされたが、嬉《うれ》しくもあった。そんなことに気がつくほど、ちゃんと聞いていたとわかったから。

その喜びを噛みしめてから、話をどう続けるか考えた。ここにきて迷った原因は、常にないウミからの指摘だけではなかった。川に沈んだソナンは彼にとって、ひどくややこしい存在だったのだ。

特別な人物なのかという問いにも、簡単には答えられない。ソナンという名は彼の国ではありふれたものだから、同名であることは特別でもなんでもない。けれども、たった三回しか会ったことがなく、直接言葉を交わしたのはほんの数語だけなのに、三回とも、どちらかの命が消えかねない状況だった。こんな関係は、そうあるものではないだろう。

しかも、王都をはなれて旅に出たそもそものきっかけが、父の死だったとしたら、海に乗り出すなどという冒険にソナンを押し出したのは、川に沈んだソナンの三度目の登場だったといえるのだ。

あれがなければ、彼は船になど乗らず、その後に外海に出ることもなく、こんな場所にはいなかった。ウミと出会うこともなかった。

海がまぶしい。

青いような碧《みどり》のような水の上に、異国から来る高価な織物の文様に似た、白い光の網目模様が投げかけられて輝いている。

時に、その模様に紛れて、船の姿が浮かぶことがある。けっしてこちらに向かうことはなく、右から左へ、左から右へ、海原を横切って消える。海のきらめきに紛れてしまうくらいだから、たぶん小ぶりの船だろう。

一度だけ、大型船が通過した。他の船と同じく、人の姿が視認できないほど沖合を。

向こうからもこちらが見えない距離だから、ソナンは手を振ったりの無駄な努力をしなかった。たとえ気づいてもらえたとしても、波の荒いこの岩場に、船は近づくことができない。あれらの船は、きらきらとした模様の一部でしかないのだ。

ソナンは海から視線をはがして、破れた布靴から出ているおのれの足の指を見た。このほうが、考え事に集中しやすい。海と岩しかない場所で、ほかに目をやる先はウミだけだが、女性の裸体というものは、集中への大いなる妨げだ。

川に沈んだソナンについてのややこしさのひとつに、二回目の橋の上での出会いがあった。そのとき彼と友人がしたことをそのまま話せば、悪事をはたらいたように受け止められるだろう。そうではないと説明するには、一回目の出会いを語りなおす必要がある。さっきは簡略にすぎたので、剣の試合でもしたかのように聞こえただろう。

けれども、一回目の出会いをきちんと説明すると、今度は相手の悪事を語ることになる。若い娘を集団で取り囲んで、いたぶろうとしていた。だからソナンが割って入って、娘を逃がした。そして、あちらのソナンと剣を交わし、打ち負かされて、そのままだったら野垂れ死にしたかもしれないほどの怪我を負った。

これが、警備隊の非番の日に起こったのだから、かなり格好悪い話だ。

おかしいな、とソナンは首をひねった。ウミには、心の内をすべてさらけだせると感じていた。父が死んでほっとしたなどという、自分でもきちんと認めることができずにいた感情も、ウミにははっきり告げられた。

それなのに、どうしてここでためらうのか。どんなに体裁の悪い話でも、ありのままを語ればいいだけなのに。

ふたたび海に目をやると、白い編み目の文様が、わずかに金色を帯びはじめた。もうすぐ日暮れがやってくる。

彼らのいる岩棚は南東を向いていた。残りの三方は岩が高くそびえ立ち、ことに西側は、高くなるほど内に傾き張り出しているので、昼下がりともなると太陽の動きがとらえづらい。日没の前兆は、海の色に求めるしかなかった。

その前兆が、もうすぐウミの帰る刻《とき》だと告げている。話をどう続けるかを悩む暇《いとま》は、一晩まるまるありそうだ。

案の定、ほどなくウミが立ち上がった。その裸身が、陽光を受けて輝いた。

いつものように、ウミは岩棚が海に向かってすとんと落ちているところにまっすぐ進んだ。ぎりぎりのところで止まって、しゃがみこみ、腹ばいになった。

ウミの隣に一日すわって、もう慣れっこになっていたはずなのに、彼女の裸体からくる刺激――ことに尻の形のなまめかしさに、ソナンはごくりと生唾《なまつば》を飲んだ。

やることをすませてしまうと、ウミはソナンに一瞥《いちべつ》も与えずに西側の岩へと向かい、吸い込まれでもしたかのように姿を消した。そこには、ソナンには通りようのない狭い隙き間があるのだ。

翌日になればまた、ソナンの命をつなぐことになる、真水の入った袋を持って現れるのだが、彼女の消えた先に何があるのか、ソナンは知らない。彼女がどんなところで眠っているのか、何を食べているのかも、本当の名前と同じく謎《なぞ》のままだった。

3

その夜ソナンは、なかなか寝つくことができなかった。

着の身着のまま、むき出しの岩に横たわるのだから、もともと寝心地は最悪だ。それでもこれまで、朝の光が岩壁の上から差してきて初めて目覚めるほど、よく眠った。ここにたどり着くまでの生きるための闘いで、疲弊しきっていたからだろう。最初の晩など、眠るというより、気を失っていたのかもしれない。

それが、今になって、夜が更《ふ》けても目が冴《さ》えたままなのは、疲れが抜けたせいだろうか。

この六日間が休息の時だったと、言い切ることはできないだろう。命をつなぐための闘いは、まだ続いているのだから。

ここには海と岩しかない。水や食べ物はおろか、木切れひとつない。飲み水だけは、ウミが持ってきてくれるので、渇き死にせずにすんでいる。食べ物は、毎朝、命がけで海から捕ってしのいでいる。

ソナンがたどり着いたこの広い岩棚の足もとに、人ひとりがようやく立てるほどの狭い岩棚がいくつかあり、そこにはたまに、波のてっぺんが、水流に巻き込んだ魚を運んでくる。次の波が来るまでに、飛び降りて、魚をつかみ、ちぎった袖《そで》で作った袋に入れて、崖《がけ》をのぼって元の広い岩棚に戻れば、釣りもせずに魚が一匹手に入る。これを二、三回繰り返し、捕れた魚を岩の上で日干しにして、ソナンは飢えを遠ざけてきた。

魚を捕る方法として、釣りより容易ではあるが、のぼりきる前に次の波がやってきたら、一巻の終わりだ。小さな岩棚をなめる小さな波でも、人があらがえないほどの力をもつ。魚をつかむのに手間取るとか、足を滑らせてのぼりなおすはめになるとか、そんな小さな遅滞によっても、ソナンはからだを岩に打ちつけられ、全身の骨を砕かれた哀れな骸《むくろ》となって海を漂うことだろう。

それを考えると、波のてっぺんが魚を運んでくるのをじっと待ちながらも、いっそそんな幸運が訪れずに、空腹のままでいたほうがましだと思えた。

けれども実際に、魚が狭い岩棚の小さなくぼみで跳ねるのを見ると、胃袋にせっつかれて飛び降りてしまう。こんなことを続けていたら、いつか命を落とすだろうと確信しながら。

そんな、生きるための闘いが継続している日々なのに、この六日間で疲れが癒《い》やせた気がするのは、常に気持ちが穏やかでいられたからだろう。

ここにはソナンしかいない。そして、新しいことが何も起こらない。日が昇り、日が沈む。ウミが朝の遅い時間にやってきて、太陽が西に傾くころに帰って行く。それだけだ。

そしてウミは、あいかわらず正体不明で気が短いが、初めて並んですわったときから、彼の心を柔らかにする。

最初にウミが、西側の岩の壁から現れたとき、ソナンは心臓が口から飛び出そうなほど驚いた。この何もない空間に動くものが出現したのだから、それだけで恐慌《きょうこう》をきたすに十分だったが、ウミの姿は、化け物としか思えなかったのだ。もしも手近に武器があったら、たとえそれが尖《とが》った棒切れ程度のものでも、正体を確かめる前に殺してしまっていたかもしれない。

だがここには、岩からはがれた石ころひとつ、ありはしない。ソナンは空手のまま、岩の崖を背にしていた立ち位置から、どの方向にも逃げられる開けた場所へと移動した。逃げられるといっても、十数歩も走れば岩か海かに阻《はば》まれてしまうのだが。

戦う術《すべ》も逃げる術もないなかでも、ソナンは呼吸をととのえ、できるだけ落ち着こうとした。とにかく、まずは相手を知らねばならない。

化け物は、そう大きくはなかった。ソナンより小柄で、形も人に似ているようだ。けれども似ているのは大まかな形だけで、全体がぬめぬめと黒光りしているうえ、細部を見定めようとしても、輪郭が揺らめいていた。

てっぺんに、頭のようなものがあり、顔のようなものがこちらを向いた。そこだけは白っぽくて、ぬめぬめともしていない。人と同じような目鼻もついているようだ。

化け物が、ソナンのほうへと進みはじめた。その動き方から、二本の足で歩いているとわかった。逃げ出す準備をしたまま、ソナンは相手の動きを見守った。頭の中では、この化け物につかまるのと海に飛び込むのと、どちらがましな死に方だろうと考えていた。

海に入ったらどんな最期《さいご》を遂げるかは、前日に見たばかりだから知っていた。

化け物につかまったら、さあ、どうなるか。

生きたまま肉を食われるのだろうか。時間をかけて、ちびちびと。だとしたら、海で死ぬほうがましだろう。

生き血を吸われて干からびていき、岩と一体になってしまうのかもしれない。もしかしたら、ここにある岩はすべて、化け物に襲われた人間のなれの果てかも。

その場合、死んだ後にも魂がずっとここに留められるのかもしれない。罪のない人たちが集うという〈永遠に安らげる場所〉に行くことはおろか、神の罰を受けることさえ許されずに、永遠に、陽に灼《や》かれ、夜露に濡《ぬ》れる。

近づくにつれ、相手の顔がはっきりしてきた。まるで人間の女のようだった。

女というより、娘。少女。

大きく見開いた丸い目の中できらめく瞳《ひとみ》が、涼しい緑色であると見て取れるほどになったとき、ぬめぬめと黒光りしながらゆれる物体の間にも、顔と同じく白い部分がのぞいているのに気がついた。しかも、ぬめぬめの一部が、ずるりとすべって地面に落ちた。長細い、蛇のような帯のようなそれは、濡れた海藻のようでもあった。

ちがう。海藻そのものだ。裸体の少女が、からだに海藻を巻き付けて、こちらに歩いてきているのだ。

それは、化け物と同じくらい、わけのわからない存在だった。混乱したソナンは、逃げることも忘れて、相手が近くに来るのをただ見ていた。

海藻がまた一枚すべり落ちて、右の乳房があらわになった。ついその突端に視線をやってしまったソナンは、正体不明の相手に対して絶対にしてはならないことをした。かたく目を閉じたのだ。

すぐに過《あやま》ちに気づいてまぶたを開いた。少女は、あらわになった部分を手で隠すこともせずに、同じ調子で近づいてくる。

いや、少女ではない。娘だ。右太ももにそって垂れている海藻の上部のあたりに、もっと細いそよぎがある。

ソナンは、今度は目を閉じるのでなく、顔に視線を据えることで、夫でもない男が見てはいけないものを視野の外へと追いやった。

太くてくっきりと黒い眉《まゆ》は、眉間《みけん》に向かってすぼまりながら、左右がつながりそうなところまでのびている。両目は形としては丸いのだが、少しつり上がっている。その下の鼻は、小さく、つんと尖っている。ぽってりしているのに固く結ばれている唇は、目にしみるほど赤い。

とにかく、これは人の顔だ。化け物ではなかったのだ。頭をおおっていた海藻が落ちて、豊かな黒髪の持ち主であることも判明した。その髪の長さを目で追えば、ふたたび見てはならないところに視線が行く。それを阻止するために、ソナンは考え事に集中した。

ここに化け物ではない人間がいるということは、昨夜は彼を閉じ込めているように見えた、三方をふさぐ高い岩には、人の通れる場所があったのだ。この娘が彼に敵対的でなければ、助けを求めることができるのだ。

娘から、敵意は感じられなかった。微笑《ほほえ》みの気配すらない表情なので、友好的にも見えなかったが。

娘は、互いに手をのばしても触れあえないだけの距離をおいたところで足を止めて、何か言葉を発した。

ソナンの国の農村に住む人々なら、それを言葉とはとらえなかっただろう。言葉には、言葉らしい響きがある。いま耳に届いたのは、そこから遠くはなれた、犬の吠《ほ》え声や野獣のうなりの類《たぐ》いに聞こえかねないものだった。

けれども王都に生まれ育ち、外海の旅までしたソナンは、喉《のど》から音を出す方法や抑揚がまったく異なっていても、それが異国の言葉であると知っていた。どこの地方のものかや、どんな意味かはわからなかったが。

娘は少し目をすぼめて、ソナンをじっと見ていたが、ふたたび口を開いて何かを言った。

さっきとはちがう音と抑揚の、つまりはさっきとちがう言葉。今度は、吠えるのでなく、小鳥がさえずっているような響きだった。

それからまた、ちがう種類の音。その音の中に、ソナンは知っている連なりを聞き取った。外海を渡る船で、隣の大陸の人間が口にしていた、たしか「何をしている」という意味の連なりだ。主人が下僕を叱《しか》りつけたりするときの。

一部分でも理解したことを伝えたくて、「ハウィガ」と答えた。ハを強く、ウィは弱く、ガはガとグの間くらいの、喉を締め付ける音。「こんにちは」とか「ごきげんよう」に相当する、いろいろな場面で使える挨拶《あいさつ》のはずだ。

だがこれは、間違いだった。娘は、この抑揚の言葉が通じると思ったらしく、ぺらぺらとしゃべりだした。ソナンは首を左右に振ったが、このしぐさは通じなかった。

「わからない」

思わず叫ぶと、彼女はぴたりと口を閉ざした。苔《こけ》のような深い緑色の瞳が左右そろって右上に動き、わずかのあいだそこにとどまったあと、ふたたび彼に視線を据えた。

「オマ　エハ　ヒト　カ」

音の調子は、ソナンの国の言葉に聞こえた。それも、異国人がたどたどしく口にするときの。

だとしたら、「おまえは人か」と訊《たず》ねられたのだろうか。

「ヒト　カ　オマ　エハ」

どうやら先の解釈で合っているようだ。

「私は人だ」

答えると、彼女は大きくひとつ瞬《まばた》きをした。

「なぜ、カゲ、ない」

ソナンは、足もとからのびる自らの影に目をやって、それを指で示した。

「ちがう」と彼女は苛立《いらだ》った。その後、何度も見ることになる、片頬をひくつかせるあの顔で。

「カゲ。ヤミ。裏切り。妬《ねた》み。心の曇り」

影ではなく、陰と言いたかったようだ。こんな出会いの第一声で訊ねることではないだろうに。

今はそれどころではないと思ったソナンは、まずは自己紹介して、ここを出て人里に行く方法を訊《き》くことにした。

「私は、トコシュヌコという国の生まれで」

「黙れ」と怒鳴りつけられた。「私、訊ねる。おまえ、答える」

こちらから質問してはいけなかったようだ。

「人、陰、ある。みんな、ある。ない人間、いない。おまえ、陰ない。おまえ、人でない」

彼がこの娘を化け物だと思ったように、向こうにとってもソナンは、人と思えなかったようだ。こんな場所にひとりでぽつんといたのだから、それも無理はないとソナンは思った。

「私にだって、心の曇りはある。誰かを妬むことも」

「曇り、見えない」

「見えないと言われても、あるものは、ある。それに、私は人で」

「黙れ」

娘は苛立たしげに、ぶるんとからだをふるわせた。その拍子に、裸体をおおっていた海藻は、右肩から腰に向けて下がっているひとつをのぞいて、みんな落ちてしまった。ソナンはふたたび目を閉じた。

「答えろ」正面から声が突き刺さる。「おまえの、心の曇り。何だ」

どうしてこの相手は、こんなことにこだわるのか、わからなかったが、陰があることを説明して、人であると納得してもらわなければ、話は先に進まないようだ。

ソナンは考えた。これまでの人生でいちばん後ろ暗かったことは何かと。

川に沈んだ同名の男のことが、まず頭に浮かんだ。あの男が運んでいたのは、人を救うための大事な金だった。それをソナンの友人たちが、知らずに川に落としてしまった。後味の悪い出来事だった。けれども、あれは不幸な偶然が重なったせいで、ソナンに非があったわけではない。

次に浮かんだのは、仕事のうえでの失敗だった。辻《つじ》強盗と戦うときに判断を誤り、仲間が傷を負った件。別の時には、無傷で捕まえられたはずの強盗の片手を切り落としてしまった。

だが、何年も都市警備隊の巡回をやっていれば、そういうことは誰にでもある。ソナンはむしろ失敗が少ないほうだと、仲間も上官も認めていた。

目を開けると、裸の娘は黙ってじっと彼の答えを待っていた。その忍耐づよさに甘えて、ソナンはまた、話を自己紹介から始めようとした。

「まずは、私が誰かを説明したいのだが。生まれは〈中央世界〉のトコシュ……」

「黙れ。訊かれたことにだけ答えろ」

気のせいか、娘の口調はさっきよりなめらかになっている。しゃべるのに慣れてきたのか。あるいは、慣れたのはソナンの耳のほうか。

彼の母国のトコシュヌコは、〈中央世界〉と呼ばれる地域にあった。そこではいくつもの国が穏やかな内海をぐるりと囲んでおり、船や人馬で盛んに行き来していた。そのせいか、国によって使う言葉はちがっていても、枝葉《えだは》が異なるだけで幹の等しいもののようで、要点だけをぶっきらぼうに話せば意思疎通《そつう》ができた。

王都での仕事柄、ソナンはそのこつをつかんでいたので、幹だけの娘の語りを、ぶっきらぼうだと感じつつ、理解できたのだろう。そして、慣れるにしたがい、よりなめらかに聞き取れるようになってきた。

とにかく、言葉が通じたのは僥倖《ぎょうこう》なのだ。この娘を納得させなければ、ソナンの生きる道はないのだから。

「わかった。答える。私の陰とは何かを」

まずは娘の要求どおりにしようと思った。だが、何を語ればいいのか。

ソナンはしばし、とまどった。さっき彼女に、自分にも陰はあると断言したとき、何が頭にあったのか。あらためて考えてみると、わからなかった。あせって深く考えようとすればするほど、答えは遠くに消えていく。

だから、考えるのをやめてみた。娘を見ていると、なぜか自然にそうできた。すると、言葉がこぼれ出た。

「父が死んだとき、ほっとした」

自分のせりふを聞いて初めて、これが「心の陰」として、さっき思い浮かべたものだとわかった。

父が死んで、ほっとした。

自分でも認めたくなくて、頭の中でも言葉にすることのなかった感情。

けれども、口にしたとたん、きつく巻かれた包帯がほどかれたときのように、胸の中の何かが解き放たれた。同時に傷が露《あら》わになって、膿《うみ》だか血だかがにじみ出る。

それを言葉にしていった。心の綾《あや》を語るのだから、中央世界に共通する幹だけで話すのは難しくて、トコシュヌコ語独特の用法や、王都ならではの言い回しも顔を出した。彼女が理解できたか気になって確かめようとすると、そのたびに、「続きを話せ」と苛立たしげに叱責《しっせき》された。

あせって話に戻りながらも、わかりやすくなくていいのだなと気が楽になり、思いつくままの、要領を得ない、あちこちに飛んだり戻ったりする語りをしていった。時々自分でも何を話しているかわからなくなったが、彼女は質問したり、さえぎったりしなかった。

しゃべるほどに、心の底に自分でも気づかないまま溜《た》まっていた黒い砂鉄のようなものが、かき回されて舞い上がり、灰色に薄められた渦巻きとなって胸に広がるのを感じた。ちくちくと痛いけれど、甘酸《あまず》っぱくもある。その灰色を少しずつ、声という名の息が口から外に流し出し、風がどこかに運んでいく。

考えることを放棄しているせいか、しゃべりながらも頭の半分は、いつもふわふわと遊んでいた。

俺はここで何をしているのだろうと思った。水も食べ物もない、岩と海しかない場所で、生きるための闘いに必死になるべき状況で、裸の娘を前に、過ぎ去った出来事をこと細かに語っている。

まともではないと思ったけれど、父が死んだあの日から、ずっと誰かにこんな話をしたかったような気がしていた。その誰かは、この娘でなければいけなかったようにも感じていた。

太陽が動き、彼が指さしたときにはがたがたした岩の上で波打っていた影が、その横の平らな場所に移動して、すっきりとのびた。彼の気持ちものびやかになり、よけいなことに気をつかうことなく、心に浮かんだままを語っていった。

ところが、唐突に言葉が喉でつっかえた。開いた口から息が出ていかない。目を閉じた覚えはないのに、何も見えなくなった。嵐《あらし》の中にいるみたいに、上下左右がわからなくなった。時の感覚もなくなった。だから、一瞬の後なのか、しばらくたってからなのかは不明だが、急にまた光が射《さ》した。真っ暗になった後なのに、少しもまぶしくない、当たり前の昼の光。

ソナンは、両脚をくしゃりと折って、その上にすわりこんでいた。右手をついて、傾いた上体がそれ以上倒れるのを防いでいた。目の前には、裸の娘の代わりに、日に照らされた灰色の岩の地面があった。

声は相変わらず出なかった。ものを言おうとしても、喉がひりひりするばかりだ。

何かが動く気配を感じて頭を少しもち上げると、娘がしゃがんで、ソナンの顔をのぞき込んでいた。裸の胸が膝頭《ひざがしら》に押しつぶされて、きれいな形のとき以上に、ソナンを落ち着かない気持ちにさせた。

娘はその姿勢のまま、肩からさがっていた最後の海藻を払った。脇《わき》の下に、裸の女体に負けないほど魅惑的なものが挟まれていた。

皮袋だ。ぱんぱんに膨らんではいないが、半分以上は中身がありそうな。

娘はそれを、ソナンのほうに放った。地面に落ちてぶるんと震えた袋を、ソナンはあわてて拾い上げた。彼の手の中で、袋はふたたび液体らしい震えを示した。中身は、水だろうか、酒だろうか。

どちらでもよかった。栓を開けて、夢中で飲んだ。水だった。酒よりも甘い、五臓《ごぞう》六腑《ろっぷ》にしみわたる水だった。目尻《めじり》から涙がこぼれた。

けれどもソナンは、飲み干してしまう前に、袋を口から引き離した。もしかしたら、娘にとってもこれきりの大切な水かもしれない。

「ありがとう」

袋を娘の方に投げ返した。

「続きを話せ」

娘は海の方を向いて、岩に尻をつけてすわった。

ソナンも膝を抱えるかたちにすわり直して、海に向かって昔語りをしていった。といっても、ずっと話しつづけたわけではない。時には黙って考え込んだり、思い出にふけったりした。

翌日も、ふたりはそうやって時を過ごした。ソナンが語り、ウミが聞く。

二日目からは、並んですわった。手をのばしても届かないだけの距離をおいてだが、裸の娘が真横にいるということが、最初は居心地悪かった。私の後ろ暗い思いを言えというのなら、おまえにいま劣情を抱いていることだと叫んで、のしかかりたくなったことが、一度もなかったといえば嘘《うそ》になる。

だが、そうした邪心はほどなく消えた。彼女と並んですわっていること、岩と海しかない場所で、子供のころの出来事や父が死んだ夜のことを、順序立てもせずに思いつくまま語っているのが、とても自然に感じられた。心はいつも穏やかで、死への恐怖すら遠ざかった。夜はぐっすり眠り、朝日に目覚め、魚捕りの試練さえ乗り越えれば、やがてウミがやってくる。相変わらずの異形の姿で西の岩から現れるのだが、黒光りして揺らめく輪郭が、いまではなんだか可愛《かわい》らしい。

日が西に傾くと、まだ薄暗くなりはじめてもいない刻限に、ウミは突然立ち上がる。夕暮れの訪れは、海を彩る波頭《いろど》の色のかすかな変化にしか表れていないのに、話の切れ目を待つこともせず立ち上がるので、最初はひどく驚かされた。

無言のまま、あちこちに落ちている乾いた海藻を拾い集めて（二日目からは、ソナンの横にすわるときに海藻をはずして、まとめて置くようになったので、この手間は省かれた）、海際《うみぎわ》に向かい、腹ばいになって手をのばして、海藻を下の岩棚にできた水溜まりに浸《ひた》す。そうやって湿らせた海藻をていねいにからだにかけたり巻き付けたりして、ぬめぬめとした化け物のような姿に戻る。それから、西の岩の隙間《すきま》につるりと入って姿を消す。

そんな儀式めいた帰り方も、わずか五日でごく当然の日課となった。

こんな毎日をずっと過ごしていたいという気持ちが、いつしかソナンの心に芽生えていた。けれども、そうはいかないのだと、眠れぬ夜に考えた。

一日に二、三匹の魚と両手におさまるほどの水で、長く生きられるはずがない。現にこの三日であきらかに彼は痩《や》せ、皮膚には張りがなくなっている。それに、二、三匹の魚ですら、毎日捕れる保証はない。明日は波頭が、狭い岩棚まで届かないかもしれない。反対に、天候が荒れ、この広い岩棚を洗うほどの大波が来て、ソナンはなすすべもなく海にさらわれてしまうかもしれない。

いや。かもしれない、ではなく、きっとそうなる。なぜなら、ここには草の一本も生えていない。そういう岩場は定期的に波に洗われているのだと、海をよく知る船乗りが、かつて教えてくれた。

それに、ウミはいつまで、彼のだらだらとした話を聞いてくれるのか。〈心の陰〉

の説明は、すでに終わっている気がする。いま話しているのは、ほとんどただの身の上談だ。

突然、「やはり、おまえは人ではない」と決めつけて、それきり去ってしまうかもしれない。するとソナンは、二日と経《た》たずに渇き死にするだろう。

反対に、人だと認めてもらえたら、その先はどうなるのか。

考えてみても、まるで見当がつかなかった。ウミのこれまでの様子から、最初に期待したように人里に連れて行ってもらえることは想像しにくい。助っ人を呼んできて、北側の崖の上から綱を垂らしてソナンを助け出してくれる、という展開も。

ウミは謎《なぞ》だ。いちばんの謎は、謎を解きたいと思えないことだ。

そんなことを考えていると、さらに眠気は遠ざかり、ソナンは寝るのをあきらめた。身を起こして顎を上げると、月のない夜空は星でいっぱいだった。黒い海面にも、空を映して明るい星が散っていた。他には何も見えなかった。

4

寝不足の朝も、いつもと同じように過ぎていった。

波にさらわれることなく二匹の魚を手に入れた。ウミが、濡《ぬ》れた海藻に包まれてやってきた。並んですわって昔語りをした。途中で一度、こんな話はつまらなくないかと訊《たず》ねかけて、叱《しか》られた。

ソナンという同名の男とのいきさつは、話を一度、初対面の場面に戻すことで、案じていたほど苦労をせずに語ることができた。

王都の裏路地で初めて見かけたとき、あの男は酒に酔い、仲間数人とともに若い娘にからんでいた。それをとめようとして、剣を抜いて戦って負け、あの男の仲間に殴られて、十日近く寝込むことになった。その傷が癒《い》えたころ、友人たちと橋を渡っていたら、ソナンという名のあの男が、荷物を抱えて走ってきた。

「友人たちは、その男が私の大怪我《おおけが》の元凶だと気がついた。それで、文句を言おうと引き止めて、男が落とした荷物を仲間うちで投げ合った。男が必死で取り返そうとするので、そうやってからかうことで、意趣返しをしようとしたんだ」

そこで間を置いて、ウミに目をやった。友人たちの心情を、そして友人たちをとめだてしなかった彼の心情を、理解してもらえたか知りたかった。けれども、いつものように、その横顔には何も浮かんでいなかった。

「そうしているうちに、一人がうっかり投げそこなって、包みは川に落ちてしまった。

中身はたくさんの紙幣だった。つまり、金だ。ソナンというその男は、川面《かわも》に紙幣がちらばったのを見ると、橋から川に飛び込んだ。泳いで逃げるつもりかと思ったが、ちがった。まるで、地面にはいつくばって物を拾うようにして、川面に散った紙幣を集めようとしたんだ。だけどそこは水の中だ。そいつは、すぐに沈んで見えなくなった。死んだと思った。その川にそんなふうに沈んで、助かることなどありえなかったから」

そのときの気持ちをどこまで詳しく話すべきかを考えて、気がつけばかなりの時間、黙り込んでいた。罪悪感に似た後味の悪さを感じたこと。自分に罪はないと、何度も理屈を確認したこと。

ウミは、せかすことなくまっすぐ前を見つめている。

この寄り道には入り込まないことにした。語るべきは、それから三年後の出来事だ。

「ところが、その男は生きていたんだ。この事件のあと、父が死んで、私の人生は大きく変わった。弟妹たちが新しい道に進みだし、私は警備隊をやめて、行商の旅に出た。一度、海の旅に誘われたが、とんでもないと断った」

それはもう聞いたと、叱責《しっせき》されるかと思ったが、ウミはちらりとこちらを向いて、大きくひとつ瞬《まばた》きをしただけだった。

「それからしばらくして、行商の旅から帰ってみると、王都はある噂《うわさ》でもちきりだった。王都の貴族や軍人は、たいがい庶民に嫌われていたが、尊敬されている人物もいた。そのなかに、高潔な将軍がいたのだが、その一人息子が裁判にかけられていると いうのだ。サイバンの意味はわかるか」

「いちいち聞くな。続きを話せ」

そこまではいつもと同じだったが、ここで新たな注文がついた。

「手短に」

そんなことを言われたのは初めてだった。ソナンはあせって、少し早口になった。

「人望のある将軍の一人息子は、ソナンという名で、三年前に行方不明になっていた。ところが、遠い異国から来た使節団に紛れて国に戻ってきたのが見つかった。行方不明になったとき、仲間に託された大金を運んでいたことから、金を持ち逃げした罪などで、裁判にかけられた。最悪の場合、死罪が申し渡される裁判だ」

正確には、あのソナンは王都防衛隊の隊員で、国王に剣の誓いを捧《ささ》げていた。黙っていなくなることは、この誓いの破棄に相当する。だから死罪の可能性があったのだ。それ以外にも、国に対する裏切りとかの嫌疑がかかっていたのだが、そうした点を正確に語ろうとしたら、トコシュヌコの政治や貴族間の抗争に言及しなければならなくなる。手短にするため、話を持ち逃げにしぼった。

あいかわらず、ウミは何も訊ねてこない。そのソナンが川に沈んだ男なのかといった、当然生じるだろう疑問すら、ウミは持ち出したりしない。

話の細部はどうでもいいのか。それとももしや、ウミの目的は、彼にただ話をさせておくことではないのか。そうやって時間を稼ぎ、ソナンが弱っていくのを待つ。その目的は、抵抗ができなくなったところで、生き血を――。

「続きを話せ」

珍しく、黙り込んでいるときに催促された。ソナンはつまらない妄想から醒《さ》めて、あわてて身の上談に戻った。

ウミがやはり化け物で、ソナンをどうこうするつもりなら、そんな手間をかける必要はない。水を渡すのをやめればいいだけだと考えながら。同時に、彼女に生き血を吸われる自分を想像しても、五日前に感じた恐怖が少しも立ち現れず、むしろどこか陶然としていたことに、とまどっていた。

だが、話を先に進めなければならない。雑念を追いやり、過去の出来事の説明に頭を集中させた。

「その男は、持ち逃げなどしていないと主張しているらしかった。金を失ったいきさつとして、あの日、橋の上で起こったのと同様の説明をしていたようだが、信用してもらえなかった。男の話を裏付ける証言が、誰からも得られていなかったのだ。このままだと、持ち逃げをしたうえ醜い言い逃れをした咎《とが》で死罪が言い渡されると、街の人たちは噂しあっていた」

人望のある将軍の一人息子がそんな不名誉なことになったら、この国はどうなってしまうのかと案じる人たちがいた。立派な父親をもちながら、自堕落に過ごしていた息子が悪いのだ、自業自得《じごうじとく》だと言いあう人たちがいた。

川に沈んで気を失ったあと、気がついたら遠い異国にいたのだと、あの男は供述したという。一口に遠いといっても、並大抵の遠さではない。外海を行く船でひと月以上かかる場所にいたのだ。それなのに、どうやって移動したのか、本人にもわからないというのだから、信用されなかったのも無理のないことだった。

「確認したら、その男が大金をもって行方不明になったのは、我々が関わった橋の上の事件と同じ日だった。将軍の息子のソナンが、川に沈んだ男であることに間違いはない。私はあわてて裁判の場に駆けつけた。そして、知っていることを証言した。その結果、あの男は死罪を免れた。そのとき思ったんだ。海の旅に出てみようかと」

ウミがソナンのほうを向いて、不審げに眉《まゆ》を寄せた。

「ソナンという名のその男は、三年前とずいぶん変わってみえたんだ。初めて会ったとき、あの男は軽薄で、自分のことも他人のことも顧みない、ならず者にみえた。いや、まちがいなく、ならず者だった。知人のために必死に金を運んだりもしたわけだから、あの男にも人としての情はあったのだろうが、あのときには、そんなことは知らなかった。それに、荒くれ者でも、ごく身近な人間には強い愛情を示したりする。だから、事情を知ったときにも、特に感銘は受けなかった」

それなのに、噂を聞いて裁きの場に駆けつけたのは、ならず者でも貴族のどら息子でも、無実の罪で殺させるわけにはいかないと思ったからだ。

そのときの必死の思いは、口にしたら自慢めくのでやめておいた。肝心なのは、その後のことだ。証言をし、どうやら信用してもらえた。やるべきことを果たしおえたとほっとして、あらためてあの男に目をやった。その瞬間の胸のざわめきを、ウミに説明しなければ。

「裁きの場にいたあの男は、前に会ったときとまるで違ってみえたんだ。生気のない、ぼんやりした顔をしていたのに、とても豊かな月日を過ごしてきたようにみえたんだ」

なぜそうだったのか、いま思い返してもわからない。あのソナンは、死罪になってもかまわないというような、自らの運命に無頓着《むとんちゃく》な様子だった。といっても、最初に会ったときのような、世界をあざ笑う無頓着さではない。三年ではなく三十年、故郷を離れてありとあらゆるものを見てきた。もはや、何が起こっても驚かない。そんな顔をしていたのだ。

錯覚だったのかもしれない。海の旅に誘われ、断った。だがそのことが、心に引っかかっていた。そこに、穏やかな内海とは比べものにならないほど危険な海の旅をひと月もした先にある、幻のような異国から、異国人の扮装《ふんそう》をして、かつて関わりのあった男が帰ってきた。どんな経験をしてきたのだろうと気になった。だから胸がざわめいた。

しかし、そんな理屈はどうでもいい。とにかく彼は、落ち着かない気持ちになった。

「家に帰ると、近所の人たちが私を祝福してくれた。勇敢に証言をして、街中で話題の人物が咎なく死刑になるのを救った。英雄だと喜んでいた。私は、隣人らに笑みを返しながらも、もやもやとした気持ちを抱えていた。証言が間にあったのは良かった。無実の罪で人を死なせずにすんだ。そのことにはほっとしていたが、何かが心にわだかまっていた」

その正体は、いまここで考え込まなくてもわかっている。ソナンはさらに早口になって、話を続けた。

「私はそれまでの三年間で、自分がずいぶん変わったと思っていた。それは、私にとってはとてつもないことで、たぶん、ひそかに誇りにしていた。それなのに、同じ名前を持ちながら、あちらのソナンは、もっとずっと遠くに行って、もっとずっとすごい経験をしていた。王都の外を初めて旅した私が感じた、あのすがすがしさ。あの感動。その何倍もの何かを感じてきた。そう考えると、羨《うらや》ましかった。妬《ねた》ましかった。いや、それよりも、悔やんでいた。水が怖いなどというみみっちい理由で、せっかくの誘いを断ってしまったことを」

「おまえは」

ウミが、前を向いたまま口を開いた。いまの話で露《あら》わになった彼の小ささが、鼻で笑われるのかと、身をすくめた。

「ソナンという名前なのか」

言われて初めて気がついた。あのつかみどころのない感情を表現するのに夢中なあまり、意図せずして、昨日果たせなかった名乗りをしていたことに。

「そうだ。私の名は、ソナン。おまえの名前は？」

ウミはソナンのほうを見て、何か言いかけでもするように、口を少しとがらせた。

だが、すぐに唇をきっとひき結んだ。

「質問するのは私だ。続きを話せ」

「わかった」

ソナンは話した。海の旅に出る検討をはじめたこと。家族や隣人に相談したこと。反対する声が大きかったが、行くと決めて、条件を詰めていったこと。旅先で万一のことがあってもいいように、給与の半分を前払いしてもらい、家族に渡して旅立ったこと。

船出前の武者震い。船の仕事の複雑さ。その一方で、縄の結び方とか帆の張り方を覚えていくのは楽しかった。初めて海に出た人間は船酔いに苦しむものだが、ソナンは軽い吐き気をおぼえただけで、それも一日ほどで消えた。海に出るのをしぶったくせに、おまえは海に向いてたじゃないかと、彼をこの旅に誘った友は笑った。

内海といっても、ソナンには果てがないように思えたほど、中央世界の海は大きかった。外海のように、ほとんどの船を沈めてしまうすさまじい嵐《あらし》がないだけで、時化《しけ》もあったし水平線もながめられた。イルカの群れが跳ねながら船の前を横切ったり、海に沈む太陽が、あまりに赤くて大きくて、この世の終わりを見ている気がしたこともあった。

初めて寄港したのは、隣の隣に位置する国の主要港だった。同じ中央世界の国だから、言葉はなんとか通じたし、驚くような奇習もないようだったが、やはり異国は異国だった。家並みの風情《ふぜい》が異なる。居酒屋のつまみが違う。市場の品揃《しなぞろ》えも、半分くらいはなじみのものだが、残りは庶民の日用品にも目新しいものがあり、歩いているだけで楽しめた。無駄遣いをする気はなかったのに、つい、家族への土産を買い込んだ。

手短にと言われていたのに、気がつけば事細かに語っていた。このころの思い出は、どれもがきらきら輝いていて、語らずにはいられなかったのだ。

それに、ようやくウミに名前を知ってもらえた。彼女の名前を訊ねることもできた。答えてはもらえなかったが、さほど苛立《いらだ》たせずにすんだことで、ふたりの距離が少し縮まったように感じていた。

この調子なら、衰弱死しないうちに、ウミの本当の名を知ることができるかもしれないな。

そんな皮肉を心の中でつぶやいて、にやりとしてしまうほど、心が浮き立っていた。

手短にと言ったウミも、妹への土産に何を選んだかといった細かな話をとがめることなく、いつものように黙って聞いた。そして、いつものように、波の色に西日の気配が漂いだすと、立ち上がって海際《うみぎわ》に行き、腹ばいになって海藻を一本一本濡らしていった。

いつもとちがうことが起こったのは、西の岩へと歩きはじめたときだった。七歩か八歩すすんだところで、足をとめて振り返った。腰から上だけひねるのではない。つま先までがこちらを向いた、きっぱりとした振り返り方だった。

「今日で終わりだ。もう来ない」

意味がすぐにはのみこめず、ソナンはぽかんとすわっていた。

「ひとつ訊ねる」

濡れた海藻に縁取られた顔から質問が飛んだ。

「おまえが危険な外海に出たのは、どうしてだ。内海の旅が楽しかったからか」

「ちがう。外海に出たのは、そもそも」

「手短に。ひとことで答えろ」

難しい要求だったが、ソナンは応《こた》えた。外海に出た理由をひとことで語るなら、それは、

「騙《だま》されたからだ」

答えながら、いまはそれどころではないのにと思った。ウミが、もう来ないと言っ

た。明日から水はどうしたらいいのだ。いや、それよりも、ここから出て行く方法を、誰に訊《き》けばいいのか。そもそもそんな方法があるのかは疑問だが、ウミだけが、人里に連れて行ってくれるかもしれない相手なのに。

ああ、ちがう。この動揺は、ウミに会えなくなること、それ自体からきたものだ。自分の命が明日にも尽きるかもしれないとは思っていたが、ウミがここに来ない日が来るとは、予想もしていなかった。そんな覚悟はできていない。

「そうか。騙されたのか」

ウミが声をあげて笑った。ソナンにとっては少しもおもしろい話ではない、胸をえぐる非情な体験だったのに。

わずかにむっとしながらも、ウミのはっきりとした笑顔を見たのは初めてだなと思った。

「ほんとうに、もう来ないのか」

ウミは、鼻の上に皺《しわ》を寄せた、いつもの皮肉な笑みを浮かべた。

「来ない。今日で終わりだ」

そういうことは、朝のうちに言ってほしかった。

ウミがくるりと向きを変えた。黒光りする異形の背中が、岩に向かって遠ざかりはじめた。

「待ってくれ」

ソナンはさっと立ち上がった。

「私は人だ。それはわかってもらえたか」

ひどく大事なことに思えた。

ウミは無言で西の岩まで歩ききると、振り向きもせずに声をあげた。

「一年後にまた、ここに来る。そのとき、おまえがもしいたら」

言葉を切って、首をめぐらせ、彼を見た。

「オマエトコーナス」

いま何と言ったのかと、訊ねようとしたとき、ウミは鼻の上に皺を寄せて、言葉を継いだ。

「おまえの話は、退屈だった」

ソナンは、目を見開いて絶句した。いまさら、そんなことを言うのか。こんなに長く話させておいて。幾度となく、続きをせっついておいて。

ウミは前に向き直ると、岩に呑《の》み込まれるように姿を消した。

ソナンはこの展開に頭がうまくついていかず、一歩も動けないままだった。そうして貴重な時を失ってから、走った。

「待ってくれ」

岩の隙間《すきま》に手をさしのべたが、無駄だった。ウミは行ってしまった。

真っ青な空にひとつだけ、ぽかりと浮かぶ小さな雲の周縁が、黄金色に輝いた。まるでその上に神が降り立ち、金に輝く長い髪をはらりと解き放ったとでもいうように。

岩にもたれて空をぼんやり見ていたソナンは、その光にはっとして背筋を伸ばした。

ウミが消えてから、どれくらいそうしていたのだろう。あの雲からすると、夕闇《ゆうやみ》が迫るほどではないが、日はかなり西に傾いている。

ウミが消えた。もう来ないと言って。

その事実を自分に納得させるように、ごくりと唾《つば》を呑み込んだ。

彼女は最後に、奇妙なことを言っていた。一年後にまた来る。そのときにソナンがいたら、「オマエトコーナス」。

それは、「おまえと子をなす」と聞こえた。

だが、まさか。

ソナンが、人だとわかってもらえたかと訊ねたときの発言だったが、それまでウミは、彼の問いにまともに答えたことがなかった。きっと今度も、言いたいことをただ言い放ったのだ。

とはいえ、オマエトコーナス。これは、どういう意味なのだ。

そのあとに続いたせりふ、「おまえの話は、退屈だった」を異国の言葉で言ったのだろうか。

おそらく、ちがう。発声とか抑揚が、中央世界の言葉でしゃべっているときのままだった。その感覚を信じたうえで考えてみると、「おまえ、トコナス」「おまえとコオナス」「おまえとコヲナス」。

やはり、「子をなす」しか、意味の通る文にならない。

だが、まさか。

ソナンは右手のこぶしで、こめかみをぐりぐりと押した。

彼女の言葉の意味を知る方法は、ただひとつ。一年後にここにいることだ。そのためにはまず、まともな寝食のできるところに脱出しなければ。水を得るあてがなくなったいま、このままここにいたならば、一年どころか、二日と生き延びることはできないだろう。

ソナンは、目の前にそびえる岩をじっと見た。灰色で、黒い粒々が散っている。

掌《てのひら》で叩《たた》くと、手がじーんとしびれた。あたりに風化して落ちた小石ひとつないところからも、かなりの硬さだとわかる。

岩は、城壁のように平滑なわけではない。不規則に出っ張ったり引っ込んだりして、あちこちに角やくぼみをつくっている。なかには浅い割れ目もあり、そのせいで、ウミが現れるまで、ここにこんな通り道があるとわからなかった。

その前日、ソナンがこの岩棚に息絶え絶えになってたどりついたとき、出口を求めてひとわたり、岩に手を這《は》わせながら歩いてみた。そのときに、ウミが出てきた隙間も見つけてはいたが、ただのくぼみだと思ったのだ。

だが、くぼみではなかった。ソナンには無理だが、小柄な女性なら通れる抜け穴だった。ということは、探せばどこかに、ソナンでも入り込める隙間があるかもしれない。もう一度、念を入れて調べよう。日が沈んでしまう前に。

そんなことは、とっくにやっておくべきだった。こんな場所で、出口を必死に探すことなくぼんやりと時を過ごすのは、川に飛び込んでおきながら少しも泳ごうとしないのと同じくらい、愚かなことだ。

最初はソナンも必死だった。ここにたどりついたとき、精根尽き果ててはいたが、海以外の三方を囲む岩壁のどこかに抜け道はないかと、祈るような気持ちで岩をまさぐって歩いた。けれども、すぐに日暮れとなった。

夜が明けて、朝の光のもとでまた探索をはじめようとしたのだが、疲れから少しぼんやりしていたとき、ウミが現れた。

それからだ。彼が必死さを失ったのは。

いま思えば、ウミこそ人ではなかったのかもしれない。なぜなら、彼は幻惑されていた。ウミを待って朝を過ごし、ウミに語って昼を過ごし、そんな一日に満足して夜を送った。海と岩しかないこんな場所で、命の危険にさらされながら。

ウミが消えて、やっと目覚めた。あがけ、生きろと、内奥《ないおう》から声がする。あがいて、あがいて、探しだせ。人が生きられる場所に出られる道を。日が沈んでしまう前に。

ソナンは、慎重かつ素早く岩をなで、眺め、時に殴り、隙間に手を突っ込んで、探していった。

無駄だった。三方の岩壁だけでなく、海際に腹ばいになり、海面までの岩をも調べた。平滑に見える地面の岩にも手を這わせた。

どこにも抜け穴はなかった。

日はすでに暮れきって、西側の岩のそばに立つと、東の岩壁が見えない暗さになっていた。最後にもう一度、ウミの消えた隙間にからだをねじ込んでみた。最初は肩の骨がつっかえたが、高さや角度を変えて試みていると、上半身の左側だけ入り込めた。だが、それ以上はどうやっても無理だった。

ウミはなんて小柄なんだろうと思った。すわりこんで、ウミの素足が踏んだであろう岩肌をなでた。その手はまるで、彼女のあとを追おうとしているかのように、奥へ奥へと伸びていったが、やがて頭と肩が邪魔をして、先に進めなくなった。涙が出た。

俺はまだ、ウミに幻惑されているのかもしれないと、ソナンは思った。

死にたくない。生きたい。生きていたい。

胸を絞るその想《おも》いは、望郷の念から出るのではなかった。母や弟妹に会うためでもなかった。ソナンがそのとき切望したのは、一年後にここにいること、ただそれだけだった。

一年後にここに来て、ウミに会う。最後のせりふの意味を知る。そのためには、生きねばならない。

そのとき、中指の先が岩とはちがう何かに触れた。もしやこれは、彼の必死の想いが生んだ幻だろうか。

だが、幻ならば、ウミのやわらかな素足を感じるはずだ。ソナンの指先にあるものは、硬くて、冷たくて、どうやら尖《とが》っているようだった。

頭と肩を岩に強く押しつけながら、さらに指を伸ばしてみた。

確かにある。いまや、中指と人差し指の二本の先で触れているその物体は、岩の地面に置かれた何かだった。岩の一部でない証拠に、軽く押すと、わずかに動く。

押しすぎて手の届かない所に行ってしまってはいけないので、慎重に、左右にそっと動かしながら近くに寄せようとしたが、うまくいかなかった。いったん右腕を抜き、左を差し入れてみた。左右の手のちがいというより、体勢が変わったためだろう。さっきより少しだけ深く腕が入った。例の物体を、少しつまんで、じわりとこちらにたぐり寄せた。

胸がばくばくいっていた。からだを巡る血が熱くなっている気がする。

この、海と岩しかない世界。ほかにはソナンと彼の着たきりの古着、ウミと彼女の皮袋と海藻と、毎日捕る魚しかなかった世界に、新しい何かが登場した。感触からいって、人の作った道具のようだ。

確かめたわけでもないのに、そんな気がするだけで、十日近く前にぷっつりと縁が切れてしまった、雑多な物にあふれた世界が、指先からからだの中に流れ込んでくるようだった。

今度こそ、正気に戻った。俺は、生きる。生きるんだ。

心の中で、叫んでいた。

二本の指でしっかりつかめるところまで引き寄せた。片手で握りこめるところまで、あと少し。

そうやって、苦労して引き出してみて、ぎょっとした。宵闇の迫った暗がりで、それは、爪《つめ》の尖った獣の掌《てのひら》に見えたのだ。手首でぷっつりと切り取られたものがふたつ、ひもでつないであるように。

だが、こんなに長くて尖った爪の生き物がいるだろうか。

ひとつを持ち上げてながめると、弓なりになった、人の指よりも長い爪は、やはり金属でできていた。手の甲に見えた部分は、厚い皮でつくられた指なし手袋に似たものだ。

ふたつをつなぐひもを解いて、手袋の部分に手を入れてみた。爪は各々《おのおの》三本しかないが、先端は鑿《のみ》のように鋭い。目の前に寄せて調べてみると、爪の根元にも何組かのひもがついていて、指にくくりつけられるようになっている。

これは、対戦相手を引き裂く武器か、あるいは――。

右手をがつんと目の前の岩にぶつけてみた。爪の一本が岩の小さなでっぱりに一瞬、引っかかった。

ひもをきちんと結んで、場所をよく選び、振りかぶって強く打ち付ければ、この獣の掌は、岩をのぼる道具になるかもしれない。

5

またしても、俺はこんなところにいる。

ソナンのついたため息が、岩肌をさっと濡《ぬ》らした。小さな吐息のあるかなきかの湿り気が、そこまで届いたのは、まるで愛《いと》しい人に頬ずりしかけているみたいに、顔と岩とがひどく接近しているからだ。

ここ数日、彼を閉じ込めてきた岩だから、愛しいどころか厭《いと》わしいのが本音だが、この体勢より拳《こぶし》ひとつぶんでも離れたら、地面が事物を引っぱる力につかまってしまう。そうなれば、遥《はる》か下方の岩面にたたきつけられ、その場ですぐに死なないまでも、身動きひとつできないまま、半日ともたずに息絶えるだろう。

なにしろソナンは、右足の親指と左のつま先、右手の五本の指と左手の三本の指先だけで、垂直にそびえる岩壁につかまっているのだ。顔を拳ひとつぶん動かすこと以外でも、ほんの少し腰が引けるとかするだけで、容易にすべては終わりを迎える。

マルゴ。俺はまた、こんなにも死に取り巻かれたところにいる。

すぐそこの海で死んだ友に、心の中で呼びかけた。

マルゴとふたり、盥《たらい》を舟がわりにして海を渡った。あのときも、死は降りかかる波しぶきと同じくらい身近だった。命を失うことへの恐怖が喉《のど》を締め上げ、苦しくて、叫びたいのに声が出ない。それでいて、かつてないほどからだが動き、力がいくらでも湧《わ》いて出た。死ぬものか、死なせるものかと、波の怪力に抗して櫂《かい》を動かし、同時に盥の傾きを矯正すべく、一息ごとに、立つ位置と足に込める力を変えた。

命の危機にあっては、あれほどの力が出るものなのだ。この難局も、きっと切り抜けられると信じよう。

マルゴはもういないから、守るべき命はひとつだけ。そのひとつも、そこまでして守らなければならないものかは、わからない。地面が引っ張ってくる力に身を委《ゆだ》ねれば、こんな努力はしなくてよくなる。〈永遠に安らげる場所〉で、マルゴに会える。兄たちに会える。背中の痛まない父に会える。

そんなふうに嘯《うそぶ》いても、怖《お》じ気《け》心をなだめることはできなかった。死ぬのは怖い。

理屈抜きで、怖い。

だが、恐怖にからだをすくませては、もともと少ない望みが皆無になる。

守るべき命は、ひとつだけ。そのひとつにさほどの価値がないのだとしても、一年後に、ソナンは生きてここにいなければならないのだ。ウミが、また来ると言ったから。

照りつける陽光が、吐息の名残りをあっという間にかき消した。ソナンは雑念を振り払い、目だけを動かして進路を見定めた。左手に力を入れつつ、右手を小さなとっかかりからそっとはずす。肩から上腕をぐっと後ろに引いて、右手をねらった位置に打ちつける。

ガツンと、金属の爪《つめ》が岩を嚙《か》む音と手応《てごた》えがした。その衝撃で、つま先や左手がはずれてしまうことがないようにと、緊張させていた全身が、ぶじにその任を果たしおえて、ほっと緩んだ。

この緊張が、何より体力を消耗させる。昨晩、最善と思える計画を練ったときには想像していなかったほどに。

けれども今さら、修正はきかない。決めたとおりにやりきるしかない。体力の衰えを、あのときのように気力で補い、上まで行き着かなくてはならないのだ。

獣の掌の爪に、長く力をかけてはいられないから、ソナンは急いで左手と左右の足を動かした。急いで、けれどもひとつずつ慎重に、あるかなきかの小さな起伏をつかみ、あるいは指を引っかける。

昨日は、ウミが消えた穴から獣の掌を引き出して間もなく、闇夜《やみよ》となった。これではもう何もできないとあきらめて、一度はそのまま寝ようとしたが、残された時間は限られている。少しも無駄にできないと思い直した。

何ひとつ見えない闇の中でも、翌朝、明るくなってから何をやればいいかを考えることはできる。そのときになって慌《あわ》てないよう、しっかりと計画を練ることにしたのだ。

生き延びるためには、直立する岩のどこかを上までのぼりきるしかない。だが、手がかり、足がかりがほとんどない。これまで見たところ、落ちたら怪我《けが》をする高さまですら、のぼれそうな場所はなかった。

それでも、のぼるしかないのだ。それに今は、岩のぼりの道具らしいものが手元にある。これを使えば、なんとかなるかもしれない。

だから、やるべきことはまず、獣の掌と呼ぶことにした道具をよく調べて、使えるようになること。それから、三方をぐるりと囲む絶壁の中で、もっとものぼりやすそうなところを見定める。

このうち、獣の掌を調べることは、この暗さでも、少しはできるかもしれない。闇夜といっても星明かりはあり、顔に近づけて目をこらせば、ある程度は見て取れた。あらためて、片方を左手にはめてみた。手に通しただけでは、金属の爪がぐらぐらして、とてもからだの重みをかけられそうにない。

きちんと装着するためにまず、手首のところについている帯状の留め具を引っ張ってみた。少し伸びる材質で、手首がぎゅっと締まるのを感じた。端には三つ、輪になった紐《ひも》がついている。帯の手の甲にあたる位置に、釦《ぼたん》が九つ、三つずつが三列になって並んでいる。左の三つに紐の輪をかけると、伸びたまましっかり留まった。

ほかには、人差し指から薬指までの三本の指を半分覆《おお》う皮の根元と先端に、紐が一本ずつ垂れている。結びつける先として、小さな輪っかがあることも、目では見えなかったが指でさわってみてわかった。この三本には指覆いに長い爪がついているので、しっかりと装着する必要があるのだろう。手探りで、この紐を輪っかに通して結びつけることができるか、やってみることにした。明日は、のぼっている途中で、緩みを直すためにほどいたり結んだりすることがあるかもしれない。手探りでも結べるようになっていれば、そんなときにも、手を目の前まで持ってこなくてすむ。小さな差だが、落下のおそれを減じるのに、大きく役立つ差になるだろう。

ソナンは船乗りとして、縄の扱いをすっかりたたき込まれていた。紐を輪っかにどう通してどう結べば確実に固定できるかは、考えなくてもすぐわかったが、片手しか使えないうえ、紐は細くて輪は小さい。最初のひとつにかなりの時間を費やした。

途中で、東にそびえる岩の上に月が出た。瘦《や》せた黄色っぽい月で、ものを見る助けにはならなかったが、心細さをいくらか和らげてくれた。

月がのぼりきるまでに、三本の爪の二か所ずつを、三度結んで二度ほどいた。つづいて右にも獣の掌をはめて、左手で紐を結ぼうとしたが、うまくいかなかった。左の獣の掌が邪魔になるのだ。装着したままでも指先は動かせるから、明かりがあれば、金属の爪を右手の指の間に逃がせそうなのだが、この暗さではうまくいかない。

左の獣の掌をはずして、素手で右に装着する練習を三度繰り返した。小さな動きなのに、神経を張り詰めているせいか、ぐったり疲れた。明日のために、そろそろ寝《やす》んだほうがよさそうだった。

岩の上に横になって、翌日の段取りを考えた。やるべきことをひとつずつ頭に浮かべて、その順番を組み直す。やがて、これでよしと納得し、目を閉じた。眠りはすぐに訪れた。疲れもあるが、この夜にできることはやりきったという充実感のゆえだろう。夢もみずによく眠った。


ウミの来ない朝が来た。

ソナンは払暁《ふつぎょう》から歩き回って、のぼりやすそうなところを探した。岩の壁をながめてばかりいると、しだいにわけがわからなくなる。そうなったら、腰を下ろして、獣の掌を装着する練習をした。昨晩考えたとおり、目で見ながらであれば、獣の掌を着けた手で、反対の手の紐を結ぶことができた。

装着にすっかり慣れると、岩をながめる合い間に、金属の爪を岩にどう打ちつければいいかを試行した。やがて、下にぐっと引っ張ってもはずれないほどしっかりと爪を岩に食い込ませるには、どんな角度と強さで打ちつければいいかを体得した。

試しに少しのぼってみた。指関節をしっかり曲げれば、獣の掌の爪は指がものをつかむ邪魔にならずにすんだので、わずかでもつかめる場所があるならば、指先でつかむ。なければ、爪を打ちつける。

完全にのっぺりとした面より、多少でもでこぼこのある場所のほうが、爪の引っかかりがいいこともわかった。

この成果を得て、あらためてのぼりやすそうなところを探した。ひさしのように張り出しているところを避け、手がかり、足がかりが長く途切れてしまうところを除き、選べるところがなくなると、また一からやり直す。

低い所での練習と岩をながめることを繰り返し、太陽が天頂に達するころ、経路を決めた。

東の壁と北の壁の角のやや左から、手がかりを追って右斜めに進む。角に突き当たるあたりから、しばらく手がかりとなる凹凸が途絶えるが、その代わり縦に長い割れ目があるので、それを利用してまっすぐのぼる。割れ目が消えるところで、爪を利用しながら左に進むと、上に向かって手がかりが出現する場所に出る。数は多くないので苦労しそうだが、ときには獣の掌を使って、まっすぐ上までのぼりきる。

この進路が最善と見定めた。

最善といっても、次善はない。検分し尽くして見つけ出した、上まで行けるかもしれない唯一《ゆいいつ》の経路がこれなのだ。しかも、下からながめたときには手がかりに見えたでっぱりが、いざそこにたどりついたら、指などかかりようのないものだと判明するかもしれない。低いところで岩を噛むことができた獣の掌が、上のほうでは役に立たないかもしれない。

そうなっても、やり直しはきかない。のぼるより、おりるほうが難しい。無事に下まで戻れたところで、水なしで動ける時間が尽きてしまうことだろう。とはいえ、ほかに方法はない。行き詰まったら、そこで死ぬ。その覚悟でのぼりはじめた。

慎重に、確実に、それでいて勇気をもって、決然と。

高さはもう、半ばを過ぎた。斜めや横への移動が終わり、あとはまっすぐ上を目指すだけだ。

まっすぐといっても、手も足も、どこをつかむか、どこに置くかを、慎重に見定めなければならない。うっかりして、つかみやすいが場所の悪いでっぱりに手をのばし、反対の手や足の行き場がなくなってしまうことなどないように。

少しして、両手が確かなでっぱりをつかめるところに落ち着くと、ソナンは顎《あご》を上げて真上を見た。のけぞるわけにはいかないから、視界のほとんどは垂直の岩肌に占められたままだが、目玉をうんと上に寄せると、わずかに青空が見えた。岩と空との境目には、もやもやとした緑の線。

手足を正しく動かす力が尽きないうちに、あそこにたどりつけるだろうか。

数日前に、マルゴとソナンはやってのけた。体力の限界を気力で乗り越え、手足を動かす力が尽きないうちに、目的の場所に、ほぼたどりついた。

「ほぼ」ではなく、「完全に」なら良かったのに。

ふたりの試みは、長兄の外海への挑戦以上に無謀なもので、成功の望みなどないに等しかったのだが、それでも踏み出さなければならなかった。

「運が良ければ、生まれた土地とはちがう大地に、自由の身で行けるんだ。まるっきり他所《よそ》の大陸に。夢みたいな話じゃないか。一歩足を下ろせさえしたら、俺は満足さ」

マルゴは笑ってそう言った。だからソナンも、そう思えた。

他所の大陸。

自由の身。

ふたつの言葉がきらきらと輝いて、達成できたらその瞬間に死んでもいいと思ってしまった。もっと欲深くなるべきだった。他所の大陸に足を下ろしたことを土産話に、故郷に帰りつくまでを、ふたりで強く願っていれば――。

マルゴは、一歩足を下ろすことを夢みた大陸に到達したが、それは、大波につかまり、からだを激しく打ち付けられるというかたちでだった。

ソナンは運良く、小さな岩棚に持ち上げられた魚たちのように、波のてっぺんに運ばれて、無我夢中でのばした手が触れた岩にしがみつくことができた。引き波の力にあらがってそこにとどまり、次の波が打ち寄せる前に広い岩棚までよじのぼった。

そしてマルゴが、からだじゅうの骨を砕かれた骸《むくろ》となって、周囲を赤く染めながら流されていくのを見た。彼のようには泳げないソナンが、大怪我をすることなく陸に上がれたというのに。

この差が、運だけによってもたらされたということが、ソナンには理不尽に感じられた。

けれどもふたりの運命は、あのとき思ったほど大きくちがってはいなかったのかもしれない。あの緑のもやもやとした線に到達する前に、手か足をすべらせたら、ほとんど同じといってよくなる。

ソナンは数日、長く生きた。大陸に、しっかり上がりきることができた。一応、こちらの世界の人にも会った。

けれどもその相手は、どこの誰ともわからない。本当に、この大陸の人間なのか。そもそも彼女は人だったのか。

ほかには誰にも会わず、何も見ていない。上陸したといっても、岩の壁に閉じ込められて、こちらの世界のものは、衣服も家屋も道も畑も城も寺院も見る機会がないままだ。

そして、マルゴ。俺はまた、こんなにも死に取り巻かれたところにいる。だけど、死ねない。死ぬわけにいかない。〈永遠に安らげる場所〉でおまえに会ったとき、こちらのことを、少しは語って聞かせたい。

からだがほてって熱いのに汗がほとんど出ないほど、ソナンのからだは干からびていた。指の痛みは、感覚がなくなりそうなほどだった。しかも、あちこちすりむけて、血がにじんでいるようだ。その血ですべってしまうのも、時間の問題かもしれない。

それでもソナンは、指先のぬめりを獣の掌の甲でぬぐうと、上に向かって小さな一歩をまた刻んだ。

守るべき命はひとつ。その命は、細い目を糸のようにして微笑《ほほえ》むマルゴの思い出を抱えて、孤独な闘いを続けていた。

マルゴは口数の少ない男だった。そのうえ、あの細い目でにらむような視線をよこすものだから、初対面の印象は芳《かんば》しくなかった。後になってから、詫《わ》びの言葉とともに打ち明けられたのだが、荷主の親戚《しんせき》の口添えで仲間入りしたソナンに、いい感情がもてなかったそうで、他の何人かが親切にあれこれ教えてくれるなかで、目立って無愛想だった。

　といっても、無視や陰口、罠《わな》をしかけて失敗させて嘲笑《ちょうしょう》や非難を浴びせるといった、警備隊で新参者がよく被《こうむ》る不人情な行為に及んだわけではない。だから、行商に加わった当初のソナンにとって、マルゴはただ、九人の仲間の中でもっとも交流が少なく、意識にのぼりにくいというだけの人間だった。

　そこから刎頸《ふんけい》の交わりまでに、何か特別な出来事があったかというと、そうではない。全員が車座になって一人の自慢話を聞いていたとき、みんなが笑ったのにふたりだけそうしなかったのが、きっかけといえばきっかけだったろうか。

　誰かが誰かをやりこめた話を、ソナンはいつも笑えなかった。多くの男たちお気に入りのそうした話で盛り上がっているとき、自分と同じようにそっと目を伏せる人間に、ソナンは初めて出会った。

　そうして気がつけば、ふたりは同じときにうなずいたり、歓談の輪から寝床に引き上げる潮になったとき、まったく同時に立ち上がったりした。ああ、こいつとは気が合うなと思うようになり、並んで歩くことが多くなり、言葉を交わすごとに親しみが増した。

親しみから信頼へ、信頼から友情へと関係が深まったころ、マルゴは胸に秘していた思いを打ち明けた。彼はずっと、海に対して強い憧《あこが》れを抱いてきたという。海と、見知らぬ土地に対して。

トコシュヌコの国内を歩いて荷運びするだけでなく、よその国にも行ってみたい。船に乗りたい。海を渡りたい。

そんな願いは、陸の旅の仲間への裏切りのようで、誰にも言えずにいたのだそうだ。それでいっそう、マルゴは無口だったのかもしれない。

この打ち明け話はふたりの絆《きずな》をますます確かにしたようで、ソナンはそれが嬉《うれ》しかった。海への憧憬《しょうけい》は少しも共感できなかったけれど。

マルゴは現実的な人間で、憧れを胸の中でただ遊ばせてはいなかった。それまでにも、旅の途上で港を通れば、時間の許す限りひとりで出かけて、船宿の亭主や船乗り、荷揚げ人足などに話を聞いてまわっていた。その結果、船の仕事の苦労も不便も、いやというほど知ることになったが、それらすべてを承知のうえで、やはり海に出ようと決めたという。ソナンに夢を打ち明けてからも、稼ぎの多寡《たか》や待遇、航路の良し悪《あ》しを調べながら伝手《つて》をつくって、ついに、あとはあの人物に申し出るだけというところまで段取りをつけた。

「すごいじゃないか」

ソナンが感心すると、いっしょに行こうとマルゴは言った。

海に恐れを抱いていたソナンは、即座に断った。

「外海に出ようってわけじゃない。内海を船で渡って隣の国に行くだけだが、やっぱりだめかな」

マルゴは、哀《かな》しげに眉《まゆ》をくもらせた。けれどもソナンは、水が怖くてしかたなかったから、どうしても誘いにのることができなかった。

「そうか。そうだよな」と、引き下がったマルゴだったが、それから幾日もしおれていた。

ソナンはその落胆ぶりに驚いた。マルゴは、夢に向かって一人で歩み出せないような軟弱な男ではない。何か、わけでもあるのだろうか。

「ふたりいないと、雇ってもらえないのか」

人の耳のない機会に訊《たず》ねてみたが、マルゴは「いや、そんなことはない」と言うばかりだった。

そのときはそれで終わったが、気が合うだけに、ソナンはどうやったらマルゴの重い口から本音を引き出せるかを知っていた。後日、隊列から少しはなれてふたりで歩いていたときに、ソナンの努力は実を結び、マルゴはぽつりぽつりと語りはじめた。

「おまえも知っているように、俺には身内がほとんどいない。王都に叔母さんが一人いるだけだ。時候の挨拶《あいさつ》くらいはするけど、お互いそれほど相手を気遣ってるわけじゃない。おまえと同じく独り身だし、身を固めたいと思う相手もいない」

すべて知っていることだった。行商をやる人間は、とにかくたくさん稼ぎたい子だくさんか、しがらみのない自由人と相場が決まってもいた。

「それで、いまよりうんと若いころのことだけど、俺の毎日って、いったい何なんだと、考え込んじまったんだ。行商では、歩く先に商売がある。つまり、なんていうか、どうしてそこに向かっているかの理由がある。だけど、俺の理由は、何だ。稼いで、飲んで、また稼ぐ。この繰り返しは、どこに向かっているんだ。そんなことを考えるようになって、くさくさしてた。だけど、初めて海を見たとき、ぱーっと空が晴れわたるみたいに、わかったんだ。俺は、この景色を見るために、ここまで歩いて来たんだって」

その時の感慨を思い出したのか、マルゴは頬を朱に染めた。

「それから、港で船を見たときも、ずっと探していたものを見つけたみたいで、どきどきした。こんなものに乗って、よその国に行けたら、どんなにいいだろうと思った」

「うん」と短くソナンは答えた。マルゴの思いの深さを知っていたから、ソナン自身も胸がつまって、それ以上、言葉が出なかったのだ。

「で、ようやく夢をかなえるときが来た。陸の旅に未練はないし、海の危険も怖くない。何の迷いもなく、新しい旅に飛び込めると思っていた」

マルゴはそこで言葉を切って、しばらく無言で足を運んだ。それから、太いため息をつくと、遠くの山に視線を向けてつぶやいた。

「だけど、船に乗ったら、おまえに会えなくなる。それが、さびしい」

ソナンはもう、「うん」という一言さえ、返すことができなかった。

会えなくなるのが、さびしい。

そんな素朴な感情が、マルゴをあれほどしおれさせていたのかと思うと、胸が詰まった。海への恐れが大きすぎて、俺もさびしいからいっしょに行くとは言えなかったけれど。

右足先がすべって落ちた。船に乗っていたときから履きっぱなしの布靴は、とっくに破れてぼろぼろで、裸足《はだし》に近いありさまだったから、こちらも血がにじんでいたのかもしれない。幸いにも、予期せぬ動きでかかった重さを、両手と左足が堪《こら》えている間に、右足の裏をぺたりと岩につけ、かかとをわずかなでっぱりにひっかけて、安定を得た。

冷や汗が、こめかみから顎へと流れ落ちた。もったいないので、そっとはずした右手の根元で、すくって口にもっていった。ただ塩辛いだけだった。

気をつけろと、ソナンは自分を叱責《しっせき》した。マルゴとの思い出をたどっていたら、注意が散漫になる。のぼることに、もっと集中しなければ。

けれども、友の笑顔を脳裏から追いやってしまったら、生きるための力が涸《か》れてしまいそうだった。

マルゴ。さびしくても、まだ俺を、そっちに呼ばないでくれ。ふたりで始めた冒険が、ここで終わりじゃ、おまえだって、いやだろう。

マルゴは、さびしいからといって、ソナンを海の旅に無理に連れ出そうとはしなかった。同様に、〈永遠に安らげる場所〉から見ていたとしても、ソナンをそちらに呼んだりはしない。この闘いを応援してくれているにきまっている。

それはわかっていたが、マルゴに話しかけていなければ、荒れた海の波しぶきのように彼を取り巻き降りかかる死に、捕まってしまいそうだった。

マルゴ。俺は、上までのぼりきる。この大陸の村を見る。町を見る。人や暮らしをきちんと見る。いつかそれを、おまえに語って聞かせる。それまでそこで、待っていてくれ。

しびれて痛みも感じなくなった右足の指を、小さなでっぱりに乗せ直し、ソナンは上への移動を再開した。


一度は断ったマルゴの誘いを、裁判で証言したことをきっかけに、ソナンは受けた。彼にしてみれば、ずいぶん思い切った決断だったが、後悔することにはならなかった。意外なことに、沖に出てしまうと、水への恐れは霧消した。恐れの裏に、ソナンの胸にも海への憧れがあった。だからあんなに心が騒いだのだと、知ることになった。

マルゴとの絆も、共に海に出たことで、ますます太く、確かになった。

船の仕事に憧れて事前にしっかり調べていたマルゴも、いざ陸地を離れると初めてのことだらけで、ソナンと同じくらい戸惑った。

船乗りの仕事と海の上の生活。ふたつを同時に覚えなければならないのだが、熟練者たちの教え方はぞんざいで、命にかかわる大事な説明を、一度きりですませてしまう。縄の結び方も、親方の号令の意味も、ソナンとマルゴは互いに教えあい、確かめあって、初期の困難を乗り切った。

海の男は陸地を歩く行商人より、総じて気が荒かったが、その半面、人懐《なつ》っこいところがあった。仕事をひととおり覚えたら、すっかり同等の仲間扱いしてもらえるようになり、肩を組んで陸を恋うる歌をいっしょにうたったり、深夜番同士で眠気覚ましのほら話を披露しあったり。

船乗りは、船が沈めば共に死ぬ。

生死をともにするという意味では、行商仲間も橋のない川を渡るとき、同じ縄に命を託した。警備隊の巡回班の同僚とは、辻《つじ》強盗に刺されないよう、かばいあった。けれどもどちらも日常的なことではないうえ、いざとなったら仲間を見捨てることもできる。

同じ船に乗りあわせた者たちは、そうはいかない。好き嫌いを越えて否応《いやおう》なしに、常に運命共同体でいるのだから、まさに切っても切れない絆で結ばれる。ほかでは味わえないこの関係性に、ソナンもマルゴも魅せられた。

そのせいで、信を置いてはならない男を、あんなにも信用してしまったのだろうか。そうだとしたら、悔やんでも悔やみきれない。

仲間との絆以外でも、マルゴの期待以上に、そしてソナンが思いもしなかったほど、船の旅は胸の躍る体験だった。仕事は時にきつかったが、それもまた、ぶじに港に到着したときの充実感を高めるもので、予定の航海が終わったとき、ソナンは腕周りが大きくなったばかりでなく、背骨まで太くなったように感じたものだ。

次の航海に、ふたりは異国の船を選んだ。いきおい船を動かす者も異国人が多くなり、最初は少し言葉の面で苦労した。異国といっても同じ中央世界の国だから、慣れてしまえば、頭痛に悩まされることなく話が通じるようになり、何人かとは親しくなれた。

二回目の航海では、いくつもの国の港をめぐった。新しい土地の風物を見聞きするたび、ソナンとマルゴはその面白さを語りあった。旅の興奮にふくらむふたりの胸では、もっと遠い土地、もっと違った世界への好奇心が育っていった。

そんなとき、ふたりに近づいてきた人物がいた。

近づいてきた、とは今だからいえることで、当時は、マルゴとのときがそうだったように、自然に引かれあったと思っていた。気がつけば、笑いが、動きが同調している。うなずいてほしいときに、大きくうなずいてくれる。

すべて計算尽《ず》くのことだったのだが、ソナンとマルゴは、ふたりの友情が結ばれたときと似ていたために、魂が相似する二人組が、三人組になったと勘違いした。

ルセドゥという名のその男は、中央世界の小国、モガンラの出身だった。国は小さいが交易を得意としていたため、船乗りにモガンラ人は多かった。

ルセドゥはおそらく、航海の初めのころに、ソナンとマルゴをこっそり観察していたのだ。そうやって、どう取り入るかを見定めて、ふたりが異国人とも難なく話せるようになったころ、馬が合うふうを装《よそお》いながら近づいてきた。その技《わざ》があまりに巧みだったので、ソナンもマルゴも見抜くことができなかった。

親しくなってしばらくすると、ルセドゥは外海の旅について語るようになった。モガンラ人だけあって、彼は外海に詳しかった。知人の何人かは実際に、危険な外海を横断して、隣の大陸、パロロイに行ってきたという。内海の旅とはちがうその航海の恐ろしさ、雄大さ、美しさ。中央世界をはなれた、辺境と呼ばれる地域の奇妙奇天烈《きてれつ》なありさま。

そうした話に、ソナンとマルゴは時を忘れて聞き入った。ことにマルゴは熱心に質問するようになり、好奇心が憧れへと高まっていくのが、ソナンには手に取るようにわかった。

ルセドゥはやがて、船乗りのあいだで噂《うわさ》になっていた、新しい技術で造られた船についても語りはじめた。新造船は、外海の嵐《あらし》に耐える構造で、パロロイまで行って帰るのがずっと確かなことになったという。これからは辺境との交易も、かつてのような無謀な賭《か》けではなくなるのだと前々から聞いてはいたが、新しい技術で造られる船は高価で数が少ない。間近で見たことのある人間は、ルセドゥのほかはいなかった。

彼は故郷で、その手の船が造られるのを見学したことがあるという。出来かけの甲板に上がらせてもらい、沈まない工夫のいくつかを実際にその目で見てきたのだ。

そんな話を聞かされて間もなく到着した港で、彼らは初めて、新しい技術で造られた船を目にすることになった。それは既存のものより大きく、形も珍しかった。ソナンとマルゴだけでなく、古参の船乗りたちまでが、目を大きく広げていつまでもながめていた。

ソナンは、その船が、外海のとんでもない嵐の中で、ひっくり返ることなく舳先《へさき》を進路に向けつづけているさまを思い描いた。身の内が熱くなり、両手が拳をにぎっていた。

もしかしたら、このころには、ソナンの胸にも外海への憧れが芽生えていたのかもしれない。

長兄を奪った憎い場所。海など見たことのない人々さえ、恐怖を抱いている危険な魔境。

それが外海というものだったが、だからこそ、そこを当たり前に航行できるようになったという話は、人間が大きな困難に勝利した凱歌《がいか》のように響いたのだ。

ルセドゥは、ふたりの心情を見透かしていたのだろう。マルゴの憧憬が触れれば落ちる果実のごとく熟し、ソナンの外海への憎しみと恐れがくるりと反転したその時に、順風満帆だったふたりの人生を断ち切る斧《おの》を振り下ろした。

6

久々にトコシュヌコの港に寄航したときのことだ。船の修繕のため何日か休みとなったが、その日数で王都に行き来するのはきつい。どうせあと二十日足らずで今回の航海は終わるのだから、無理して帰郷することもないと考えたソナンとマルゴは、港町でのんびり過ごすことにした。

ルセドゥは上陸してすぐ、用事があると姿を消していたのだが、翌々日に、内密の相談があると、ふたりを居酒屋に呼び出した。いったい何の話だろうと、いぶかしみながら指定された店に着いて、驚いた。船乗り風情《ふぜい》が足を踏み入れてよさそうにはない高級店だったのだ。しかも、入り口でルセドゥの名前を出して案内されたのは、さらに庶民と縁遠い、値の張りそうな個室だった。

「こんなところに呼び出して、ごめん。絶対に人に聞かれたくない話だったから」

ルセドゥは、身分に不釣り合いな場所を恥じるように、両手の指をすりあわせながら謝った。ソナンとマルゴは、慣れない場所に身を置く緊張で気もそぞろだった。部屋のしつらえはどれもみな、寺院の祭壇に飾りたいほど手の込んだものだし、やがて運ばれてきた飲み物の器にも、細かな彫刻がほどこされている。中身の酒も、高価で美味なものだったのだろうが、後からふたりでうんうん頭を絞っても、どんな味や匂《にお》いがしたか、色や舌触りがどうだったか、まったく思い出せなかった。部屋を出るときふたりとも器を空にしていたことは記憶にあるから飲んだのだろうが、居酒屋の個室という慣れない場所に、ソナンもマルゴもそれほど緊張し、その緊張がとける間もなくルセドゥがくりだした話に、それほど我を忘れてしまったのだ。

「実は、外海を渡る交易船に乗れそうなんだ。それも、新しい造りの、嵐《あらし》に耐える大型船だ」

「すごいじゃないか。船出が俺たちの駆けつけられる港だったら、ぜひ教えてくれ。絶対に見送るから」

マルゴは身を乗り出して、すでに別れの挨拶《あいさつ》をするかのように、ルセドゥの手をがっしりつかんだ。ソナンも、自分のことのように気持ちが高揚した。

「うん、俺も、何があっても駆けつける」

ルセドゥはマルゴの手をなでるようにしながらはずして、声を落とした。

「ただし、この話には、条件がひとつついている。それを相談したくて、おまえたちに来てもらったんだ」

ソナンとマルゴは、同時に唾《つば》をごくりと呑《の》んだ。

「三人ひと組でないと、だめなんだ」

その言葉の意味を胃の腑《ふ》に落とし込んだのも、ふたり同時だったようで、互いの顔を見やる視線がぴたりと合った。だが、ソナンとマルゴが双子のように同じ反応を示したのは、そこまでだった。

「ルセドゥ、悪いけど、俺は」

ソナンがそう切り出すと、マルゴは顔を曇らせて、遮る言葉を口にしかけた。

ルセドゥが腰を浮かせて、ふたりを制した。

「ふたりとも、結論を出すのは待ってくれ。この話には、続きがあるんだ。ここまでのことなら、わざわざ個室を借りなくてよかった。いまからが、他言無用のすごい話なんだ」

そう言うとルセドゥは、椅子《いす》に深くすわりなおして、腹の上で手を組んだ。

「外海を越えての交易が、ものすごく儲《もう》かるってことは、おまえたちも知ってるよな。だから、どれだけ船が沈んでも、パロロイに行こうとする無謀な博打《ばくち》うちがうようよいた。だけど、そんな時代は、もうすぐ終わる」

ルセドゥはソナンの兄のことを知らないから、同情のかけらもみせない涼しい顔で、過去の命知らずたちを切り捨てた。

「新しい技術のおかげで、沈没のおそれがほとんどない船が造れるようになったからだ。新造船で往復すれば、パロロイとの交易は、無謀な賭《か》けじゃなくて、確実な儲け仕事になる。それも、笑いがとまらないほどのぼろ儲けだ。ただし、新造船はべらぼうに高い。元をとるまで船を安全に動かすために、船主が沈没の次に心配するのは、何だと思う」

訊《たず》ねておいてルセドゥは、ソナンとマルゴが考える間もなく答えを出した。

「それは、船員の質だ。内海とちがって外海では、一度船出をしてしまったら、途中で寄れる港はない。とんでもなく出来の悪い船員も、交代させられないからな。しかも、いくら沈没しなくなったといっても、嵐に流されて航路を見失えば、けっきょくは船も積み荷も失われる。船員が腹黒いやつばかりだったら、船を乗っ取られるかもしれない。そこまでひどい話じゃなくても、積み荷から値の張る物をくすねられるおそれもある。人柄の信用ができて、船をきちんと動かせる船員を、そろえないといけないんだ」

「それはわかるけど、俺もマルゴも船の仕事の経験は浅い。数少ない新造船に歓迎されるような腕前とは思えない」

「大事なのは、経験とか腕じゃないんだ。いや、それも大事だけど、腕自慢は、船長の指示より、自分の勘で仕事を進めたりするだろう。内海と外海じゃあ、やり方がちがうこともたくさんあるのに、長く船に乗ってるやつほど修正がきかないんだと、俺を誘ってくれた船長は嘆いてた。この船長が求める船員には、次の三つが必要なんだ」

ルセドゥは指を三本立てると、一本ずつ折っていった。

「まず、人の話をちゃんと聞けること。次に、聞いた話を理解できること。最後に、理解したとおりに動けること」

顔の前にかかげたこぶしを引っ込めると、ルセドゥはそこでにんまりと笑った。

「どれも、当たり前のことに思えるよな。ところが、そうはいかないらしい。内海の船乗りのほとんどは、人の話を聞けない頑固者か、指示を聞いているようで、ちゃんとは理解していないから、ちょっとでも新しいことが起こるとあたふたしちまう未熟者のどちらかだって、その船長は言っていた。そんなやつらを大事な新造船に乗せるわけにはいかないって」

正直に認めてしまうと、ソナンはこの演説に心をくすぐられた。ルセドゥのいう船長の説は、これまで胸に抱えてきた小さなもやもやに光を当ててくれたのだ。

行商や船の仕事でもそうだったが、ことに警備隊にいたとき、上官や同僚の行動にもどかしさを感じることがあった。ひとつひとつはささいなことだったので、きちんと言葉にしなかったが、船長の持論を聞いて、あれはそういうことかと合点がいった。

そのうえ、この演説に合点がいったということは、自分はその手の人間ではないとの自負があったのだ。ルセドゥの誘いがその自負を、まさに肯定してくれているのだと気づいたら、口元が少しゆるんだ。

おそらくルセドゥはその変化に気づいただろうが、そんなそぶりはみせずに、真剣な面持ちで話をつづけた。

「ありがたいことに船長は、俺のことを認めて、船に乗るよう誘ってくれた。そのうえ、どうしても人手があと少し足りないから、船長の言う条件にかなう船員を二、三人、連れてこいと言われたんだ。船長に対して太鼓判を押せる人間に、心当たりはほかにないから、三人は無理だけど、おまえたち二人になら、俺は自分の命を預けられる。他のやつらに声をかける気はいっさいない。おまえたちに断られたら、俺は外海に出るのをあきらめる」

ルセドゥはどこまでもソナンらの心をくすぐってくる。しかも、そこでくるりとくすぐる方向を変えてきた。

「そして、ここからが肝心の、他言無用の話なんだが、俺があと二人、確かな人間を連れて行ったら、俺たち三人とも、小荷主《しょうにぬし》にしてくれるというんだ」

「小荷主」

ソナンとマルゴは思わず声をあげた。それは、船乗りのあいだでなかば伝説として語られている役得だったからだ。

外海を越える交易は、うまくいけばすこぶる儲かった。パロロイで珍重される品物を千キニツぶん買って、運んでもらえば、むこうで一万キニツ相当の金になる。その一万キニツでパロロイの特産品を買って帰ってきたら、場合によっては十万キニツになる。

それほどおいしい商売だが、行きか帰りに船が沈めば、元手の千キニツを失うだけではない。船に荷を載せてもらうには、航海にかかる費用を荷物の総量で割った料金を払わなければならない。その額は、最小単位の荷物に対しても千や二千になるだろうが、船が戻ってこなくても、返還されることはない。また、船がぶじに往復できても、託した荷がパロロイでうまく売れないこともあれば、むこうで仕入れた商品が、航海中に傷《いた》んで価値を失うこともある。

すなわち、数千キニツが無に帰しても困らない金持ちだけが、それを百倍にする賭けに挑めるのだ。

この賭けは、手元に金があればあるほど有利になる。たとえ失敗が続いても、一度でも成功すれば、積もり積もった損を取り返してあまりある儲けが得られるからだ。金のある者だけがさらに富み栄えるという世の仕組みが、ここにもみられるというわけだ。

そんななか、財産をもたない庶民が荷主になれる機会として、ごくごくまれに船員に与えられる特典があるとの噂《うわさ》があった。船主や船長がどうしても雇いたい者に、行李《こうり》ひとつぶんほどの荷物の持ち込みを認めてくれるというものだ。この特典を得た船員は、自らパロロイで売買ができ、航海のあいだも荷物が傷まないよう気を配れるので、陸地で船の帰りを待つ荷主よりも確実な儲けが期待できる。

夢のような話だが、実際これは誰かの夢かもしれないと、ソナンなどは思っていた。なぜなら、実際にその恩恵にあずかったという船員の話を、一度も耳にしたことがなかったからだ。神に会ったとか、その奇跡を間近で見たという体験談ですら、知人の知人の話としてあれこれ語られているのだから、実際にあることならば、少しは具体的な噂になっていいはずだ。

ルセドゥが口にしたのは、そう考えていた夢物語だったから、にわかには信じられなかった。しかも以前のような沈没の恐れがない船で行くのだから、元手を百倍にする確率は、かなり高いことになる。この話は、夢のまた夢だ。

「うん、小荷主。重さの制限はあるが、行李ひとつぶんの荷物を持ち込める」

「だけど、どんなに少しの荷物でも、けっこうな運搬料がいるんじゃないか」

マルゴが心配するのももっともで、これでは話がうますぎる。

「いいや。船員の小荷主は、運搬料をとられない」

「新造船でも?」

「新造船でもだ」

「おいしすぎる話に聞こえるが、その船長は信用できるのか」

「もちろん」

ルセドゥの口調に迷いはなかった。

「俺が誰よりも信頼し、尊敬している人だ。俺だけじゃなく、いろんな人に慕われている。モガンラの主要港で、これまでに二回、〈港の長《おさ》〉に選ばれたことがあるくらいだ」

〈港の長〉とは、特段の役目のない名誉職だが、港町に住む人々が、身分にかかわらず一人ひとつの石を投じて選出する。金や権力で手に入れられる称号ではないだけに、一度でも選ばれれば本物の人徳者とみてよかった。それが二度なら、大したものだ。

ソナンとマルゴは感心して、すっかり信用してしまった。もっと疑うべきだったが、まさかルセドゥが、調べればすぐばれる嘘《うそ》をつくとは思わなかったのだ。

いや、調べても、すぐにはわからなかったかもしれない。モガンラ人は名字の種類が少ない。モガンラの主要港の長を調べたところで、ルセドゥのいう船長と同じ名前の人物が、二回選ばれていたとわかる結果に終わっていたとも考えられる。

「そんなに心配しなくていいよ。船主も船長も、俺たち三人が行李みっつの荷物を持ち込んだからって、何の損もしないんだから。こういうことは、案外ちょくちょくあるらしいぜ。人に知られるとやっかまれて大変だから、みんな口を閉ざしているんだ。俺たちも、この話は絶対に秘密にしなきゃいけない。それで個室を借りたんだ」

小荷主の特典を得た話を噂にも聞かなかったのは、そういう理由からだったのかと、ソナンは納得してしまった。

「それから、よほどの嵐に見舞われて、積み荷を捨てなきゃならなくなったとき、俺たちの荷がいちばんに海に投げられる。それは覚悟しなくちゃいけないけど、その場合、仕入れに使った金くらいは、あとで返してくれるそうだ。傷んだ場合の補償はないから、そこは自分で気をつけなきゃいけない。傷みにくい品を選ぶべきだな。食べ物なんかは避けたほうがいいってことだ」

こんなふうに、ルセドゥはすぐに細かい話に入り、ソナンとマルゴに話の真偽へ気持ちを向ける暇《いとま》を与えなかった。つづいて、船に持ち込める荷物について、何が許され、何がだめかといった規則を語り、どんな品が調達しやすく、むこうで確実に高く売れるか、どのあたりに積んでもらえば壊れにくいかなどと、話をどんどん進めていった。

賃金は、内海の旅よりほんの少し高いだけだ。だが、新式の船は、航海中に沈む危険が内海と同じくらいに低い。必ず嵐に揉《も》まれるなど厳しい面もあるが、新式だから従来の船ほど揺れないし、外海の旅では、帆が風をはらんで順調に進んでいるとき、船員のやることはごく少ない。内海の旅とちがって、のんびりする時間がふんだんにあるという。

それも魅力的だが、ソナンの心をとらえたのは、やはり、自分の交易品を運んで一財産つくれるということだった。

金の亡者《もうじゃ》になる気はないが、まとまった貯《たくわ》えがあれば、家族の暮らしが安定する。ソナンの家では、弟がしっかり稼ぎだしてから日々の苦労はなくなったが、誰かが怪《け》我《が》や病気をしたときに、ゆっくり養生できるゆとりまではない。一家の床板は脆《もろ》いままなのだ。

王都では、強盗に入られたり、でっち上げの罪で罰金刑をくらったりの不運も、珍しいことではない。貯えがあればそういうときにも、暮らしを破壊されずにすむ。けれども、外海の旅は、あまりに長く陸を離れる。船が改良されたとはいえ、それを思うと身がすくむ。

答えを出すのに数日の猶予《ゆうよ》をもらい、ルセドゥと別れて安宿に戻った。

マルゴは最初から、この誘いに前のめりだった。海に大きな憧《あこが》れを抱き、内海の旅に出ることができてすっかり満足していたマルゴだが、心の底には、さらに大きな冒険への野心が眠っていたようだ。

ソナンの中ではあいかわらず、恐れのほうが大きかった。けれども、だからこそ、技術の進歩で危険がのぞかれたことへの感銘も深かった。あのとき自覚していたわけではないが、新しい技術で造られた船に乗って外海を渡れば、長兄の仇討《かたきう》ちになる気がしていたのかもしれない。そして、生家の床板を厚くしたいという願望。

かくしてソナンとマルゴは話を受けた。即断したわけでなく、熟慮のうえで決めたのだが、ふたりで内海に出た時がそうだったように、三人で新しい海に乗り出せば、さらに胸の躍る日々が待っているという予感に、背中を強く押されていた。

決断すると、給金の半分を前払いしてもらえた。ソナンは帰郷して家族に渡した。母が心配すると思ったので、中央世界をはなれることは告げなかった。ただ単に、これまでより長い航海に出たのだと、家族はいまも思っているだろう。

乗船日はまだ先だったが、乗り込む予定の港に早めに赴き、マルゴたちと落ち合った。三人で、市場や近場の店をまわって、行李ひとつぶんの交易品を選ぶのだ。

マルゴとルセドゥは、パロロイに生息していない鳥の羽根にした。中央世界では珍しくもないものなので、かなり安価に調達できる。ぎっしり詰めても重くはないから、時化《しけ》のときの捨て荷に選ばれにくい。

ソナンは、瓢簞《ひょうたん》を手持ちの金で買えるだけ買った。行李ひとつぶんは無理だったが、借金せずに買える範囲の商いにとどめることにした。

あちらの大陸に、瓢箪は生えていないようだが、竹製などの容器は多彩にある。すわりの悪い瓢箪は、実用品としての人気があるわけではなかったが、形のおもしろさから、損をしないていどには売れる品だとわかっていた。さらに、表面に模様の彫られたものは、最低でも元値の十倍で売れるらしい。

ソナンは一計を案じて、加工されていないものを買った。これなら値段が安いので、行李を半分埋めるだけ買えた。それから出航までに、表面を磨くやり方と、模様を刻む技を習えるだけ習った。航海中たっぷりあるというのんびりできる時間に、自分で加工を施して、より高く売れる商品に仕上げることにしたのだ。

花や果物をかたどった素朴な模様が彫れるようになったころ、彼らの待つ港に大型船が入ってきた。一目見て外海の嵐に耐える新造船とわかる、特異な形の船だった。

荷積みに三日かかった。それから船の中を案内された。うっかりすると迷子になりそうなほど入り組んでいた。

船長は、聞いたとおりの人格者にみえた。新米の船員にも、「よくこの船に乗ってくれた」と愛想のいい顔を向け、それからルセドゥの肩をたたいて、「いい面構《つらがま》えのふたりじゃないか。おまえの人を見る目に間違いはないと思っていたよ」と満足そうに目を細めた。ソナンもマルゴもこの言葉を誇りに思い、船長のために命がけで仕事をしようと心に決めた。

ウミよ。俺の話は退屈か。

ソナンは胸のうちで、昨夕別れた娘に呼びかけた。

退屈だろうな。自分で思い返しても、よくある愚か者の失敗談だ。だが、「騙《だま》された」と聞いただけで、声をあげて笑ったおまえだ。ここから先の話には、腹を抱えて笑ったかもしれないな。


何かがおかしいと気づくのに、半月あまりがかかった。つまり、航海の半ばまで、マルゴとソナンは、外海を越えて他所《よそ》の大陸に向かう高揚感に包まれて過ごしたのだ。ひとつ残念だったのは、ルセドゥが出航早々からだを壊して、内海での最後の寄港地で船をおりてしまったことだ。三人いっしょならこの旅はもっと楽しかっただろうと、ふたりは幾度も嘆息した。

船上での仕事は、ルセドゥが言っていたように、内海にくらべて楽だった。船が大きすぎるため、帆の上げ下げも、人が直接引っ張るのでなく、数人で滑車を回す仕組みになっており、かえって力がいらないのだ。内海では、船員の仕事で特にきついのは、ひどい時化のときだったが、外海の嵐は人がどうこうできるものではない。海が荒れたら全員が船室に閉じこもるしかなかったから、嵐の揺れに耐えればすんだ。

「こんなに楽でいいのかな」

マルゴが首をかしげたのが、ふたりのあいだで違和感を口にした最初だったろうか。ほんとうは、ソナンもマルゴも最初から、頭の隅でどこかおかしいと気づいていたのかもしれない。高揚感に妨げられて、小さな疑問や不吉な予感が気にとまらなかった、あるいは、気にとめたくなくて目をそむけつづけていただけで。

「船員の人数、多すぎるよな」

ルセドゥが急に船を下りても問題にならなかったほど、乗組員は多数いた。しかも、初めて外海に出るという者が大半だった。ルセドゥの眼力で信頼できる人間をもう二人そろえてほしいと、船長が小荷主という特典を差し出してまで頼んだという話は、おかしくないだろうか。

もうひとつ気になったのは、寝床の割り振りだ。新米が二、三人ずつの小部屋で、熟練者が大部屋。

ふつう、逆ではないだろうか。

新米の小部屋は、船の構造上生じる窓のない空間で、狭苦しい。船尾にある大部屋のほうが居心地いいのかもしれないが、新米を大部屋に集めておけば、指示を出すのにも仕事を教えるのにも都合がいいだろうに。

部屋割りのこともあって、他の船員と親しくなる機会は内海の旅よりとぼしかった。そのうえソナンらには、心から打ち解けにくい事情があった。大勢の乗組員の中で彼らだけ、小荷主という特典が与えられていることを、絶対に秘密にしなくてはならない。そのせいで、どうしても他の船員とのあいだに溝ができてしまうのだ。

とはいえマルゴと二人で小部屋に寝起きすることは、ソナンの瓢箪加工にとって都合が良かった。人に見られず作業ができるし、集中もできる。まとまった数の加工が終わったら、自分の行李が置かれた倉庫にこっそり入って、未加工のものと入れ替える。そのままいけば、パロロイの港に着くまでに、すべてに模様を入れられそうだった。

ところが、外海に出て嵐を一回くぐったあと、小刀を取り上げられた。ソナンだけでなく、厳しい荷物改めにより、どの船員も刃物を没収されたのだ。仕事で使う場合には、数を確認しながら貸与され、終わったらすぐに回収される。

「叛乱《はんらん》をおそれているんだろうな」

ふたりは、そう解釈した。通常の船にくらべて警戒しすぎに思えたが、新造の大型船だ。新米船員たちが結託して乗っ取りを企てるのではと、無用なまでに恐れる気持ちもわからなくはない。

小刀を奪われ、手持ち無沙汰《ぶさた》になってしまったが、マルゴの発案で、荒縄を使って磨くことにした。つやが出るだけでも値はちがってくるだろうとの目論見《もくろみ》だ。やっているうちに、磨く向きを変えることで縞《しま》模様を入れることができるようになり、小刀で彫ったとき以上に愛着のある出来となった。

丹精込めて磨き上げたあの瓢箪は、今どこにあり、誰が手にしているのだろうか。

静かに降り積もっていた疑問が一気に解けたのは、あと一、二日でパロロイに到着するというときだった。ソナンとマルゴは、この船にいる数少ない同国人から、ことの真相を耳にすることができたのだ。

といっても、意図して教えてくれたわけではない。偶然から、立ち聞きすることになったのだ。

彼らの乗った新造船は、荷物だけでなく客も運んでいた。何らかの理由で中央世界に渡り、故国に帰るために大金を払って乗船した、小太りのパロロイ人だ。あちらの大陸の富豪なのだろう。きらびやかで重そうな衣装に身を包み、何人もの使用人と二人の換語士を連れていた。

換語士とは、ふたつ以上の言葉をあやつれる人間で、ちがう言葉を話す者らの間に立って、意味を伝える仕事に従事する。

使用人はみなパロロイ生まれのようだったが、換語士は見た目やしぐさから、中央世界の人間と見当がついた。どこの国の出なのか気になって、ふたりが甲板を散歩しながら話す言葉に耳をすまして、同郷のトコシュヌコ人だとわかった。

ソナンとマルゴは嬉《うれ》しくなって挨拶したが、ろくに返事ももらえなかった。パロロイの言葉が話せるというのは、高く売れる技能だ。そんな高級な仕事の人間に、船員ごときが同郷というだけで、気安く話しかけてはいけなかったようだ。

それでもこの換語士らの存在は、ありがたかった。彼らの換語を漏れ聞くことで、パロロイの言葉をいくつかおぼえることができた。ふたりのあいだの会話から、船が向かう港のことや、その付近の様子を知ることもできた。そして、旅の終わりが近づいたあの日、まったくの偶然から彼らの内輪話を立ち聞きし、船長らの恐ろしい企《たくら》みを知ることになったのだ。

それは幸運な偶然だったが、考えてみればソナンはこれまで、あの出来事を好事ととらえたことはなかった。まだ見ぬ大陸を想《おも》って多幸感に包まれていたふたりが、一気にどん底に突き落とされたのだから。

そこから先は、恐ろしい罠《わな》から逃れることに無我夢中だった。ウミとの数日という凪《なぎ》の時を経ていまも、死の顎《あぎと》からの逃避にあらんかぎりの力で挑んでいる。

あと四回、右手を上にのばせたら、ソナンはその試みに成功する。だが、そのためには右足、左足、左手も、四回ずつ上に運ばなければならない。左の獣の掌は、さっき岩に打ち付けたとき、奇妙な音をたてて爪《つめ》が後ろに倒れてしまった。もう役には立たないだろう。これからは、どんなに手がかりが小さくても、指先でつかんで、からだを持ち上げなくてはならない。

はたして、そんなことが可能だろうか。左の指は五本とも、だいぶ前から、痛みと疲れで感覚がほとんどなくなっているというのに。

それでも、ここまで来られたのだ。

あと少しで、パロロイの土の大地を踏めるところまで。

たとえ手や足をすべらせても、長く苦しむことなく、マルゴのあとを追えるところまで。

マルゴのあとを追って木材の迷宮に入り込んだのが、立ち聞きのきっかけだった。

　そのころ、船の上には浮かれた気分が漂っていた。一番高い帆柱の見張り台に立ってもまだ、陸地を目にすることはできなかったが、数日前から、陸を遠く離れることのない鳥の姿が見られるようになっていた。どうやら、あと一日か二日で、往《い》きの旅は終わりを迎えるようだ。船長らがそう話していたし、この夜には、慰労の宴会が開かれることになっていた。ここまで来たらもう、ひどい嵐が襲ってくることもない。

「とうとう俺たち、他所の大陸に足を下ろすことができるんだな。夢みたいだ。俺はもう、人生に望むことは何もない気がするよ」

　マルゴが陶然としてそんなことを言うから、ソナンは軽くたしなめた。

「何言ってるんだ。中央世界に帰りつくまでが旅だろう。羽根と瓢箪をいい値で売って、いい品を仕入れて、帰って売りさばかなきゃならないんだから、上陸しただけで満足しちゃいられないぞ。商売のことを別にしても、こっちの世界を見て、聞いて、味わって、たくさんの土産話を仕入れて帰るんだ」

　ふたりは階段をひとつ下りきったところだった。左手の通路の先から、宴会を準備する者らのにぎやかな声が聞こえていたが、ふたりはさらに下層へと向かう階段にとりついた。磨き終えた瓢箪を行李に戻すためだ。秘密の行き来もこれが最後だと思うと感慨深い。

二つ目の階段から先は、気軽に出入りしていい区域ではなくなるので、ふたりは口をつぐんで足音をひそめた。三つ目の階段を下りながらソナンは、どうして宴会は甲板でなく、中層の大部屋でおこなわれるのだろうと考えた。

部屋の広さは、非番の全員が一度に入れるほどではない。半分くらいずつが入れ替わりながら酒席につくことになっている。それなのに、出入り口はひとつきりで、窓もないので息苦しい。せっかく今夜は波も風も穏やかだ。全員が集える甲板でやったほうがよさそうなのに。飲み食いするものを運ぶのも、人が入れ替わるのも、そのほうがずっと簡単だ。

ああ、そうか。酔っ払って船から落ちる者が出たらいけないからだなと、ひとりで答えを出したところで、階段がおわった。その先に、一見するとただの壁に見える扉がある。人目のないことを確認して、絡繰《からく》りを動かして中に入った。

そこからは、新式の船の構造上必要な壁と壁との隙間《すきま》があちこちにあり、通路との区別がつきにくい。道を間違えないよう気をつけて進み、彼らの行李が置かれた倉庫に到達した。念のため、マルゴが入り口に立って見張りについた。この奥まった倉庫には、船長ら上級船員の荷物もおさめられている。許可も得ずに入り込んでいるところを見つかったら、盗みに来たと疑われかねない。

ソナンが瓢箪を自分の行李に戻して元通りに梱包《こんぽう》しおえたとき、マルゴが低く叫んだ。

「誰か来る」

マルゴが手招きして入り込んだ壁と壁との狭い隙間に、ソナンも飛び込んだ。

隙間はずいぶん奥深かった。からだを斜めにしなければ進めないほど細くはあったが、まるで通路だ。この先で、どこか別のところに出られることを願いながら、マルゴの背中を追って暗がりを進んだが、右と左に一度ずつ曲がったところで行き止まりになった。やはり、ただの構造上の空間だったようだ。

ふたりは声をひそめて相談し、倉庫の人気《ひとけ》が消えるまで、そこに隠れていることにした。

狭いところにふたりでくっついているものだから、たちまち汗が噴き出した。彼らの吐く息のためだろう。あたりは蒸して、木の匂いに酔いそうになった。造船の前に木材はしっかり乾かしているはずだが、それがこんなに匂うのだから、なるほどこれは新造船だと、そんなことを考えていたら、人の声がした。

くぐもっていて聞き取りにくいが、トコシュヌコの言葉だった。行き止まりの壁の向こうで、誰かが話をしていた。

　内容から、パロロイの富豪の換語士たちだとわかった。雇い主への不平不満をこぼしあっている。どうやら壁の向こうは彼らの部屋で、そこでの話は誰にも聞かれないと信じきっているようだった。

「辺境の野蛮人のくせに、なんであんなに傲慢《ごうまん》なんだ。旅があと一日か二日で終わるんじゃなかったら、そのうちあいつを絞め殺してしまいそうだ」

「まあ、そう言うな。金払いはいいんだから」

「そうだな。帰りの船には、金払いがいいだけじゃなく、礼儀をわきまえたパロロイの商人が乗っててくれたらいいな」

「贅沢《ぜいたく》を言うなよ。パロロイ人はみんな、あんなものだ」

　乾いた笑いと飲み物を啜《すす》る音。

　やがて深いため息のあとで、一人がしみじみと言った。

「そうだな。贅沢を言えばきりがない。俺たちは、あいつらとちがって、帰りの船に乗れるんだから、それだけで、ありがたいと思わなくちゃな」

「なんだよ、それは。あいつらって、誰のことだ」

「甲板でぶらぶらしてる連中さ。外海が初めての船乗りと親しくするなって、船長に言われていただろう。それから、今夜はまちがっても宴会場に近づくな、できたら港に着くまで、自分の部屋に閉じこもっていろと」

「ああ。いやな感じの忠告だよな。あの連中によくないことが起こりそうで、顔を合わすのがつらかった。帰りの船に乗れないって、まさか、そういうことなのか」

マルゴがソナンの肩をぎゅっとつかんだ。ソナンは歯をくいしばりながら、ひとことも聞き逃さないよう、さらに耳をそばだてた。

「うん。さっき、パロロイ野郎が下僕に話してるのを聞いて、最悪の予想が当たってたのがわかった。やつらは全員、ドレイとして売られる」

深いため息が、今度はふたりぶん。

「気の毒だな。あの連中、二度と故郷に帰れないってことを、まだ知らないんだから」

「トコシュヌコ生まれの船乗りにだけでも、ほんとのことを教えてやりたかったが、そんなことをしたら、こっちの身が危ないものな」

「そうだな。知らんぷりをするしかない。だけど、かわいそうで、ますますあいつらの顔をまともに見られないよ」

「それも、あと一日か二日の辛抱だ。いや、ちがうな。今夜には、ドレイに売られる連中は、閉じ込められる。甲板で会うことは、もうなくなるよ」

「つまり、今夜には自分の運命を知るってわけか。それはそれで気の毒だ」

7

ドレイ。

それは、中央世界には存在しない言葉だった。

だから換語士にも換語ができず、そこだけパロロイ語を使った。

存在しないだけでなく、中央世界では想像もつかないほどひどい制度で身分だが、ソナンとマルゴはこの言葉を知っていた。行商で巡った港町で、耳にしたことがあったのだ。

「そんなことをしていると、辺境に連れていかれて、ドレイにされるぞ」

聞き分けの悪そうな子供らが、そのひとことで、いたずらをぴたりとやめた。

不思議な脅し文句だと思った。トコシュヌコだけでなく中央世界全域で、子供を叱《しか》ったり、誰かの良心に訴えかけたりするときには、死後に神が下す罰を引き合いに出すのが定番だった。

「そんなことをしていると、太陽を引く者になるぞ」と。

生前、重い罪を犯した人間は、裸足《はだし》で、裸で、荒縄を引いて、太陽を動かさなくてはならなくなるのだ。長い長い年月、休みなく襲いかかる熱さと重さと血の吹き出るからだの痛み。これよりひどい苦行はないと、中央世界の人たちは考えている。

だが、そんな苦しみを、野蛮なパロロイの大地では、人が人に与えるのだ。

ドレイというのは、人間を物のように売り買いする制度であり、そうされる人間のことだ。買われた者は、ドレイであることが誰の目にもわかるよう、手首に焼き印を押され、買った人間――〈ご主人様〉の命令に従って、一生を過ごす。どんなに働いても、給金などもらえない。中央世界なら馬やロバがやるような重労働を、一日じゅう、一年じゅう、死ぬまで続けなければならない者もいる。あまりのきつさに倒れても、水をかけられるだけだ。それで死ねたら楽なのだが、ドレイを使い慣れている人でなしたちは、加減を心得ている。ドレイを殴り殺しても、誰にもとがめられることはないのだが、そんなもったいないことはしない。死なない程度の折檻《せっかん》をして、生きるのにぎりぎりの食事を与え、できるだけ長く使いつづけるのだ。

港町でこの話を聞かされたあと、ソナンはしばらく悪い夢にうなされた。その悪夢が、木材と木材にはさまれた狭くて暑いこの場所で、木のむっとする匂《にお》いとともに立ち上り、ソナンの胸を締めつけた。

彼の心を代弁するかのように、換語士のひとりが苦々しげに吐き捨てた。

「まったく、パロロイは野蛮なところだ。人間を売り買いするなんて。子供にまで焼き鏝《ごて》を当てて、商品にするっていうんだから、非道に過ぎる。そんなことをしてるやつらのために、あっちの世界の神様が、太陽を引くより重い罰を用意していてくれたらいいんだが」

「そうだな」と同意したもう一人の換語士は、少ししてからおぼつかなげに付け加えた。「だけど、考えてみたら、中央世界にも〈人買い〉はいるぞ」

確かに、そう呼ばれる商人はいた。金に困った一家から若い娘を買い取って、よその地域の売春宿に連れて行くのだ。

「だけどあれは、ドレイとはちがうだろう。からだを売る仕事を何年かさせる約束で、前払い金を渡すってだけで、本当に人間を売り買いするわけじゃない」

「そういう理屈で、まともな商売ってことになってるけど、売られた娘は、二度と家には帰ってこない」

換語士ふたりは黙りこんだ。きっとそれぞれ、そんな運命に沈んだ誰かのことに思いをはせていたのだろう。身内ではないにしても、友人知人の縁者とか、同じ街区の顔見知りに、一人や二人いるものだ。

　やがて、〈人買い〉のことを言い出したほうが、気を取り直したように断言した。

「いいや、やっぱり、あれはドレイじゃない。何十人に一人かもしれないけど、惚《ほ》れられて、誰かの女房におさまる娘だっていないわけじゃない。なかには、年季をすませて、自分の売春宿をもつやり手の女だっている」

「どっちにしても、この船の若い衆は、正真正銘のドレイにされるわけだ。今夜の酒が、浮世との別れだな」

「気の毒なことだ」

「ああ。気の毒だ」

　話がそれで途絶えたので、ソナンとマルゴはゆっくりと後ずさり、一回曲がったところで足をとめた。換語士たちのいる部屋にも元の倉庫室にも聞こえない場所で、相談しようと考えたのだ。奥にいたマルゴが、からだをひねって窮屈な体勢になりながらソナンのほうを向き、ふたりは暗がりで互いの顔を見つめあった。

　マルゴがまず、口を開いた。

「今の話を、どう思う」

「疑う理由はないな」

ふたりは誘導されてあの場所に行ったわけではない。誰かの足音を聞いて逃げ込む隙間《すきま》はいくつもあり、あの場所まで行って立ち聞きできたのは、まったくの偶然だ。換語士たちの話しぶりも、芝居とは思えない自然なものだった。

「そうだな」

マルゴがごくりと生唾《なまつば》を呑《の》んだ。ひそひそと押し殺した声が支配していた空間に、その音は大きく響いて、ソナンもマルゴもびくりとした。

「さっきの話で」マルゴがさらに声をひそめた。「これまで不審に思えたことに、説明がつく」

多すぎる船員。楽すぎる仕事。小荷主といううますぎる特典も、いま思えば、ソナンらだけに与えられたのではなかったのかもしれない。秘密を抱えているせいで親しくなりにくいのは、双方からのことだった。だから航海の終盤になっても、元々の知り合い以外はみんな、よそよそしいままだった。

「俺たちをかき集めたのは、ドレイとして売るためだったってことか」

ルセドゥが船から下りたのも、病気ではなく、最初からその予定だったにちがいない。

「うまい手だな。航海のあいだ、新米船員だと思い込ませておけば、暴れたり反抗したりされずにすむ。よく食べて、疲れない程度にからだを動かして、よく眠り、いい状態でパロロイに到着すれば、市場で高く売れるんだろう」

そう言うと、マルゴはふふんと鼻を鳴らした。

「感心している場合じゃない。宴会があんな場所でおこなわれるのが、最後の罠《わな》だ。きっと最初の乾杯には、新米ばかりが集められる。パロロイに着く前に、ドレイとして売る予定の俺たちを集めて、酔い潰《つぶ》して、閉じ込めるつもりなんだ。もしかしたら、酒に眠り薬でも仕込んでいるかもしれない」

「畜生」

マルゴが歯ぎしりした。だが、悔やんだり嘆いたりしている暇はない。宴会はあと少しで始まってしまう。

「早く、みんなに知らせないと」

この悔しさも、待ち受ける運命の悲惨さも、ふたりだけのものではない。ソナンとマルゴの頭の中は、いま聞いた話を仲間に伝えることでいっぱいだった。

ふたりは出口のほうへ、静かにいそいだ。倉庫に誰もいないことを確認すると、飛び出して階段を上へと走る。できることなら新米船員全員に、一度に知らせたかったが、そんなことは不可能だ。それぞれの部屋で寝ている者、船のあちこちで仕事に就いている者、宴会のおこなわれる部屋で準備をしている者、甲板でのんびりしている者と、散らばっている。ふたりは、もっとも近く、人数がもっとも多そうな宴会場を目指した。

狭い入り口を抜けると、からくりを知った目には多すぎるとわかる、三十を越える人数が準備にいそしんでいた。その中に新米以外がいないか確認すると、幸い二人だけだった。皿を置く場所の指示を出している料理人と、全体を見張っているようにみえる古参の船員。

ソナンとマルゴは目と目を見交わし、髪をしばっていた布をほどいて手に取った。マルゴは準備よく、倉庫にあった縄をいくらか持ってきており、二本をソナンに手渡した。うなずきあって、ソナンが古参、マルゴが料理人の後ろに忍び寄った。

ふたり同時に襲いかかる。ソナンはいきなり投げ飛ばして、あっけにとられて動けないでいるところを縛り上げ、猿ぐつわを嚙《か》ました。マルゴがどうしているかと振り向くと、彼は拳《こぶし》を使ったようだ。ぐったりしている料理人を、後ろ手に縛っていた。

「何をするんだ」

この狼藉《ろうぜき》に、その場にいた者たちは驚き、殺気立った。

「聞いてくれ」マルゴが椅子《いす》に飛び乗って、声を張り上げた。

普段は無口なマルゴだが、伝えたい想《おも》いを胸いっぱいに語るとき、その声は朗々として、人の耳をひきつける。行商先で揉《も》め事が起こったときも、マルゴの一声で、いきり立つ相手を静かにさせて、こちらの言い分をきちんと伝えることができた。

ソナンは話をマルゴに任せて、周囲の注意を引かないようにゆっくりと、出入り口に移動した。邪魔が入らないよう見張りに立ったのだ。

マルゴが換語士たちから聞いた話を伝えると、何人かは、はっとした後、憤怒《ふんぬ》に顔を赫《あか》くした。何人かはぽかんと口を開け、残りは「でたらめを言うな」とマルゴに詰め寄った。ドレイという言葉を知っているかどうかで、反応が分かれたようだ。

「そうだったのか」「おかしいと思っていた」「船長を吊《つる》せ」とわめきたてる者と、「こいつら、叛乱《はんらん》を起こそうってのか」「船長に突き出せ」「宴会をぶち壊す気か」と怒る者で小競《こぜ》り合いがはじまり、「ドレイって何だ」「人間を売り買いできるわけ、ないよな」と、いさかいの輪の外で戸惑っている者もいる。

縛られている古参の船員を数人が取り囲んで、猿ぐつわをはずし、「あいつの言ったことは、ほんとうか」と詰問《きつもん》しはじめた。取り調べとしては乱暴なもので、「知らない。そんな陰謀はない」との答えに対し、「嘘《うそ》をつけ」と殴る者がおり、「ほら、みろ。やっぱりでたらめだ」と、マルゴをにらみつける者もいた。

料理人のほうは、ほったらかしになっていた。さすがに航海中ずっと食事を作ってくれた人間に手を出しにくかったか、真相を知っているなら船員のほうだと思われたためだろう。

騒ぎはひどくなるばかりで、もはやマルゴの大声もかき消されがちだった。このままでは、聞きつけられて、上から誰かがやってきそうだ。

何とかしなければとあせったソナンは、近くにいた顔見知りに出入り口の見張りを頼んで、料理人のもとに走った。襟首をつかんで立たせて、いっしょに机の上にあがる。

「誰か、酒をもってきてくれ」

騒ぎ声が途絶えて、全員の視線が集まった。ソナンは、宴会のために用意されている酒樽《さかだる》を顎《あご》で指した。

「俺たちの聞いた話がほんとうなら、その酒には、眠り薬かしびれ薬が入っている。この人に飲んでもらって、それを確かめようじゃないか」

樽の近くにいた男が、蓋《ふた》をはずして、ひしゃくで酒をくみ出した。木の椀《わん》にそそぎ、こちらに運ぶ。

「よせよ。勝手にこんなことをしてたら、俺たちみんな、反逆者だとみなされて、海に投げ込まれる」

おろおろと泣き言を並べる一人をのぞいて全員が、酒の入った椀か料理人かを無言で見つめていた。

椀が届くと、ソナンは料理人の猿ぐつわをはずした。

「いやだ。やめろ」

料理人はあらがったが、ソナンはこの手の抵抗に慣れている。

「飲むんだ」と強引に口を開かせ、耳元でささやいた。

「この酒でおまえが眠ったら、悪事に加担していた証拠になる。五体満足で目覚められると思うなよ」

酒に薬が入っていても、たちまち寝入るようなものではないだろう。それを見てほかの者が飲むのをやめてしまっては、宴会場に集まった多くを眠らせることができなくなる。ゆっくり効く薬のはずだ。

すなわち、料理人に酒を飲ませることができても、答えはすぐには出てこない。

だから、ソナンのねらいは最初から、料理人に口を割らせることにあった。

けれども、ほんとうに酒に薬は入っているのか。入っていても、料理人がそれを知らなかったら、告白などできない。知っていても、口のかたい人物だったら——。

この試みが失敗に終わったときのことを考えると、血の気が引く思いだったが、そんなそぶりをみせてはならない。

「知らない。俺は何も知らない」

わめきながら首を左右に振る料理人の顎をつかんで、動きを止め、椀を口に押しつける。

「やめてくれ」料理人の声は悲鳴に似ていた。「俺は、料理長の指示どおりにしただけだ。眠ったあとで、おまえたちがどうなるかまでは、聞いてない」

ここまでは、素晴らしくうまくいったのだ。けれども結果からみれば、ソナンとマルゴは打つ手を誤ったのかもしれない。

料理人の告白で、疑う者はいなくなった。これで、今後のことを相談できる。といっても、選べる道は多くない。逃げるか、戦うかのふたつきりだ。

どちらも勝算はとてつもなく低い。けれども、何もしないでいたら、ドレイにされる。物のように金で買われて、自由を奪われ、苦しみの中で働くしかない日々が、これからずっと続くことになる。死んだ方がましだと思っても、死ぬことさえも許されず。

だから、どんなに希望が乏しくても、戦うか逃げるかするしかない。その判断だけは、あとからいくら考えても変わらなかった。

けれども、大勢に一度に打ち明けたのは、どうだったのか。

料理人の告白で、宴会場の混乱はさらに大きくなり、相談などできる状態ではなくなった。待ち受ける運命をはっきり知った衝撃に、獣の咆哮《ほうこう》のような声を放った者がいた。別の男は、親しい人間をつかんでがたがた揺すり、揺すられたほうは、そんなことに気づかないほど泣きじゃくる。マルゴが椅子の上で何か叫んでいたが、誰の耳にも届いていないようだった。

「殺してやる」という大声が、すぐそばで聞こえた。同時に木材の砕ける音。壊れた椅子から釘《くぎ》のついた角材を引き抜いて、一人が走り出した。何人かがそれに続く。出入り口を見張っていた者までが、「船長を吊せ」と叫びながら、その流れに従った。

たちまち部屋は空っぽになった。こんなばらばらな戦い方では、低い勝算が皆無になってしまうのに。

だが、今さらどうしようもない。しかたなく、ソナンとマルゴも甲板に向かった。

星空をながめながら岩の上で過ごした夜、ソナンは何度かこの時のことを考えた。彼がきちんと出口をかため、人々の頭が冷えるのを待てば、相談することができただろうか。

おそらく、無理だったろう。ソナンとマルゴのふたりでさえ、きちんと相談する時間をとらずに、あそこまで突っ走った。あまりの出来事に気が動転していたからだ。あの状況で、さほど親しくないあれだけの人数が相談できたとは思えない。

それに、どんなに巧妙な策を立てても、きっと、みんなが助かる道などなかった。騙《だま》されて船に乗ってしまった時点で、すべては手遅れだったのだ。

それでも、誰にも知らせずマルゴとふたりきりでなら、もっと楽に逃げられただろう。

船には、小舟が一艘《そう》、積まれていた。内海を渡る大型船の場合、十近くが備えられ、難破したときの避難に使われるが、外海では、遭難したら船も人も助かるすべはない。小舟ごときは、嵐の海に下ろしたとたんに砕けて沈む。だからわざわざ荷を重くすることはないのだが、波が静かなとき、外から補修をほどこす足がかりに使えるという理由で、ひとつだけ積んであった。

またこの小舟は、凪《なぎ》で船が進めないときなどに、泳ぎの好きな客や高級船員が無聊《ぶりょう》を慰めるのに利用されたり、網で魚を捕ったりするのにも使われたので、海に下ろす方法を、ふたりは見て知っていた。

新米船員たちが宴会の準備に浮かれ、船長たちはドレイとして売る予定の人員を閉じ込めることで頭がいっぱいのあいだに、ふたりだけでこの小舟に乗れば、ソナンとマルゴは無事パロロイに上陸できていたかもしれない。

船はもう、パロロイが見えてもおかしくないところまで来ていた。そこからどう進めばいいかも、換語士らが甲板でしゃべっていたので知っていた。

まっすぐに陸を目指すと、絶壁が連なっていて、港どころか人家もない、大小どんな船も接岸できない場所に出るので、陸に近づきすぎないよう気をつけて、山影を右手に見ながら、潮の流れにのって東に向かう。すると、半日も進まないうちに、黒々と切り立っていた岩山が、なだらかな緑の丘へと変わる。その変わり目近くには、白亜の塔が目印のように立っている。そこから先は、波もずいぶん静かになり、海岸には砂浜と湾が交互に並ぶようになる。船が目指す港は、そこからさらに東に二日進んだところにあるということだったが、ソナンらはそんな先まで行かなくていい。小舟を漕《こ》いで、絶壁が砂浜に取って代わるあたりまで進めていたら、ぶじに上陸することができただろう。あとは、言葉の通じる人間をさがし、仕事を見つけ、帰りの船賃を貯《た》めて中央世界に帰還する。

ふたりだけなら、そうすることができたのだ。

けれどもあのとき、同じ運命にある仲間に知らせもせずに、自分たちだけ逃げ出すことなど、頭をよぎりもしなかった。あとからじっくり考えたときにも、そんなことをする自分を想像するのは困難だった。それに、たとえソナンがそう言い出しても、マルゴが受け入れたとは思えない。

みんなに知らせるしかなかった。とはいえ、知らせたうえで、組織立って戦ったり逃亡したりに持ち込むための時間は、すでになかった。けっきょく、物事はどうしようもなく、ああなるしかなかったのだ。

船は大混乱におちいった。新米船員らには棍棒《こんぼう》以外に武器がなく、剣をもつ相手に一方的に斬《き》られていったが、船員は武人ではない。怒りに我を忘れて暴れる者らを鎮圧できず、殴り倒され、海に落とされる古参船員もいた。戦うのでなく逃げることを選んだ新米らは、ひとつしかない小舟に殺到し、敵も味方も見分けのつかないつかみあいになっていた。何が起こっているのか理解できず、物陰に身を縮めている姿もあった。

「戦っても勝ち目はない。逃げるんだ。海へ」

マルゴが朗々と声をあげた。

とはいえ船はまだ、陸まで一日か二日の距離にある。泳いでたどりつけはしないだろう。

「こっちだ」

マルゴが走り出した。向かった先は、食料庫の裏にある不用品置き場だった。

そこは、屋外とも屋内ともつかない場所で、天井とそれを支える柱はあるが、壁に類するものがなく、風が吹き抜け、波をかぶればその水は右から左に流れて落ちるようになっていた。空になった容器などを置いておくほか、積んでいた鶏をさばくなどの汚れ仕事に使われる場所なのだ。

航海が終わりに近いので、たくさんの空樽や桶《おけ》や木箱や笊《ざる》が、風にさらわれないよう縄で柱に縛りつけられていた。大勢を養う食料が入っていたものだから、どれも人がすっぽり入れる大きさがある。

「全部、海に落とすんだ」

マルゴが縄をほどいていく。すぐにソナンも加勢した。彼らについてきた新米船員たちも、意図を察して、同様に縄をほどいたり、樽や箱を海に落としたりしはじめた。

剣をもった古参船員らは、甲板の小舟のほうに集まっているようで、まだこちらにはいなかった。刃物をもたない敵の数人が、駆けつけてすぐ殴り倒された。

誰かが調理場から、大鍋《おおなべ》をかき回す巨大な木のへらをごっそり持ってきて、「いい櫂《かい》になるぞ」と海に投げ込んだ。それを追うようにして男たちは、次々に海に飛び込んでいく。

「行こう」

マルゴがソナンの手を引いた。はるか下方の暗い水面をのぞきこんで、ソナンは一歩あとずさった。

「助かる見込みは、高くはないぞ」

ほんとうは、ほとんどないぞと言いたかった。こんなところから飛び込んで、ぶじに海面に顔を出せるのか。樽や桶に乗り込めるのか。そもそもそんな乗り物で、陸までたどりつけるのか。

「いいじゃないか。このままドレイになるよりも、逃げようとして海に呑まれるほうがよほどましだ。それに」

マルゴは細い目をさらに細めて微笑《ほほえ》んだ。まるで、これから起こることが楽しみでたまらないというように。

「運が良ければ、生まれた土地とはちがう大地に、自由の身で行けるんだ。まるっきり他所《よそ》の大陸に。夢みたいな話だなあ。一歩足を下ろせさえしたら、俺は満足さ」

その顔を見て、ソナンは思い出した。彼自身もこんな顔をして、外海に船出したことを。命の危険など、恐れもせずに。

死は、王都に住んでいたときから、いつも身近にあった。

大工見習いを始めたころ、ふたつ年上の少年が、石材に潰《つぶ》されて息絶えるのを見た。大通りで彼のすぐ脇《わき》を走り抜けていった男が、馬車に轢《ひ》かれて命を落としたこともある。

家族の死、警備隊の仲間が与えたり被《こうむ》ったりした死。川に飛び込み沈んだ男は、死んではいないと後にわかったが、もう少しで死罪になるところだった。

そしてソナンは、死がより身近になることを覚悟のうえで、海に出た。

一方、ドレイという境遇は、数年前まで想像もしなかったものだ。知ったいまでは、死よりもよほどおぞましい。

「うん、行こう」

ふたりは海に飛び込んだ。甲板から矢が放たれるなか、同じ盥《たらい》に泳ぎ着き、なんとか乗り込むことができた。ソナンが櫂に使える大へらを一本、拾い上げた。必死に漕《こ》いで、船をはなれることができた。

だが盥は、ひどく不安定だった。大型船にいたときに穏やかにみえた波は、盥の倍ほどの高さがあって、常にひっくり返そうとしてくる。ふたりは、盥の床の高くなったほうに飛び移って押さえたり、櫂を使って大波を避けたりと、一瞬も休むことなく動きつづけた。

日が沈み、夜が明けると、波はいくらかおさまった。南西の遠いところに大型船がぽつんと見えたが、船を逃げ出したほかの連中は見当たらなかった。もっと先を行っているのか、みんな沈んでしまったのか。

感傷に浸る暇はなかった。ふたりは東向きの潮をさがしながら、南東に向かって懸命に漕いだ。へらの櫂は一本きりなので、交互に使った。櫂を持たないほうも、盥の傾きを直すために飛びまわったり、手を櫂にして、盥を少しでも先に進めようと奮闘したり、できることは何でもした。

ふたりとも、腕がぱんぱんに腫《は》れていた。空は青く、日差しは強く、喉《のど》がからからだったが、潮はなかなかつかめなかった。

けれどもついに、陸地が見えた。話に聞いたとおりの岩の絶壁だ。

おそらくふたりは潮にのれないまま、陸地に近づきすぎたのだ。東に向かって必死に漕いだが、盥は陸地に引き寄せられていった。それでもふたりは頑張って、白亜の塔が正面に見えるところまで行ったのだ。

だがそこで、盥は大波につかまった。持ち上げられて、黒々とした絶壁に運ばれる。そそり立つ壁のような岩の一角に岩棚があるのを見つけたふたりは、盥が岩にぶつかる前に海へと飛び込んだ。だがそこからは、ほとんど何もできなかった。水の力は信じられないほどで、ソナンが大怪我《おおけが》を負わずに岩棚にあがることができたのは、まったくの偶然のたまものだった。

ソナンは岩棚から、全身の骨をくだかれクラゲのようになったマルゴが、沖へと流されていくのを、ただ呆然《ぼうぜん》と見送った。彼自身は、そこに閉じ込められていた。

それから、不思議な娘に出会った。マルゴより何日か、長く生きた。

あと二回、右手をのばしても落ちずにいたら、さらに何日か生きられるだろう。

マルゴ。待っていてくれ。俺はパロロイがどんなところか、この目で見たい。できればあと一年生きて、ウミの言葉の意味を知りたい。いつか、兄さんたちや父さんのいる場所でおまえに会ったとき、パロロイのことを残らず話して聞かせるから、だから、頼む。俺に力を貸してくれ。

それからソナンは、パロロイの村を見た。街道や町を見た。人々の暮らしをつぶさに知った。けれどもそうした見聞を、死してのちにマルゴへ語る望みは失った。兄たちや父、マルゴがいるであろう〈永遠に安らげる場所〉に行ける望みが潰《つい》えたのだ。

そんな未来を予想もせずに、ソナンは血のにじむ指先で、岩壁のてっぺんをつかんだ。

8

おーい、やーい、よーい、よー。

おーい、やーい、よーい、よー。

重なりあった野太い声が、なだらかな丘をのぼってくだり、飯竹《いいちく》畑にひとりで立つウーヒルのもとまでやってきた。雑草を搔《か》き倒す鍬《くわ》の動きが、自然と声に調子を合わせる。

「おーい、やーい」で右方を二回、「よーい、よー」で左を二回、搔いては一歩前進する。

おーい、やーい、よーい、よー。

おーい、やーい、よーい、よー。

いいあんばいに身体《からだ》が動いて、仕事がはかどる。

だがウーヒルは、声を合わせることまではしない。彼の作業はさほどきついものではないので、腹から息を絞らなくても進められるのだ。

天気は良好、二親《ふたおや》と妻子は家で元気にそれぞれの仕事をしている。秋植えの飯竹は膝丈《ひざたけ》を越えるほどまで育っており、来春の収穫も間違いなさそうだ。

春に植えてすでに刈り取りしたものは、「おーい、やーい」と汗を流す男たちが、飯竹粉にする作業にいそしんでいる。その売り上げで諸々《もろもろ》の支払いがまかなえるので、次の収穫の分はまるまる手元に残る。来年に予定されている長男の嫁取りに、惜しまず金をかけられそうだ。

おーい、やーい、よーい、よー。

おーい、やーい、よーい、よー。

ウーヒルのまぶたの裏にはすでに、人の背よりも高い飯竹がみっしりと並ぶ茶色い畑の姿があった。やがて生まれるだろう初孫の幼顔があった。

そのあどけなさに口元がほころび、この村に生まれた幸せにしみじみした。

紫姫様のお治めになる大地の上ならどこであっても、まじめで敬虔《けいけん》でさえあれば家族をきちんと養っていける。青袖《あおそで》や緋冠《ひかん》の方々が口をそろえておっしゃるのだから、それは確かなことだろう。けれども、この村ほど穏やかに暮らせるところは、そう多くないはずだ。

飯竹の農家にとって大変なのは、植え付けや草取りではない。竹のごとくまっすぐに伸び、竹のごとく硬く育つこの一年草は、刈り取りから先がやっかいなのだ。運んで、砕いて、絞って、漉《こ》して、乾かして袋に詰める。そのひとつひとつが厳しい力仕事となる。

ことに、砕いて絞る工程は、岩場の波しぶきのように汗をかきながらの重労働だ。多くの村では牛馬や奴隷《どれい》を使っているが、借りるにしても買うにしても、高くつく。管理もむずかしくて、うっかり死なせたりしたら大損だ。海をはなれた遠くの貧しい地域では、村人みずから、これらの作業に従事して、そのせいで早死にする者が多いと聞いている。

幸いなことにウーヒルの村は、力仕事をいとわない雇われ人に事欠かなかった。ふた月か三月働いて、労賃を手に去って行く流れ者たちだ。

手首を見て奴隷でないことを確認すれば、こうした者を使っても、お咎《とが》めはない。

彼らはたいがい、荷物も持たないぼろぼろの姿で現れて、ぜひとも働かせてくれと頼み込む。哀れに思って、とりあえず食事と寝床を与えると、涙を浮かべて感謝するので、ウーヒルはその度に、いいことをした気分になってほくほくし、夜の日課の祈《き》禱《とう》のときに、その慢心を神に詫《わ》びることになる。

流れ者らは、仕事にありつきたくてたまらないから、賃金はいくらでもいいと低姿勢だ。ウーヒルは、それに乗じることをせず、相手も満足できる額を提示する。つまりは、この地域の相場で話をつけるのだ。

流れ者の中にはまるっきり言葉が話せない者もいるけれど、ウーヒルはそうした事態に慣れている。双方が真剣なら、必要なことは身振り手振りで伝わるものだ。

牛馬や奴隷より安上がりな流れ者たちは、牛馬や奴隷よりもよく働く。給金は最後にまとめて払うので、逃げられたりのおそれもない。本音を言えば、逃げてくれたら、それまでがただ働きになるわけだから、ウーヒルにとってはありがたいのだが。

おーい、やーい、よーい、よー。

おーい、やーい、よーい、よー。

丘を越えて流れてくる声に、苦悶《くもん》の色は混じっていない。半年も続けたらからだをこわしかねない重労働に、彼らは機嫌良く従事する。二、三か月も我慢すれば、必要な金が手に入るとわかっているからだ。力はこめても恨みはこもっていない声なので、ウーヒルも調子よく鍬の動きを合わせられる。

おーい、やーい、よーい、よー。

おーい、やーい、よーい、よー。

かけ声を運んでくる風は、潮の香りを含んでいる。

この村は、海が近いので温暖で、飯竹が年に二回収穫できる。海が近いので難破船から、流れ者がやってくる。

同じ海でも、船が沈めば誰も助からない海域がある。〈お城〉より向こうが、ずっとそうだ。反対に、〈お城〉の少し手前よりこちらは、座礁《ざしょう》はしても船が失われる危険のない浜がつづき、さほどはなれていないところに大小の港がある。

すなわち、このふたつの地域の境目でだけ、船を失いながらも陸に泳ぎ着く者がありえるのだ。船というものは、誰も助からない場所でもそうではない場所でも遭難するが、ウーヒルの村のあたりのみ、牛馬や奴隷の借り賃より安い値段で喜んで働く男たちが着の身着のままやってくるのは、そういうわけがあるからだった。

船を失った船乗りは、故郷に帰るための金を必要とする。紫姫様のお治めになる地の民ならば、関所の通行料や宿代などの旅費。神に見捨てられた異国の者なら、船賃。

神を知らない海人《かいじん》どもは、その呪《のろ》われた地に戻る船に乗るための金。

乗るといっても、客としてではない。海人たちの住む土地は、神の御手にかきまわされる大海原を越えた向こうにあるという。そこへの船は数が少なく、長い旅路となるからだろう。船賃は、ここで数年働いても稼げないほど高額らしい。ぶじにこちらに到着した海人の船には、すでに乗組員がいるわけだから、正規に雇ってもらうのも難しい。船を失った海人は、だから、航海中はずっとただ働きをするから船に乗せてくれと頼むしかなく、その希少な機会をものにするために、まとまった金を必要とする。

それがだいたい、この国の民が家に帰るまでの旅費や、異国の者が帰郷するための船賃と同じくらいの額であり、ウーヒルの村の相場で二、三か月ぶんの労賃になるのだ。

これは神の采配《さいはい》だ。この村の人たちが代々神を崇《あが》めてきたので、こんな見事な仕組みとなって、ウーヒルらの暮らしが穏やかであるよう守られているのだ。

「なにしろこの地は、〈お城〉のお膝元にあるからな。神に祝福されないわけがない」

うっかり漏らした独り言は、我ながら不遜《ふそん》なものだったので、夜の祈りで神に詫びねばならないと、ウーヒルはおのれの慢心を後悔した。先祖の敬虔さや〈お城〉からの近さにかかわりなく、神は崇めなくてはならないし、祝福を感じていようと試練のただ中にいようと、感謝を忘れてはいけないのだ。

おーい、やーい、よーい、よー。

おーい、やーい、よーい、よー。

あの男たちがみな、帰りたい地に戻れますようにと、ウーヒルは祈った。あの世に徳を積めたようで、いい気分になりかけたが、危ういところで気を引き締めた。そう願うのは、人として当然のこと。徳などと威張ることではない。

いまの慢心は神に詫びるほどではなかったなと、小さな安堵《あんど》をおぼえてから、ウーヒルは考えた。どうしてこんなに多くの男たちが、家族をおいて、故郷を遠くはなれるのだろう、と。

友人も知人もいない土地に寝起きするのは、どんなに心細いことだろう。言葉も通じず、食べるものや目に映る景色も、がらりと変わる。きっと、気持ちが休まる時などないのではないか。

ウーヒルなど、考えただけで気が滅入《めい》り、鍬を持つ手が重くなる。そんな悲惨な境遇に、海人だけでなく、紫姫様のお治めになる地の民まで飛び込むとは、よほど食うに困ってのことだろうか。

ウーヒルは、村の外に出たことがなかった。出たいと思ったこともなかった。退屈ではないかと、流れ者のひとりに訊《き》かれたことがある。華やかな都市を目にすることも、遠い土地の珍しい風物を楽しむこともなく一生を終えて、悔いはないかと。

退屈なんて、してる暇はないなあと、ウーヒルは答えた。朝から晩まで、やるべきことはたくさんある。それに、家の中、村の中にも、四季折々に変化があり、行事がある。

そこで口をつぐんだが、腹のうちではこう思っていた。珍しい風物なら、こちらから見に行くことはない。次々にやってくる流れ者の容貌《ようぼう》だけでじゅうぶん珍しいし、彼らが語るのは変わった風物の話ばかりだ。わざわざ金を使って足を運び、危ないめにあったり、嫌な思いをしなくても、珍しさを楽しむことはできている。

だいたい、神ならぬ身の人間には、この世のすべてを見聞きすることはできないのだ。三つの国の都を見たと威張る男に、ウーヒルは問いたかった。四つ目を見ることなく一生を終えて、悔いはないかと。

けれども、紫姫様のお治めになる地に生まれ、神の浄福を与えられた村に暮らすウーヒルだ。そんな皮肉は慎んだ。故郷をはなれざるをえなかった寂しさは、きっと、珍しい物事をたくさん見たと自慢でもしなければ、埋めることができないのだろう。

ウーヒルは心の底から同情し、こちらからの自慢を慎んだが、この村に生まれた者が遠くに出かけなくてもいい理由は、ほかにもあった。退屈する暇のない日常があり、面白い話が向こうから歩いてやってくるだけではない。この国の人間ならため息をついて羨《うらや》ましがる素晴らしい光景を、ごくたまにだが、村から一歩も出ることなく眺めることができるのだ。

一歩も出ないといっても、村の境ぎりぎりくらいまでは出かけなくてはならない。乾いた土地から草ぼうぼうの湿地に変わるあたりに、灌木《かんぼく》の並木がある。それが村の境界線だ。

子供でも簡単に越えられる境だが、越えてはならないという掟《おきて》を破る者は一人もいない。禁じられているだけでなく、命の危険があるからだ。ぼうぼうの草に隠れたあちこちに、うっかり足を下ろしたら頭まで沈んでしまう沼があり、四つ脚の獣の移動が激しい春や秋には、断末魔の悲鳴が村の中まで届いた。

そんな湿地のただ中をごくたまに、まるで夢幻《ゆめまぼろし》のように、紫姫様のご一行がお通りになる。あれほど危険なところをどうやって無事にお渡りになるのか、誰にもわからないが、この世でもっとも尊いお方が、もっとも尊いご用事で〈お城〉にお出かけになる行列だ。神様の特別のご加護を受けて、宙に浮いてでもいるのだろう。

その光景は、豪華にして端麗。高貴にして典雅。村人たちは灌木の陰で、身を低くしたまま息を呑《の》み、瞬《まばた》きを忘れて見入るのだった。

行列がお通りになるのは、村の中央にある一本欅《けやき》の影が、夜明けに村社《むらやしろ》の正面を示すころと決まっていた。その時期になると交代で、一人前の仕事のできない少年らが、二、三人ずつ見張りに立つ。

ウーヒルも、かつて何度かこの役についたが、「行列が来たぞ」と走って村人を呼びに行く栄誉を担《にな》うことはできなかった。行列は、一度通ると、翌年、翌々年と続くことが多いのだが、二十年以上途絶えることもある。ほとんどの見張りは無為に終わるのだ。

それでも、もしや次の瞬間にも現れるのではと待っていたときの昂《たか》ぶりは、思い出すたび、ウーヒルを少年の日に引き戻す。

おーい、やーい、よーい、よー。

おーい、やーい、よーい、よー。

あの素晴らしい光景を、牛馬のように働いている男たちにも見せてやり、この村の素晴らしさを誇りたい気持ちがウーヒルにはあったが、そういうわけにはいかなかった。神に祝福されたこの国に生まれ育った者以外を、村境までとはいえ、尊い行列に近寄らせることはできないのだ。

昨夏も、見張りが呼びに来たときに働いていた流れ者らは、みんな納屋《なや》に閉じ込めた。あれは、十七年ぶりの行列だったから、次の夏にもお通りになりそうだ。

おーい、やーい、よーい、よー。

おーい、やーい、よーい、よー。

そうしたら、あの男らを、また納屋に押し込めなければならないな。

ウーヒルは、いま雇っている一人ひとりを思い浮かべて、誰が文句を言いそうか、抵抗しそうな者はいるかと考えはじめたが、やがて頭をぶるんと振った。

来夏にまた行列が通るとしても、半年以上先のことだ。雇われ人は、すっかり入れ替わっているだろう。二、三か月も働けば、必要な金がたまり、からだのほうは悲鳴をあげはじめるのだから。

けれども――。

ウーヒルの鍬を動かす手がとまった。一人だけ、すでに五か月になる男がいる。からだがじょうぶなのか、骨惜しみせずよく働くのに、どこかを傷《いた》めたふしもない。あの男は、いつまでここにいるのだろうか。

これまでにも、四か月を超えて仕事を続けた者は何人かいた。村の中での最長は、たしか、十一か月だ。故郷に帰るのに必要な当座の金を手に入れるためでなければ、格安といえる労賃なのに、奇特な輩《やから》もいるものだと、半ばあきれ、半ば感心されていた。そのうちに、村の娘に惚《ほ》れているとの噂《うわさ》が立ち、娘の親が警戒をはじめたころに去っていった。

五か月いるあの男に、そういう素振りはまったくない。隣家の娘があの男をちらちら見ていたことはあったが、秋波に気づきもしなかった。

仕事ぶりがまじめなだけでなく、仲間内で口論などがはじまりかけると、うまくおさめてくれもする。長くいてもらえてありがたい人物だが、ひとつ気になることがある。明らかに海人なのに、近隣の港の動向を気に留める様子がないのだ。

大海原を渡る船は数がきわめて少ないから、海人たちは例外なく、近くの港にそうした船が来たかどうかを知りたがる。到着の報をつかんだら、金が足りないかもしれなくても、それまでの労賃を手に駆けつけ、交渉する。断られたらすごすごと戻ってきて、次の機会を待ち焦《こ》がれる。それが、海人というものだ。

ところが、五か月もいるあの男は、港に海人の船がやってきたと教えてやっても、腰を上げようとしなかった。故郷に帰る気がないのだろうか。帰れない事情でもあるのだろうか。そういえば、言葉を覚えるのに熱心だ。いまでは、ほとんど普通に話ができる。気立てのいい若者なので、朝に夕に気楽な会話をかわしてきたが、思い返してみると、あの男が村やこの国について訊《たず》ねてきて、こちらがそれに答えるやりとりが多かった。もしかしたらあの海人は、この地にずっと住みたいと思っているのかもしれない。

だが、そうだとしても、労賃の安いこの村に居つづける必要はない。移動のための金はもう稼いだのだ。もっと割のいい仕事を求めて、よそに行くのが当然だ。たとえば、これだけ言葉を覚えたのだ。港に行けば、換語士として働けるかもしれない。それなのに、なぜこの村を動こうとしないのか。

もしや、素振りに表さないだけで、我が家の娘を恋慕しているのではないかと、ウーヒルは親心から心配した。万が一にも間違いが起こったら大変だ。

とはいえ、草掻きしながらひと畝《うね》を進むあいだ考えても、ありそうにないことだった。だいいち、娘の行状には妻が、雇われ人らについては長男が、しっかり目を光らせている。間違いの隙《すき》などないはずだ。

結局――とウーヒルは、隣の畝に移って考えた。あの男はウーヒルへの感謝のあまり、村を離れがたく思っているのかもしれない。なにしろあいつは、ここにたどりついたとき、ほとんど死にかけていた。骨と皮しかないようなひどい痩《や》せ様で、からだじゅう傷だらけ。靴も服も、原型がわからないほどすり切れて、傷口からぶらさがるかさぶたと見分けがつかないほどだった。

ウーヒルの畑の近くに倒れていた男を次男らが見つけ、家に運んで手当てをした。意識の戻らない男の口に、水や飯竹粥《いいちくがゆ》を流し入れ、からだを拭《ぬぐ》い、震えているときは温めた。

おかげで命をとりとめて、あんなに元気に働けるようになったのだから、ウーヒルの一家のためにいつまでも働きたいと思っていても、不思議はない。

そういえば、いつも穏やかな顔でいる男だが、時折、思い詰めた人間特有の、近寄りがたい目をすることがある。感謝の念が並みの度合いを越えていて、あんな目になるのかもしれない。

そうだとしても、そのうち、からだが続かなくなって、村を出て行くことだろう。ウーヒルはずいぶん気をつけて、男らを使い潰《つぶ》さないようにしているが、五か月、六か月と手抜きもせずに続けられるほど生やさしい仕事ではない。

おーい、やーい、よーい、よー。

おーい、やーい、よーい、よー。

おや、とウーヒルは小首をかしげた。丘を越えてくる声に疲労がにじんできたようだ。そろそろ休ませたほうがいいのだがと思ったとたん、かけ声が止《や》んだ。

ウーヒルは鍬を動かしながら、またも顔をほころばせた。長男も、流れ者らの扱いが巧みになった。これでますます我が家は安泰。今夜の祈りで、このことのお礼を言うのを忘れないようにしなければ。

心の底から神を敬い、日々の仕事に精進すれば、ウーヒルの一家はこれからも平穏に暮らしていけるだろう。それもこれも、幸運にもこの村に生まれたおかげだと思うと、鍬を持つウーヒルの両腕は軽やかに動くのだった。

9

おはようございます。

昨夜はよく眠れましたか。

私はぐっすり眠りました。

みなさんが、よくしてくださるおかげです。

目覚めるとまず、頭の中で朝の挨拶《あいさつ》をさらってみる。

言葉は大事だ。

まずは、身のまわりで何が起こっているかを知るために。それがわからなかったら、死や死よりも恐ろしい運命に、やすやすと捕まってしまう。言葉を知らずに生きることは、譬《たと》えていえば、足をつっこんだら二度と抜け出せない泥沼があちこちに隠れている草地を、目隠ししたまま歩くようなものだ。

そんな土地を実際に、ソナンは一人で渡りきった。もちろん目隠しなどなしだ。昼の光があるうちに、目をしっかりと大きく開けて、長い棒で草をはらい、地面をつついて、足を下ろす先を何度も確かめてから一歩を進んだ。永遠とも思える時間がかかったが、ここで死んでなるものかと、その一念で、あるときは獣に襲われ、戦って相手を沼へと沈め、あるときは方角を失って、ぐるぐると同じところを回り、最後は朦《もう》朧《ろう》となりながら、魔境を脱することができたのだ。

人の世は、あの荒れ野のようなところだから、言葉という昼の光、草をはらい足もとを確かめる杖《つえ》を手に入れる必要がある。

考えてみれば、ソナンがこうしていられるのは、他人の杖のおかげといえる。たまたま船に同郷の換語士がおり、パロロイの言葉がわかるがゆえに知ることのできた船長らの企《たくら》みを、トコシュヌコの言葉で話題にした。それを立ち聞きできたから、ソナンを含めてあの船にいた数十人は、ドレイにならずにすんだのだ。

けれども、あのとき海に飛び込んだ何人が、いまもぶじでいるだろうか。

そんな疑問が浮かぶたび、ソナンの脳裏に、全身の骨をくだかれ、クラゲのような姿になって波に運ばれていったマルゴの姿がよみがえる。どうやったら守れたのか、いくら考えてもわからない。ルセドゥの誘いにどうしてのってしまったのかと、後悔ばかりが胸を焼く。

その苦さから逃れたくて、ソナンは友の笑顔を思い起こす。

ドレイになるより海で死ぬことを、マルゴは笑って選んだのだ。ソナンも同じ気持ちだった。あのとき海に飛び込んだ、みんながきっと、そうだった。

そう自分に言い聞かせて、しても詮無《せんな》い後悔の沼を這《は》い出した。これも言葉の効用だ。

そして、身動きのとれない荒れ地の夜、飢えと疲労と獣の遠吠《とおぼ》えとに苛《さいな》まれる闇《やみ》の中ですがったのは、言葉によって紡《つむ》いでいった、小さな明かりのような推論だった。

ルセドゥらの陰謀は、おそらくこれが初めてだ。少なくとも、こんなに大々的におこなわれたことはなかったはずだ。船がぶじに行って帰ってきたのに、あれだけの人数が戻らなければ、必ず噂《うわさ》がたつだろう。たとえ、向こうの暮らしが気に入って帰りの船に乗らなかったなどと言い繕っても、怪しまれるにきまっている。

だが、そんな噂はついぞ耳にしたことがなかったから、きっと初めてだったのだ。

おそらく、パロロイに渡る船が、嵐《あらし》にあっても沈まない新造船に置き換わりつつある今だけの儲《もう》け口と見定めて、噂になって人が集まりにくくなるまでの短い期間に荒稼ぎするつもりだったのだ。

ところが、初の試みが大失敗に終わってしまった。きっと首謀者らは、この陰謀を続けることをあきらめただろう。

何度、考えなおしても、この推論は妥当に思えた。そして、そうであるなら、マルゴとソナンが船長らの企みを知ったことで、新たな犠牲者を生まずにすんだことになる。マルゴが無残な死を遂げたことにも、意味はあった。仲間がおおぜい溺《おぼ》れ死んだであろうことにも、意味はあったのだ。

心の中でそう唱えつづけていれば、永久《とわ》に続くかのような夜も終わりを迎えて、朝の光が訪れた。


言葉は、人と人とのつながりにおいても重要な役目を果たす。

なにしろ、身振りだけで伝えられることは、ごくわずかだ。ウミとだって、言葉がまったく通じなかったら、どんなことになっていたか。

ソナンは相手が怖いままで、悪くすると殺してしまっていたかもしれない。そうならなくても、ウミの不信感はそのままで、水をくれたりしなかっただろう。もちろん、身の上話をはじめる運びになるはずはなく、再会の約束を交わすことなどできなかった。

「一年後にまた、ここに来る」

耳の中で、ウミのせりふがこだまする。

あれは、約束とはいえないかもしれない。「そのとき、おまえがもしいたら」と続いたから、一方的な通告だ。

けれども、生きて一年後にあの場所にいるために、ソナンは手がかりのほとんどない絶壁をのぼりきった。隠れ沼が点在する荒れ野を横切った。太陽を引いているような労働と引き替えに、住む場所と食べるものを得て、友と多くの仲間を死なせたという悔恨に押しつぶされぬよう踏ん張りながら、なんとか今日まで生きてきた。

ウミが彼にわかる言葉で、一年後のことを言ったから。

「おはようございます。昨夜はよく眠れましたか。私はぐっすり眠りました。みなさんが、よくしてくださるおかげです」

その朝も、ソナンはきちんと挨拶できた。これを言うと言わないとでは、雇い主一家の表情が異なる。

パロロイでは、中央世界とくらべて挨拶が長く、かつ重要視されているようだ。トコシュヌコなら「ありがとう」の一言ですむ場面でも、「私の感謝の念が神に伝わり、あなたへの恩沢が増すことでしょう」などと言わなければならない。

悠長といえば悠長だが、これには便利な点もある。挨拶の言葉なら、人はいとわず教えてくれる。使う機会が多いので、こちらも口になじむのが早い。そして、意味を失い形ばかりのせりふとなった文言にも、ほかの話をするときに使える表現がけっこう入り込んでいる。長ければ長いだけ、言葉の習得に役立つのだ。

こつこつと努力して、いまでは簡単な会話に困ることはなくなった。こみいった話はまだまだだが、相手に根気さえあれば、こみいった部分を解きほぐすことで、たいていの話は通じている。

幸いなことに、ソナンの雇い主は根気強かった。そのうえ、中央世界からきた人間に慣れていた。この村には、ソナンのような境遇の者がしょっちゅう現れるからだ。

それがわかったときには、同じ船に乗っていた仲間がやってこないかと、期待に胸をふくらませた。けれども、ひと月が過ぎ、ふた月が過ぎ、そんな望みはなくなった。あの船のその後は、噂にも届いて来ない。まさか、沈んでしまったのか。あるいは、遠くはなれた港まで流されたのか。その場合、残った何人かは、売られてドレイになったのか。

ソナン自身は、太陽を引くかのごとき労働にうめいていても、ドレイではない。今日は仕事をしたくないと寝ていても、日当が貰《もら》えなくなるだけで、鞭《むち》や棍棒《こんぼう》で殴られるおそれはない。その気になれば、この地をはなれて好きな所に行くことだってできる。

岩棚を出て、隠れ沼の荒れ野を渡りきったあと、ソナンは意識を失って、気がついたら、草で葺《ふ》いた屋根の下に寝かされていた。枕《まくら》は木製のようで、頭が痛かった。口の中に奇妙な味のものを押し込まれ、抵抗できずに飲み下すと、からだの芯《しん》が温かくなった。

倒れている彼を見つけて小屋へと運び、看病してくれたのは、後に雇い主となる一家だった。最初はずいぶん感謝したが、働きだして言葉をおぼえ、さまざまな事情がわかってくると、手厚い看護も彼らの家業の一環だと知れた。

それで感謝の気持ちがなくなったというわけではない。〈流れ者〉を助けて雇い、力仕事をさせるのが常のようだが、あのときのソナンのような半死半生の者が、働けるまでに回復するとは限らない。純粋な人助けの気持ちもあったのだ。

ただ、当初思ったほどには無私の行為でなかったとわかり、恩返しをしなければといった、よけいな気遣いから解放された。

雇い主の一家への感謝は、まじめに働くことで示せばいい。そう考えて今日までできたが、それだけでも並大抵のことではなかった。

この村のおもだった家はどこも、ソナンのような流れ者を四、五人雇って、力仕事をさせている。そのほとんどは、重い木の棒をひたすら押し続ける労働だ。

棒は、中心に船の帆柱かと思うような立派な柱がそびえたつ、巨大な樽《たる》のような装置から四本ほど、地面と水平にのびている。これを押して樽の周囲をぐるぐる回り続けるのだが、その重さは、中央世界から来た者が、決まって「太陽を引くような重労働だ」と嘆くほどのものだった。あまりにも重いため、ぐるぐる回る足もとが、えぐれて円形の溝ができる。それでは仕事がはかどらないので、定期的に埋め戻されるが、土を入れて固めたくらいでは半日ともたないから、大小の石をぎっしり詰めて押し固め、上から黄色いねばねばの液体を流し入れる。この液体は、乾くとかちかちに固まるもので、母屋《おもや》の壁や、村の広場の泉の縁にも使われている。

家屋の壁や泉の縁は、風雨に耐えてずっときれいなままだが、ソナンらが渾身《こんしん》の力で踏む場所は、ふた月か三月で崩れてくる。するとしばらく、ごろごろする石を踏んで進まなければならなくなる。この期間は、ほんとうにつらい。石はそのうち、弾《はじ》き飛ばされたり沈んだりして、樽型の装置の周りにふたたび、くぼみの円が現れる。そうなってようやくまた、埋め直しの作業となる。

ソナンの手指は、ふた月も働かないうちにぶ厚くなった。船の仕事に就いたときにも、数々の力仕事によって手の皮は厚みを増し、腕や腿《もも》ががっしりした。そんな変化を確認しては、俺もずいぶんたくましくなったと悦に入ったものだったが、甘かった。彼の手にはまだ厚くなる余地があったようで、岩をのぼったときに傷《いた》めた指先だけでなく、てのひらまでの皮がすりむけ、血が出て、肉刺《まめ》ができ、ふたたび破れて出血しを繰り返すうち、指をつまんでも骨の硬さがわからないまでに、皮が鎧《よろい》めいてきた。横たわって休むとき、肩の肉をじゃまに感じるほど、あちらこちらが太くなった。半年後にウミに会いに行くのに、またあの岩壁を上り下りすることになっても、前より楽にこなせそうだ。

寝たきりの日々から、起きて働けるようになるまでに半月。働きはじめて、からだがしっかりするまでにひと月。そのあいだ、ソナンは一度も雇い主の家の敷地を出なかった。ドレイではないから、休み時間や仕事のあとに出て行く自由はあるのだが、それをする体力が残っていなかったのだ。休憩のあいだは少しでも長く腰を下ろしていたかったし、夕食の後は少しでも長く横になっていたかった。外出どころか、余分に数歩あるくことさえ、思いもよらないことだった。

それでも、からだを休める間もできるだけ仕事仲間と話をして、言葉をおぼえ、周囲の事情を把握するよう努めた。そうして、樽の装置がばりばりと音をたてて砕いているのは、朝夕の食事に出される団子《だんご》のもとになるものだと知った。ほかにも、雇い主の一家は、ソナンのような流れ者に慣れていること。仕事仲間は、あとひと月かふた月働いて必要な金を手に入れたら、港町に行って、乗せてくれる船を探すつもりでいること。そのときにいた四人の仲間は、三人がパロロイの人間で、一人が中央世界の端っこの、ソナンが行ったことのない国の出であること。

一人でも中央世界の人間がいてくれたおかげで、言葉がほとんどわからない最初期を、大きな苦労なく乗り切れた。けれどもすぐにこの男はいなくなり、また別の中央世界出の流れ者が雇われて、ソナンは教える側に立たされた。

こう入れ替わりが激しいのでは、仕事仲間もこの地のことをたいして知っていないだろう。いくら言葉をおぼえても、彼らから仕入れる知識はかぎられると察したソナンは、雇い主の家族とできるだけ言葉を交わすようにした。長い挨拶をおぼえて、きちんと使えるようになると、家族の誰もが、ソナンの問いにていねいに答えてくれた。

どこの家でもそんなふうではないことを、ソナンは村の広場で知った。仕事のあとにも歩いて出かける力が残るようになってからのことだ。

この村には、居酒屋も茶屋もなかった。あってもソナンらに余分な金はないのだから同じことだが、トコシュヌコには、どんな寒村にも居酒屋の一軒くらいはある。その手の店のない村で、男たちはどこに集まって噂話を交換するのか、どうやって、日々の憂《う》さを晴らすのか、不思議だった。

何度かのかみあわないやりとりののち、雇い主のウーヒルがこの謎《なぞ》を解いてくれた。村の人たちは、互いの家を訪れあって談笑の時をもつ。だから母屋には、大きな食卓と、何人もがすわれる長椅子《ながいす》があり、村の住人であれば、誰でも、いつでも、席につくことができるのだ。そうして、困り事を相談したり、世間話に興じたりする。

ソナンら雇われ人は、ここでいう住人に含まれない。よそ者はよそ者どうし、村の広場の中央にある泉の縁に腰掛けて、泉からくんだ水を飲みながら語り合う。

そこに出かけるようになってわかったのは、待遇や給金に、家による差はほとんどないことと、雇い主のウーヒルが気さくで親切な人間であるということだった。

そうだろうとは思っていたが、言葉や風習が大きく異なる土地においては、常識までがちがってくる。この土地の人間は、みんなこんなふうなのかもしれない。ウーヒルの親切に思える言動も、この国では当たり前か、もしかしたら不親切な部類のものかもしれないと、たしかな判断をひかえていた。

けれどもどうやら、どこの家でも主人と雇われ人が親しく言葉を交わせるわけではなかったようだ。

「俺んとこの主人は、雇い人に口なんかきいちゃくれないぜ。奥さんはいい人で、ご苦労さん、ご苦労さんって、優しい言葉をかけてくれるが」

そう言ったのは、中央世界の小国出身の船乗りだった。

「おまえんとこは、そんなに話をしてくれるんなら、港に船が来たかどうかも、すぐに教えてくれるよな。話をつかんだら、俺にも知らせてくれよ。頼んだぞ」

男の言う「船」とは、中央世界から来てそこに帰る船のことだ。故郷に身重の妻を残してきたとかで、口を開けば、船はいつ来るかという話をした。

この男も、三月前に、ふた月半の給金を手に村を出た。船に乗れたか知るすべはないが、ぶじに向こうに戻れたら、船乗りを騙《だま》してパロロイでドレイに売り出す悪者がいることを、多くの人に伝えてくれと言付《ことづ》けてある。つつがなく戻れていたらいいのだが。

ほんとうは、あの男くらい必死になって、ソナンが帰ればいいのだろう。ルセドゥらの陰謀を多くの船乗りに知らせるためにも、母を安心させるためにも。

けれども、帰りたいという思いが、心のどこにも湧《わ》いてこない。ウミと別れた日から一年後に、あの岩棚に行く。それしか考えられないのだ。

我ながら薄情だと思う。けれども、陰謀のことは、あんな事態になったからには続ける者はいないだろう。きっともう、心配はいらない。母も、ソナンを案じてはいるだろうが、長兄や次兄が亡《な》くなったときとは状況がちがう。しっかり稼ぐ弟たちがそばにおり、金の苦労、日々の気苦労はすでにない。そのうち孫だって生まれるだろう。

ソナンが帰らないことは、身が細るほどの心労を与えてはいないはずだ。

それでも、誰が待っていなくとも、かつての彼なら望郷の念に身を焦《こ》がしていただろう。他の海人の流れ者と同様に、帰りの船に乗ることばかりを考えただろう。

なぜ、いま、そうではないのか。

家族を愛し、家族を守るために粉骨砕身していた彼は、どこに行ってしまったのか。

生まれ故郷と、とてつもなく広い海を隔てた場所にいるせいで、心の距離も大きく開いてしまったのか。

ちがう。ウミだ。ウミのせいだ。ウミが、一年後にまた来ると言ったからだ。あの言葉に、なぜこうまでこだわるのかと考えて、ソナンはわかりやすい答えに飛びついた。

彼女は命の恩人だ。ウミに水をもらわなければ、ソナンは確実に死んでいた。ウミの行方に手をのばして、獣の掌を見つけなければ、岩棚を出ることはできなかった。だから彼女の要請には、全力で応《こた》えなければならないのだ。

そんな自分への言い訳も、やがて必要なくなった。時の経過とともに罪悪感に苛まれる夜が減っていき、故郷について考えることも稀《まれ》になった。いつしか村での暮らしは半年を越え、ウミとの再会までの期間が半分過ぎたことへのあせりに気持ちが占められるようになっていた。

一年後にあの場所にいるためには、寝る場所と食べる物を調達して命をながらえる他にも必要なことがある。

暦を知り、正しく一年後にあの場所に戻ることだ。

暦のほうは、すでにほぼ把握した。年の長さに中央世界との差はないようだ。ただし、この村に到着した日付はウーヒルに確認したからはっきりわかるが、それがウミと別れて何日後のことかがさだかでない。最初はちゃんと日を数えていたのだが、荒れ地を歩いているうちに、夢とうつつが混じり合い、最後は意識を失った。数えないまま過ぎた日は十から十五のあいだだと思うが、五日の差は大きい。少し早めに出発するほうがよさそうだ。

幸いなことに、ソナンは岩棚から脱出した翌日、太陽が最も高くなったときの自分の影の長さを測っておいた。その後、影は伸びる一方だったが、このごろ縮みはじめている。その縮み方から、目指す日付けの見当がつきそうだ。

残る問題は、どうやって戻るかだ。来た道をたどろうとすれば、隠れ沼の荒れ野をふたたび横切ることになる。いざとなったらそれもやむをえないが、危険が大きく、時間がかかる。そもそも、途中で道に迷ったのだ。正しく引き返せるとは思えない。

だから、別の経路を知りたかった。ほかにも、道を行くのに通行証は必要なのか。旅人を狙《ねら》う山賊などはいるのか。関所のたぐいは存在するか。あるとしたら、場所はどこか。

あやしまれないようにさりげなく、話をそちらにもっていき、少しずつ知識を仕入れていった。雇い主が気さくで根気強い人間でなかったら、こうはいかなかっただろう。ほんとうに、ウーヒルの一家に拾われたのは幸運だった。

あの荒れ野は、村の人間さえ一歩たりとも足を踏み入れない、危険極まりない場所だという。どれほど危険な場所かは、実際に横切ったからよく知っている。ぶじに渡りきれたのは、慎重に進んだこともあるが、単に運がよかったのだろう。同じ幸運をふたたび望むのは無謀なので、別の行き方を是非とも見つけなければならない。

けれども、ソナンの行きたいあたりには、道がいっさいなさそうだ。それにウーヒルは、荒れ野の向こうについて訊《き》こうとすると、すぐに話をそらしてしまう。一度だけ、「さりげなく訊《たず》ねる」という鉄則をやぶって、そらされた話をやや強引に元に戻した。すると目の前にいるウーヒルが、少しも動いていないのに、すーっと遠のいたように感じられた。

それからは、流れ者らしく港の方面のことだけを訊ねることにして、荒れ野の向こうについては、広場の会話から拾っていった。

その結果、岩に阻《はば》まれて船が接岸できないあたり一帯は、許可のない者が立ち入ってはならない地域とわかった。関所はないが、道もない。歩いているところを見つかったら、問答無用で殺される。

「荒れ果てた塔がひとつ、ぽつんとあるだけのところだ。磯《いそ》に出て魚を捕れるわけじゃないし、狩って金になる獣もいない。禁止されていなくても、わざわざあのあたりを歩いてみようってやつは、いないんじゃないかな」

流れ者の中でも、地理に詳しい者の言葉だ。

「塔って、海から見えるやつだよな」

「俺も見た。船が壊れはじめる直前に」

そう言った若者は、海に放り出されてから浜にたどり着くまでの試練を思い出したのだろう。自分のからだを抱くように腕を回して、身震いした。

「あの塔に近づき過ぎると、船は座礁するんだ」

「ザショウって、何だ」

中央世界から来て間のない男に訊ねられ、ソナンはパロロイ語の意味を伝えた。

「誰も、あの塔に明かりが灯っているのを見たことがない。近づきようがない場所にあるんだから、無人のはずだ。それなのに、崩れもせずに、ずっとあそこに立っている。あれはきっと、魔物の住処《すみか》だ」

意味ありげに声をひそめた男は、話しおえるとにやりとした。海の男と旅人は、怪談話が好きなのだ。

ソナンにとっては、怪談であろうとなかろうと、塔の話題はありがたかった。あの岩棚は、そのすぐそばにあるからだ。

崖《がけ》をのぼりきったとき、ぼうぼうに生えた草の向こうに塔が見えた。助けを求めて、まずはそちらに向かったのだが、とげのある生け垣が厚く巡らされているうえに、空堀があり、入り口がどこかの見当もつかなかった。廃墟《はいきょ》のようではなかったが、人の気配もしなかったので、あきらめて、海と平行に進めば人家に行き着くだろうと、東に進んでいるうちに、隠れ沼の荒れ野に入り込んだのだ。

「魔物って、どんなやつだ。ケンケンかい、ズーイかい、それとも」

パロロイの遠方の国の出の男が、ソナンの知らない名前を挙げていった。

「よせよ」と顔をしかめて、別の男がさえぎった。「村の連中は、あの塔を、この世でいちばん神聖な場所だと思ってる。悪口を言っていると思われたら、俺たちみんな、まとめて追い出されるぞ」

「ほんとうか」

「うちの主人がそんな話をするのは、聞いたことがないぞ」

「村の住人は、あそこに塔があることも、知らないんじゃないかな。誰も立ち入ったことのない湿地の向こうにあって、海からしか見えないんだから」

残りの者は、心許《こころもと》なげに顔を見合わせ、ささやきあった。ソナンなど二、三名をのぞいて、三月もこの地域にいない人間ばかりだから、実感と合わないことも頭からはねつけられないのだ。

「神聖すぎて、俺たちよそ者には、噂のかけらも耳に入れたくないのさ。うちは、風向きの関係で、母屋の会話が雇い人小屋に届くことがある。何度か聞くうちに、連中が〈お城〉って言ってるのが、あの塔のことだとわかったんだ」

最初の男の説明に、別の男がうなずいた。

「〈お城〉なら、聞いたことがある。うちの主人、まっすぐ歩けば一日ていどで〈お城〉に行ける所に生まれたから、自分たちは偉いって、そんな意味のことをつぶやいてたな。意味がわかんないんで聞き流したが、あれは、塔のことだったのか」

「そうなんだ。〈お城〉のお膝元《ひざもと》に住んでいるってのが、村の連中の自慢らしい。だけど、禁域にあるもんだから、誰もその姿が見えるところまで行ったことがないんだ。見たことがない建物を自慢にするなんて、おかしいだろう」

「俺たち船乗りのほうが、よっぽどあの塔を目にしてるってわけだ」

嘲《あざけ》るような笑い声がわずかに起こったものの、その場にいた十数人のうちの半数は、この話題に退屈しているようで、うとうとしている者もいた。ソナンの顔も傍目《はため》には、興味がなさそうにみえただろう。だが、胸のうちでは、たったいま耳にした一言が、強風に舞う木の葉のようにぐるぐるしていた。

あの塔まで、まっすぐ歩けば一日。

まっすぐ進めはしないことをじゅうぶんに知ってはいたが、思った以上に近いとわかって気持ちが昂《たか》ぶった。

ウーヒルからは、お城という言葉も、塔が神聖な場所であるということも、聞いたことがなかった。気さくにみえて、よそ者に話す事柄はしっかり選んでいるのだ。それに、母屋の会話が雇い人に聞こえてしまうような、うかつな配置をしないほどには用心深い。もっとうかつであってほしかったなと、ソナンはこの村に暮らして初めて、他家をうらやんだ。

とはいえ、広場の集いのおかげで、ウーヒルが黙す話も耳に入った。

ここでの会話は、ほとんどが近くの港に関することだった。次に来るのはどこ行きの船か。それに乗るには、どうすればいいのか。

船の動向の次によく話題にのぼったのは、給金や待遇についてだった。新参者は決まって、もっといい働き口があるのではと、必死に聞いてまわるのだ。いくらもたたないうちに、この付近の村々では、どこに行っても似たような給金、似たような待遇であるとわかって、がっかりしたような安心したような顔になる。そうして、やってきたばかりの者に必死の形相で給金を聞かれて、したり顔で答える側にまわるのだ。

ソナンがこのふたつの話題に関心を示さないことを、最初はいぶかしく思われた。けれども、短い期間しかいない流れ者らは、互いの境遇を深くは詮索しない。いまでは、この村にずっと居続けたいらしい変わり者ということで納得され、申し送りまでされている。

ほかには、中央世界の者どうしで言葉を教えあったり、パロロイの人間にこちらの風習について訊ねたりが、広場の主なやりとりだった。時に誰かが、恋しい故郷の思い出をとつとつと語ったが、仕事のきつさをこぼす会話はほとんどなかった。肉体的な苦しさは、口に出すほど疲労がつのる。棒を押すときのちょっとしたこつや、からだへの負担が少ない寝る姿勢、木製まくらの使い方の指南はしても、泉の周りで弱音や嘆きが聞かれることはまれだった。


村での暮らしが七か月を越え、日の出が早くなってきた。仕事に慣れたはずなのに、昼間の汗の量が増し、ぐったりする日が多くなった。するとウーヒルが、ソナンを力仕事からはずしてくれた。息子の婚礼の準備にまわるよう言われたのだ。

年に四度の村祭りでも、各家は準備に追われるが、雇われ人はその作業にも本番にも関わることが許されない。祭りは神に捧《ささ》げるものであり、彼らの神はその地に根を下ろした住人だけのものなのだ。

婚礼も神事のはずだが、祭りとは性格を異にするようだ。家族の手では足りない分を、村内の他の住人に頼むことは恥であり、よほど金に困らないかぎり、賃金を払っているよそ者にやらせるのだそうだ。

ウーヒル家の婚礼は、跡取り息子のものなので盛大になるようだった。ひと月も前から保存のきく料理を作りはじめ、仕来《しきた》りにより決まっている飾り付けも、ひとつひとつ手作りしていく。

ソナンはその作業を任された。面倒ではあるが、からだが格段に楽だった。これは、ウーヒルの温情だろうか。気さくで根気強くても、お人好《ひとよ》しなどではない、したたかな人間だと思っていたが。

このころからたまに、暑さの残る夕刻に、ウーヒルと庭の長椅子で涼むようになった。ソナンがトコシュヌコの思い出話を披露すると、ウーヒルが、「カイジンはおもしろいなあ」と笑顔をみせる。思い出話といっても、日常の小さな出来事だが、それがかえって彼我の違いを物語るらしい。

カイジンというのは、ソナンら中央世界の人間のことで、海の人という意味だ。ふたつの大陸のあいだで行き来が始まったころ、水平線の向こうからやってくる言葉の通じない人々は、海に住む民族と思われていたらしい。

「君たちは、我らが大地を〈ヘンキョウ〉と呼ぶそうだが、どんな意味か教えてくれるかな」

この話が出たときに、ウーヒルに訊ねられた。まだ片言しか話せないころだったから、よけい返答に窮した。

「それは……、つまり」

言いよどむうちに、顔が赤らんだ。正直に答えたら、中央世界の人間がウーヒルらの世界を見下していると白状することになる。ソナンは考え、考え、嘘《うそ》ではない答えを絞り出した。

「私たち、住む、ところ、から、遠い、はなれた、ところ。それが、意味」

ウーヒルは、「そうか、そうか」とうなずいていたが、それまでにも多くの海人を雇っていたのだ。もしかしたら「辺境」の意味などとっくに知っていて、今度の雇い人がどう答えるかを知りたかっただけだったのかもしれない。

半年を経て、ふたりで夕涼みをする間柄になれたのは、あの時の答えがウーヒルの気に入ったからだろうか。

木陰に置かれた長椅子にすわっていると、時おりそよ風が吹き抜ける。すると、胸からほうっと息が出て、永遠に安らげる場所とは、こんなところかもしれないなどと思ったりする。

隣にすわるウーヒルが、薄荷水《ハッカ》をうまそうにすすった。

この村では、儀式や祭礼以外で酒を飲まない。それが慣習だから村の人たちは平気なのだろうが、トコシュヌコの王都に生まれ育ったソナンには、考えられないことだった。さほど酒好きではないから、半年や一年の禁酒は我慢できる。しかし、死ぬまでずっと、年に二、三回しか飲酒の機会がないのでは、生きる張り合いがない気がする。その一方で、父の後半生のことを思うと、こちらの暮らしがより良いものかもしれないと思う。警備隊にいたときに、酒のうえでの喧嘩《けんか》から、腕や足、命を失った人間を何人見たかを思い返すと、なおさらだ。

いっしょに夕涼みをするとき、ウーヒルは薄荷水をソナンに分けてくれた。これもまた、温情なのか。

ソナンは率直に訊ねてみた。温情にあたる言葉を知らないので、「力仕事から私を外してくれたのは、あなたの、私に対する、特別な優しさからですか」と。

「いやいや」と、ウーヒルは静かにあごひげをなで下ろした。「それは、人を雇う者として、やってはいけないことだ。仕事の割り振りに、特別な優しさは、だめだ」

ソナンは外海を渡る前、辺境は、港町を一歩出ればまったくの無法地帯だと聞いていた。人々は欲望のままに奪い合い、秩序も信心も見当たらない。

誰があんなでたらめを吹聴《ふいちょう》したのだろう。船に乗りはじめたころから、パロロイにはパロロイなりの秩序がありそうだとわかっていたが、実際に住んでみると、そのまじめさに頭が下がる。この村の堅実で穏やかな暮らしぶりを、中央世界に戻ったなら、みんなに語って聞かせよう。

だが、果たして、そんな日は来るのだろうか。

「力仕事を半年以上つづけると、たいがいの者はからだを壊す。雇い人にそうなってほしくないという気持ちは確かにある。特別ではなく、誰に対しても思うことだ」

ウーヒルの話を聞きながら、ソナンも薄荷水をすすった。母が作る麦菓子に、薄荷の香りのするものがあった。父が怪我《けが》を負う前、よく食べた。

「しかし、そうした事情がなくても、婚礼の仕事を任せる相手は、おまえしかいなかった。式典に関わるものは、すべて神様への捧げものだ。村の人々に食べてもらう料理も、まずは神様にお供えする。飾り付けも、客の目を楽しませるものではない。神様に喜んでもらうためのものだ。だから、手順通りに、きっちりと作らなくてはならないのだ」

「わかっています。だから、ていねいに仕事をしているつもりです。でも、棒を押す仕事より、とても楽です」

「楽だが、単調だ。同じことを何度も繰り返さなくてはならない。そういう仕事をしていると、人は手抜きをしたくなるものだ。海人でも、異国の者でも、この国の生まれでも、その誘惑に違いはないだろう。けれども、婚礼の支度で、そんなことをされては困るのだ。出来上がりだけ見たのでは、手順を守って作られたものか、こっそり手抜きがおこなわれたか、わからないものが多いからな。人間にはわからなくても、神はすべてを知っておられる。息子の婚姻が、神様にじゅうぶん祝福されないものになってしまっては、悔やんでも悔やみきれない。かといって、やることは膨大にあり、すべての作業を見張っていることはできない。だから、見ていなくても手順を守って仕事をする者に任せたかった」

「私を、そこまで……」

〈信頼〉にあたるパロロイ語が、とっさに出てこなかった。

「そこまで、信じてくれているのですか」

「信じているのではない。知っているのだ。半年見てきたから、わかるのだ。おまえは誰が見張っていなくても、手抜きなどしない。そうだろう」

「はい」とソナンは答えた。「ありがとうございます。私の感謝の念が神に伝わり、あなたへさらなる恩沢がほどこされることでしょう。あなたの息子の婚礼も、いっそう祝福されるよう、心を込めて準備をします」

本心からの言葉だった。

マルゴよ。俺はいま初めて、この大陸に、確かに足を下ろした気がする。

胸の内でつぶやくと、亡き友人は、細い目をさらに細めて微笑《ほほえ》んだ。

10

「おまえはまったく、運がいい」

「これほど幸運な子供は、千人に一人もいないいな」

フームーは、そう言われながら十一歳までを過ごした。だから今でも、運がいいとか、幸運という言葉を聞くと、鳥肌が立つ。

「普通だったら、おまえのような子に乳をやる女など、いないのだぞ」

そんなふうにもよく言われた。

八歳を過ぎたころには、その意味するところが理解できるようになったから、言われるたびに、心の中でつぶやいた。

普通が良かった。乳などもらわず、干からびて死んでしまっていれば良かった。生きるとか死ぬとかについて、何もわからないでいるうちに。

誰も、フームーに何かを教えてはくれなかったので、知識や言葉は自分の力で吸収しなくてはいけなかった。最初は勘違いも多かった。〈運がいい〉とは、村の中でただ一人、納屋《なや》で寝る子のことだと思っていたり、〈幸運〉とは、ほかのみんなが家族とともに食卓で、湯気のたつものを食べるのに、その残り物で飢えをしのぐ毎日のことだととらえていたり。

そうではないと少しずつ悟り、さまざまな誤りを訂正しながら、自分の置かれた状況を理解していった。

いちばん初めに覚えたのは、人に何かを命じられたら、その通りにしなければならないということだった。

命令の言葉の意味は、こぶしや、道具を使っての打擲《ちょうちゃく》や、飛んでくる石つぶてから学んでいった。命がけの学びだった。間違えたら、殴られる。殴られたら、その時に痛いだけではすまない。後からどんどんひどくなり、全身がだるくて熱くなったりすることもある。それで動きがにぶくなると、また殴られる。

何度か死の淵《ふち》をさまよったと思う。赤ん坊のときに乳を与えられなかったなら、何もわからないままただ泣き叫び、泣く力がなくなったら静かに死んでいけただろう。けれども、立って歩けるようになったころにはもう、死が恐ろしいものだと知っていた。知識としてではなく、全身で。

死はいつも近くにいて、すぐに腕をつかみにくるから、それを必死で振り払うことがフームーの毎日だった。そんな努力をやめてしまえば楽になるのに、死ぬことへの恐怖はすさまじくて、あらがわずにはいられないのだ。これだから、赤ん坊のうちに死にたかった。こんな恐怖を知らないうちに。

生きていていいことなどひとつもなかったが、生きるために日々闘った。

このおじさんの望むようにしないと、殴られる。だけど、言っている意味がわからない。

そんなときは、しぐさや顔色だけでなく、鼻息や体臭のわずかな変化からもさぐっていった。

やっかいだったのは、子供だ。フームーに何かをさせたいわけでなく、ただおもしろくて石を投げるとわかるまで、無駄な努力を繰り返した。

子供らは、石や泥やもっと汚いものを投げながら、フームーを嘲《あざけ》る言葉を連呼した。その意味も少しずつわかるようになった。意味が知れても、特に何も感じなかった。相手はフームーを怒らせたり泣き出させたりしたいのだと理解してからも、その要望には応《こた》えていない。これは子供たちの〈遊び〉で、フームーが反応を示せば長引くのだと学んだから。

だから、聞こえなかったふりをする。石は、大げさによけたりしない。できるだけ小さな動きで、背中や腕にしか当たらないようにする。そうやって、からだのやわらかいところを守る。痛くても、声をあげない。顔もしかめない。それが、もっとも早く〈遊び〉をやめてもらう方法。

貪欲《どんよく》に、フームーは学んでいった。いつも聞き耳を立て、口の中で言葉を復唱し、時と場合で変わる含意も察するようになっていった。普通の人たちが寝起きする家に入れるのは、掃除や荷物運びを言いつけられたときだけだったが、部屋や調度の名前を覚え、用途を把握していった。

普通の人は神に祈るということも、早くに知った。真似《まね》して祈ろうとしたら、それまでになかったほど激しく折檻《せっかん》された。

だから二度と祈らない。村の社《やしろ》にも近づかない。

フームーは、神に見捨てられているのだから。フームーは、呪《のろ》われているのだから。そんな子供を生かしている村の人たちの親切に感謝して、しっかり働かなくてはいけないのだ。

学んで、学んで、フームーは生き延びた。からだが大きくなるにつれ、死が匂《にお》い立つほどの恐怖をはなってすぐそばまでやってくることが減っていった。

すると、納屋での夜が長くなった。

お腹《なか》がすいた。からだが痛い。それしか考えられない時間は、昼間の労働と同じくらいフームーを疲れさせた。眠りというわずかな救いがおとずれるまで、フームーは心の中で唱えつづけた。

ここじゃないどこかに行きたい。

あたしじゃない誰かになりたい。

ここじゃないどこかに行きたい。

あたしじゃない誰かになりたい。

ウーヒルとの別れは、あっさりとしたものだった。給金を受け取り、長くはあるが型どおりの挨拶《あいさつ》を交わして、それで終わり。

感極まって抱き合ったりしなかったのはもちろんのこと、握手もなく、胸を叩《たた》き合うこともせず、ソナンが背中を向けたらすぐに、ウーヒルは家に引っ込んだ。

流れ者は次々にやってくる。人より長く居たといっても、ソナンはしょせん、よそ者だ。これが当然なのだろう。

跡取り息子の婚礼と、秋蒔《ま》きの飯竹《いいちく》の刈り取りがぶじ終わっても、ウーヒルの顔は晴れなかった。今年に入ってから破砕器の調子が悪く、しょっちゅう修理をしている。いっそ新調したほうがよさそうだが、それには村外から職人を呼ばねばならず、大変な費用がかかる。誰に、いくらで、いつ頼むかは、一家の今後を左右する大問題らしい。

また、ウーヒル自身は雇い人に漏らすようなうかつなことをしなかったが、息子や娘の様子をみると、家族のあいだで揉《も》め事があるようだ。おそらく、息子の新妻と誰かの折り合いが悪いのだ。

そうしたことに頭を悩ませていたら、流れ者の旅立ちなどで感傷にひたれなくても不思議はない。

ソナンのほうも、事情は同じだった。

ウミの言った一年後まで、あと三月弱残っていたが、ここにいてもこれ以上、役立つ知識は得られそうにないと見切りをつけて、移動を決めた。行く先は、まずは流れ者らしく港にしたが、せっかく塔の近くにいながらわざわざ遠ざかってしまうことに、後ろ髪を引かれていた。この決断は正しいのかとの迷いとともに、行った先への不安で頭がいっぱいだったので、名残を惜しむどころではなかったのだ。背中を向けてすぐにウーヒルが家に入ったのを物音と気配で知ったとき、わずかに寂しさを感じたが、頭はたちまち心配事で占められた。港の様子や行き方は、話に聞いて知っている。けれども、ここは中央世界ではない。実際に宿や職を探す段になると、知らない言葉や慣習に困ることになるのではないか。うっかりすると捕らえられ、売られて奴隷《どれい》にされるのでは。

振り返っても村が見えないところまでくると、独《ひと》りだな、と思った。

家族がいない。友がいない。相談をする相手がいない。すべてを自分で決めなければならない。

そんなことは、岩棚にいたときには当たり前で、意識にのぼることもなかったが、きちんとした衣服や靴を身につけて、生きるための金銭を持ち、旅人とすれ違うこともある道の上にいると、身にしみた。

村からいちばん近い港を目指した。塔からあまり離れたくなかったし、近ければ近いほど、あのあたりについての噂《うわさ》を集めやすいと考えたのだ。

小ぶりの港で、中央世界からの船が来そうにないのも都合がよかった。ソナンが海《かい》人《じん》であることは隠しようがないのだから、船が来たのに、必死になって乗ろうとしなかったら怪しまれる。

健脚が幸いして、その日のうちに到着した。港町の人たちは、ウーヒル以上に流れ者に慣れており、案じていたような困難もなく、日が暮れる前に職と寝床を手に入れた。

いくつも話があるなかで、ソナンが選んだのは荷運びの仕事だった。賃金は並み以下だが、大部屋に寝泊まりできるとわかって、飛びついた。

船への荷揚げや荷卸しは、毎日あるとはかぎらないから、とにかく金を稼ぎたい人間からは敬遠される職なのだが、仕事のない日も寝る場所があり、朝夕に粥《かゆ》が支給される。とりあえず生きていけるのがありがたいと、大部屋には素《す》寒貧《かんぴん》たちが集まっていた。

金のない人間にとって、暇つぶしには無駄話がいちばんだ。朝夕と仕事のない日は丸一日、男たちがごろ寝をするむさ苦しい室内には、話の花が乱れ咲く。おかげでソナンは、黙って耳をかたむけているだけで、さまざまな知識を拾い集めることができた。

たとえば、この国の名前。

ソナンはそれまで、自分のいる国の名称を知らずにいた。

こちらの人間が、中央世界から来た者をまとめて〈海人〉と呼ぶように、ソナンにとって外海を渡る船の行く先は、〈パロロイ〉あるいは〈辺境〉で、その広大な大地にいくつもの国があることを、船出の前も航海のあいだも、ほとんど気にとめていなかった。

行き先は、港。ぶじに着いたら、そこで物を売り買いして帰ってくるだけ。そして港という場所では、国の法より船乗りの法が幅をきかせる。どの国に属していても、海の男にとって大差ないといえたのだ。

ウーヒルのもとで働くようになってからは、国の名前や大きさを知ろうとしたが、そうしたことは、家族にいい顔をされない質問のひとつだった。遠回しに訊《たず》ねても、「ここは、紫姫様のお治めになる地だ」と返されるばかり。

この「紫姫」というのが何者かも、よくわからないでいたことだった。誰かの口からこの言葉が出るとき、ウーヒルの家族はみな、おごそかな顔つきになった。きっと、神を祭る役目の最高位、トコシュヌコでいう大祭司様にあたるのだろうと一度は考えたが、ここが紫姫の治める地なら、紫姫は王ということになる。

いったいどちらだろうと首をかしげたものだったが、荷揚げ人足の大部屋で、その答えを知ることができた。

両方なのだ。

姫というからには女だろうが、それが、王と祭司の長を兼ねているとは、ソナンには意表外のことだった。

また、国の名前はまさしく、「紫姫様のお治めになる地」であるという。少なくともこの国の住人にとっては、ほかに称しようがないようだ。それではさすがに長すぎるので、異国の者は、それぞれの国の言葉で「紫国」とか「紫姫の国」と呼ぶらしい。

ほかにも、ウーヒルが口にするのを聞いてはいたが、よくわからずにいた「青袖《あおそで》」というのが役人を、「緋冠《ひかん》」が祭司を指すこともわかった。どちらも大きな力を持つ恐ろしい存在で、目をつけられないように気をつけなければならないという。

この港や近隣の村に現れるのは、下《した》っ端《ぱ》の青袖で、袖口の青い布が目印だが、その徴《しるし》に目をとめなくても、威張った態度ですぐわかる。青袖には、とにかく近づかないことだ。うっかり近づいてしまったら、逆らわないことが肝要だ。だけど、青袖以上に気をつけなきゃいけないのは、あいつらの密偵だ。ちょっとしたことを告げ口して小銭を稼ごうとするやつらが、どこにでもひそんでいる。お偉いさんを悪く言ったり、冗談のタネにしたら、あいつらの格好の餌食《えじき》になる。ひょっとしたら、この大部屋にも紛れこんでいるかもしれないな。そういうおまえが、密偵じゃないのか。まさか。俺たちみたいなのをさぐって、どうするんだよ。わははは。

金のない人間は、すべてを笑い飛ばして生きている。この部屋の連中は、よく笑った。

彼らの話から、緋冠については、気にしなくていいとわかった。こんな小さな港町には、頭に緋色の布を巻いた社守《やしろもり》がいるだけだ。こちらは、もったいぶった態度から、布を見なくてもそれとわかるが、めったに外出しない。出かけるとしても向かう先はお屋敷ばかりで、道中は取り巻きに囲まれている。春夏秋冬の祭りの時は中心になって活躍するが、この国生まれの住人以外は祭りから疎外《そがい》されている。流れ者が緋冠と関わる機会は、まずないのだ。

ここから歩いて十数日の場所にある〈紫姫様のお住まいになる都〉には、位の高い緋冠がたくさんいて、頻繁に姿を拝めるらしい。もちろん青袖もうようよいる。特別な行事の時には、聖と俗とを牛耳るふたり——深紅の見事な冠をかぶった〈緋冠の宰〉と、真夏の海の色よりなお青い、輝く絹の布を腕から垂らした〈青袖の長〉とがお出ましになり、民衆の目をまばゆく射る。

この二人を左右に従えて、すべてを動かしているのが紫姫だ。

この国は、小さくはない。パロロイに大小多数の国が存在するなか、特に大きな四つが、四大国と呼ばれている。紫国は、そのひとつなのだ。国の広さは、中央世界全体と同じかそれ以上で、民草の数も、トコシュヌコの数倍はあるようだ。

そんな国を、姫がひとりで治めている。

いったい、姫の父親や母親は、何をしているのだろう。

ひどく不思議なことだったが、ソナンの関心はそこになかった。知りたいのは、塔の近くの岩棚に至る道だ。

とはいえ、流れ者に用のなさそうな場所のことを訊《き》いてまわったりしたら、青袖の手下に怪しまれる。うっかり話題にのせられない。

ソナンは、相手を選んでぽつりぽつりとあたりさわりのない質問をし、こちらの意図を詮索《せんさく》しない無邪気な人物を探していった。

数日後、これはと思った三名を居酒屋に誘った。

ウーヒルの村にはなかった酒を提供する店が、港町にはいくつもあった。海人や異国人が多数いるからだろう。

酒代を持たない三人は、おごると言うと、大喜びでついてきた。三人のうち二人は隣国の出身。一人は、この国の内陸部にある村から出てきた流れ者だった。三人の口が酒でなめらかになったころ、話を海辺の塔へともっていった。

最初に出たのは、例の怪奇談だった。人の近づけない岩の上にずっと昔から立っているのに、古びることが少しもない。あそこには、魔が集うのだ。

その魔の種類の説明を長々と受けたあと、夏至にだけ灯りがともるという、新しい話を聞くことができた。

「だから、このあたりの船主は、夏至には船を出さない。その灯りを見た者は、一年以内に溺《おぼ》れ死ぬといわれてるからな」

「そいつは、デマだな。俺は、二十年くらい前に灯りを見たってじいさんを知っている。もちろん、生きてぴんぴんしてる」

「じゃあ、そのじいさんは、ほら吹きだ。実際には、見ちゃいないのさ」

「そんなことはない。真に迫った話だった。ほんとうに見たんだよ」

「俺は、灯りを見たせいで死んだって人間を、三人知っている」

異国人ふたりが言い争うなか、三人目の男は、薄ら笑いを顔に張り付かせて黙っていた。ワイセワという名のこの男は、ふだんから口数が少ないが、それにしても表情が動かない。

その面持ちは、荒れ地の向こうを話題にしたときのウーヒル一家を思い出させた。青袖の手下を恐れてなどの実際的な理由でなく、おごそかな場でしか持ち出したくない大切なもの、異郷人との噂話にのせたくない神聖なものだから、ただ口をつぐむ。そんなふうに見えた。

ワイセワは、どうした事情でか流れ者となって、この国の敬虔《けいけん》な暮らしからはみだした男だ。こうして居酒屋で酒を飲むなど、ふだんの様子は異国から来た流れ者と変わりない。それでも、この話題の時は、ウーヒルらと同じ反応を示す。あの塔は、この国の人にとってよほど特別な場所なのだ。

ソナンはそこで、やや強引に話題を変えた。ワイセワはほっとした顔になり、仕事の愚痴の言い合いに、口数が少ないなりに加わった。

数日後、荷揚げの仕事の最中に、機会を見つけてワイセワの真横についた。前や後と間隔があいたのを見計らって、耳うちする。

「海辺の白い塔について、知っていることを残らず話してほしい」

その代価を告げると、ワイセワは鼻息を荒くした。ウーヒルにもらった金の五分の一、すなわち、このあたりの雇い人の二か月分の給金を提示したのだ。

話題をはばかる気持ちと、金への欲。この男の天秤《てんびん》はどの重さで傾くかを見定めたうえで、確実を期すために、その二倍を申し出た。

ワイセワは、荷を船倉まで運ぶあいだ考えをつづけていたようだが、空身《からみ》になった戻りのときに、自分からソナンの横にやってきた。

「こんなことは、秘密でも何でもない。畏《おそ》れおおくも紫姫様のお治めになる地に生まれた者なら、誰でも知っていることだ」

自分に言い訳するようにつぶやいてから、前を向いたまま、あれこれしゃべった。

長い話ではなかったが、ソナンは約束の金を支払った。

大事をとって、その日のうちに町を出た。二日歩いて別の港町に行き、船に乗る仕事を探した。流れ者がやっきになって乗ろうとする中央世界や遠い異国への船でなく、近海の航路を求めたので、長く待たずに職を得た。

船上での仕事は、中央世界の内海のものと大差なかった。この手の運搬船は、陸からあまり離れずに、海岸線に沿って進む。外海が外海らしくある沖へは出ないのだ。最初の航海では、東に向かった。あえてそういう船を選んだのに、塔からさらに離れることに胸が絞られた。

海人ながら言葉がわかり、骨惜しみせず働くソナンは、すぐに船長に気に入られた。七日後にもとの港に戻り、荷を積み替えて、今度は西へと船出したときには、夜中の物見を任されるほどになっていた。

帆柱の上の物見台で夜を過ごす役目は、人気《にんき》がない。特に駆け引きしなくても、岩《がん》礁《しょう》地帯を走る夜、ソナンは見張りにつくことができた。月は細く、星もまばらな夜だったので、岩塊はただ真っ黒で、空との境目さえよくわからなかった。白い塔がぽつんとあるのは見て取れたが、灯りはともっていなかった。

それでも、実際にあの塔の沖合を通り過ぎて、潮や風を知ったことは無駄ではなかった。物見につく前に船長から受けた注意も、聞けて良かった。

この海域では、陸に近づき過ぎないようにだけ気をつけろと、くどいほどに言われたのだ。あの白い塔が、こぶしよりも大きく見えたら、危険な距離だ。操舵《そうだ》手も甲板の見張りも気をつけてはいるが、ここでは気をつけすぎるということはない。海賊の心配はしなくていい。岩陰がたくさんあるようにみえて、海賊船が隠れることのできる場所はいっさいない。ここでは、航路から少しでも陸に寄ったら、岩に叩きつけられて、船はみんな粉々になる。頑丈な大型船でも、とんぼのように動き回れる海賊船でも、その運命を逃れることはできないのだ。

知ってはいたが、この海域を知り尽くしている船乗りの言葉は重い。海からあの岩棚に近づくことはできないと、念押しされた気分だった。

一夜をかけて岩場を抜けると、陸地にまた町や港が現れた。最初の港で荷物を下ろし、別の荷を積むあいだ、乗組員には半日の休みが与えられた。ソナンは、港の近くの市場や酒場をのぞいて過ごした。

帰りは潮に乗れるので、速度が出るし、波にさらわれ陸に近寄ってしまうおそれが少ない。行きより気楽な航海だった。このときは甲板から、夕日に映える白い塔を見ることができた。その足元の岩山は、夕闇《ゆうやみ》の中で、黒い一枚の壁のようにしか見えなかったが。

それからも、東へ西へと荷を運ぶ船で、塔の前をさらに三往復した。一度だけ、真昼に物見台から塔と岩棚とをながめることができた。

塔はやはり無人にみえたが、生け垣の高さがそろっているのがわかった。手入れがされているということだ。

もっとも、海から見ると生け垣は、塔の左右に少しのぞいているだけなので、自然の木々と見分けがつかない。それも、塔がこぶしより小さく見える距離からだから、周囲の樹木はさらに小さい。そばに行ったことのある者でなければ、それが実は生け垣で、人の手が加わった跡があると気づけはしないだろう。

ソナンが十日近くを過ごした岩棚は、変わらぬ姿で塔のやや右下の絶壁にはりついていた。こちらも、この距離からだと岩の褶曲《しゅうきょく》に紛れて、そこにいたことがある者にしか岩棚だとわからない。ましてや、そこに人がいても見つけることはできないのに、ソナンはそこにウミをさがした。

すぐにおのれの愚かさに気づいて、視線の先を少し上——岩棚から立ち上がる絶壁へと移した。すると、その壁に張りついていたときの記憶がよみがえり、よくも、あんなところをのぼりきれたと、ぞっとした。どういうわけか、父の大きな手につかまれて振り回された、幼い日の恐怖がそれに重なる。

一度しっかり目をつぶり、貴重な機会を無駄にしないようにと自分に言い聞かせた。

目をあけて、岩棚をもう一度さがし、左方の岩に視線を這《は》わせた。真昼の日差しのもとであっても、これだけの距離を隔てたところにある岩の形状をみてとるのは難しい。それでも、真正面を行き過ぎてながめる角度が変わったおかげか、ソナンのいた岩棚から分厚い岩壁を隔てた向こうに、同じくらいの大きさの岩棚があるようなのがわかった。ソナンのいた場所とちがって、上部の岩が大きく張り出し、屋根のようになっているので、岩棚というより洞窟《どうくつ》に近い。そのせいで、そこに岩のくぼみがあることが、よけいにわかりにくくなっていた。

船は潮にのってぐんぐん進み、ふたつの岩棚はすぐに見えなくなってしまった。白い塔も岩陰に消えた。

甲板で縄仕事をしながら、ソナンは考えた。ウミはあの、洞窟のような岩棚にいたのだろうか。ウミの消えた抜け穴は、あそこに通じていると考えるのが、もっとも自然だ。ソナンが魚を捕っていたように、あの岩棚からなら、海藻を採ったり、それを毎日濡《ぬ》らしたりができておかしくない。

けれども、ウミは真水を持っていた。あれはどこから手に入れたのか。それに、血色が良く、日々じゅうぶんな食事をしているようにみえた。

きっと、彼女のいた岩棚には、外の世界に通じる道があったのだ。だとしたら、どうして裸でいたのか不思議だが、この地の健康法か何かかもしれない。

外の世界とは、すなわち、塔だ。あのあたりに、人の住める場所は、ほかにないのだから。

そしてあの塔は、廃墟《はいきょ》ではない。魔の集う場所でもない。紫姫が、代替わりのための神聖な儀式をおこなう〈お城〉だということを、ソナンはワイセワに聞いて知っていた。そんな大事な場所のことは、むやみに口にするものではない。ましてや紫姫様のお治めになる地の外から来た人の耳にわざわざ入れることではない。だから、秘密でもなんでもないこの事実が、異国人には知られていない。

それを聞いて、ソナンはなるほどと思った。代替わりというものは、めったに起こることではない。あの塔は、何十年に一度かの機会にのみ、使われるのだ。ふだんはきっと、無人か、数人の管理人のみが滞在するのだろう。だから灯りも、海から見えない方角に、ひっそりとともすだけ。ごくたまに、うっかり見られて、船乗りのあいだにおどろおどろしい伝説を生んだ。

この推測が当たっているとしたら、ウミはあの塔の管理人だったのかもしれない。生け垣や堀に臆《おく》することなく、訪ねてみたらよかったと、ソナンは後悔の念にかられた。

だが、ウミ以外の武人などもいたかもしれない。その場合、神聖な場所に突然現れた、言葉もろくに話せない海人など、問答無用で成敗されていかねなかった。塔を離れた判断は、正しかったのだ。

一年後、あの場所でとウミが言ったのだから、彼女に会うのは、その時だ。

ワイセワの話は、ソナンを大いに力づけた。あの塔が利用されていることがはっきりわかったからだ。それならば、人の行き来があるわけだから、危険なく通れる道があるはずだ。

ところが、これがどうしても見つからない。岩礁地帯の沖合を船で行き来することで、そのあたりの陸地のこともわかってきたが、海際《うみぎわ》に岩がそびえるところはずっと、奥深くまで岩山が続き、道もなければ人家もない。いるのは危険な獣ばかりということだった。

ソナンが乗る船の母港から、岩礁地帯の向こう側にある港まで、船なら二日で行けるが、陸路だと、どんなに急いでも二十日以上かかるという。岩山の障害がなくなるところまで内陸に入り込むという、大きな迂回路《うかいろ》をとるからだ。そんな行商は割りに合わないから、ふたつの地域の通運は、もっぱら海路でおこなわれている。

実際に荷の積み下ろしや運搬料の支払い、市場の物の値段を見て、この話に偽りはなく、ほんとうに抜け道はないのだとソナンは悟った。かつて行商の仕事をやっていたから、断言できる。どんなに危険で険しくても、人が通れる道があれば、荷物を運んで儲《もう》けようとする輩《やから》がきっと現れる。そういう猛者《もさ》が一人でもいれば、誰がどうやってかは秘されても、抜け道があるということくらいは知れ渡る。ごくまれにでも、船賃のかからない物が売りに出されれば、その品全体の値に影響するからだ。

東側からの陸路がないなら、西から海岸沿いに歩いて行こうと考えたこともある。それなら道に迷うおそれがない。距離は長くないから、険しい岩の上り下りも、道具を使って進んでいけば、なんとかなるのではないか。

けれども早々に、それはできないことが判明した。岩礁地帯のはじまるあたりの海際に、青袖の館《やかた》という、この地域最大の役場がでんと構えているのだ。役所というより要塞《ようさい》のような建物で、夜通し四方に松明《たいまつ》をかかげている。岩場のはじまりはなだらかで見通しがいいから、見とがめられずに進むことはできそうにない。

塔が聖地だと知らなかったら、どうして役場が無人の岩場を背にして立っているのかと、いぶかしく思っただろう。実際、海人のなかには、パロロイが野蛮で理屈の通らない地である証拠として、役場の立地をあげつらう者もいた。けれども、塔に行きたい者から見たら、この役場は関所だ。いや、誰一人通れないのだから、国境を封鎖する砦《とりで》に近い。

結局、隠れ沼の点在する湿地帯を行くしかないようだ。沼や獣も恐ろしいが、沼を避けたり藪《やぶ》をかき分けたりしていたら、道に迷うこと必定だ。悪くすると、死ぬまでさまよい歩くことになる。それをどうやって回避するか。

いろいろ考えて、約束の日の二十日前に出発することにした。来たときと同じように足元をしっかり確かめるだけでなく、日差しで方角を見定めて進む。太陽が見えないときには、動かない。その方針で行くために、余裕をもって出ることにしたのだ。あとは、運と根気の問題だ。

ソナンは船の仕事を辞して、準備を始めた。近隣の市場をまわって、必要な品を買いそろえるのだ。軽くて日持ちのする食料。丈夫で長い綱。獣と戦う武器。

すると、市場の出口でばったりと知った顔に出くわした。ワイセワだ。この男とともに働いていた港とは違う町に来ていたというのに。

ソナンも驚いたが、相手も目をひんむいた。それから、ぱっと笑顔になって、駆け寄ってきた。

「嬉《うれ》しいなあ。また、会えるなんて。あれから、どうしてたんだ。急に姿がみえなくなったから、心配してたんだ。元気でよかった。俺は、あんたのおかげで、割のいい仕事に移れたんだ」

　ソナンは困惑を悟られないよう微笑《ほほえ》みを浮かべて、ワイセワの早口を聞いていた。きりのいいところで、「じゃあ、急ぐから」と立ち去るつもりだったのだが、言葉をはさむ隙《すき》がない。

「礼が言いたいと思って、また会えますようにと、毎晩祈っていたんだ。それから、あんたは海人だけど、神様の浄福にあずかりますようにとも。願いをかなえてくださった神様に、今夜の祈りで、うんとお礼を言わなくちゃ。礼といえば、あんたには、酒をおごってもらった礼をしてなかったな。これから一杯、どうだい」

　ようやく言葉が返せることにほっとして、ソナンは言った。

「すまない。俺も会えて嬉しいが、いまはちょっと急いでいて」

「そう言うなよ」

　ワイセワは、ソナンの腕をぐっとつかんだ。

「俺もいままでは、人に酒をおごるくらいの金をもってるんだ。だから、お返しがしたいんだ。こういう気持ちを、無下にするものじゃないよ。この国に暮らすのなら、このやり方に合わせなくちゃ」

そう言われると、断りにくい。

「それに、耳寄りな話があるんだ。ほんとうに、会えてよかった」

ソナンは、開店したばかりでがらんとした居酒屋に連れて行かれた。席に落ち着くとワイセワは、この国の人間らしいくどくどした挨拶を並べた。それから、顔をぐいと前に寄せて、ささやいた。

「あんた、〈お城〉に行きたいんだろ」

「いや、そういうわけでは」

だから、再会したくなかったのだ。この男だけは、ソナンが白い塔に特別な関心をもっていることを知っている。青袖に告げ口などされたらやっかいなことになりかねない。出会ってすぐに、引き止める手をふりきって、さっさと行ってしまうべきだった。いや、いまからでも遅くはない。おごってもらった一杯を飲み干して、席を立とう。

そう考えて椀《わん》に手を伸ばしたとき、新たなささやきが耳にすべりこんできた。

「あの塔に行く、とっておきの方法がある」

「どうして」

どうして、俺があそこに行きたがっていると知っているんだと訊ねかけた。関心をもっているからといって、行こうとしているとはかぎらない。断言したからには、ソナンの何かがそう思わせたのだ。それが何かを知りたかった。

だが、そんな質問はやぶ蛇だと、あやういところで気がついた。続く言葉を呑《の》み込んで、ワイセワの顔をうかがったが、海人らしい言葉の間違いとでも思われたのだろう。特に気にする様子もなく「とっておきの方法」を説明しはじめた。

「俺はいま、食料品の卸しの店で働いている。こんないい仕事に就けたのは、あんたのおかげで身なりを整えられたからだ。ほんとに感謝しているよ。このごろでは仕事に慣れて、大口の取引先は、すっかり把握していたんだが、この前、誰だかわからない先からかなりの量の注文があった。それも、一級品ばかりだ。梱包《こんぽう》にもうるさくて、いま店は、その準備で大忙しだ。俺は、ふだんは使わない特別の梱包材を買いに、この市場に来たところなんだ。いや、だいじょうぶ。そこまで急いじゃいない。明日の朝に出直して、買っていっても間に合う。この話をあんたに伝えるほうが重要だ」

この男はこんなにしゃべる人間だったかと、ソナンはあっけにとられて、ワイセワのうごめく唇を見つめていた。

「とにかく俺は、店主が騙《だま》されてるんじゃないか心配で、こんな注文を出してきたのが誰か、知りたかった。そしたら、ついおとといのことなんだが、わかったんだ。別に、隠れて探ったりまでしたわけじゃなくて、偶然に。だけど、あんたも急いでるみたいだから、どうやって知ったかをくどくど話すのはやめておこう。とにかく、俺は知ったんだし、店主は俺が知っていることを知らない。そして、その内容は、あんたにぜひとも知らせたいものだった」

ワイセワは、薄いあごひげを揉むようにつかんでから、自らの興奮をしずめようとするかのように、椀から一口酒をあおった。その隙に腰を上げられないこともなかったのだが、ここまで聞いたら話の先が気にかかる。ソナンは静かに続きを待った。

「注文主は、青袖のお偉いさんだったんだ。もうすぐ〈お城〉に、たくさんの人がやってくるんで、食料を運び込まなきゃならない。それで、うちの店からもけっこうな数の箱をおさめることになったんだ。その箱が、どこを通って運ばれるのかは、わからない。それがわかれば、あんたに行き方を教えてあげられるんだが、うちは店先で、箱を引き渡すだけなんだ。それも、夜中に取りに来るらしい。後をつけることも考えたが、万が一気付かれたら大変だ。それに、〈お城〉への行き方がわかったところで、あんたの居所がわからないんじゃ、意味がない。どうしたものかと考えながら、めったに来ない市場に出かけたら、あんたとばったり出会ったってわけだ。これが神のお導きでなくて、なんだっていうんだ」

一気にまくしたてられて、ソナンは目を白黒させた。

「ちょっと待ってくれ。役所が食料を買い上げて、あの塔に運ぶというんだな」

自分のせりふで頭の中を整理する。

「そうだ。だけど、どうやって塔まで行くかは、わからない。ひとつだけ言えるのは、荷物のあとをつけることができたら、塔に行く方法がわかるってことだ。でもきっと、それはすごく難しい」

ワイセワは、まばらなあごひげをわしづかみにした。

「こんなにこっそり事を進めているんだ。きっと、ものすごく見張りをつける」

そうだろうと、ソナンも思った。とはいえ、塔までぶじに行く方法にこれまででいちばん近づいている。その感触に息が詰まる。

「そうだ」と叫んで、ワイセワがひげから手をはなした。「いいことを思いついた。あとをつけるより、ずっと確実な方法だ。箱の中に隠れるんだよ。厳重に封をするように言われてるから、たぶん、途中で開けて改めたりはしないだろう。俺が荷物の行き先を知ってることは、誰にもばれていないから、箱に誰かを潜ませるなんて、疑われるおそれもない。うん、この方法なら、うまくいくような気がする。あんた、狭い箱に入るの、だいじょうぶだよな」

ソナンは思わずうなずいたが、軽率に決められることではない。あわてて顔の前で手を振った。

「ちょっと待ってくれ。俺は、塔に行きたいとは、一言も」

だが、ワイセワは、自分の思いつきに夢中のようで、半ば独り言のように話を続けた。

「うん、絶対に、この方法はいけると思う。箱を二重にして、上半分には芋とかの、本物の中身を詰めておけばいい。下の箱には空気穴を開けなきゃいけないな。それからほかに、必要なことは——」

そこまで言ってワイセワは、すうっと真顔になった。

「あんたまだ、俺にくれたくらいの金を持ってるかい」

質問の意図がわからないので、ソナンは何も言わずに、ただワイセワを見つめ返した。

「この仕事は、注文通りにきちんとやらなきゃいけないから、荷を詰めるのも、封をするのも、ふたりで確認しながらやるように、主人に言われてるんだ。だから、あんたが箱に隠れるためには、最低でもあとひとり、仲間に引き入れなきゃならない。だけど、だいじょうぶ。あれくらいの金を払えば、しっかり口をつぐんでくれるやつに心当たりがある。そいつと組むようにすればいい。うん、だいじょうぶ。できるぞ、きっと」

　ワイセワのほとんど閉じられた目は、もはやソナンを見ていなかった。

　ソナンも、自分との対話にもぐりこんだ。この計画にのるべきか、否《いな》かと。

　ワイセワは、ソナンが流れ者に似合わない大金を持っていることを知っている。それも会いたくなかった理由のひとつだったが、その金を使って塔への道が開けるなら、こんなありがたい話はない。だが、信用していいのだろうか。金だけとってすっぽかすとか、青袖に突き出すつもりでいるのではないか。

　それに、この話が本当だとしても、到着するまでばれずにいられるものだろうか。うっかり声を出してしまわないか。重さが変だと気づかれないか。あるいは、箱の行き先が、ワイセワが思っている場所と違うかもしれない。

　いや、悪い面ばかりを見てはいけない。命の危険があるというのは、湿地を歩いて越える場合も同じなのだ。これは千載一遇の好機。一か八かで乗るべき賭《か》けではないだろうか。

　そのとき、ワイセワがぶつぶつつぶやくのをやめて、きっぱりと言った。

「だいじょうぶ。このやり方なら、きっと、うまくいく。あとはあんたの決断しだいだ」

「だけど、おまえはいいのか。もしもばれたら、いっしょに罰せられるかもしれない。神聖な場所に入り込むなんて、重罪だろう。そんな危険に巻き込みたくはない」

「巻き込まれるんじゃない。こっちから提案してるんだ。あんたは俺を助けてくれた。だから、俺もあんたの役に立ちたいんだ。俺はもう、一生まともな暮らしに戻れないと思っていた。あんたと会ったころ、もうどうにでもなれというか、何も考えたくないというか、とにかくどん詰まりだったんだ。あんたとのあの取引は、あんたが思っている以上に、俺を助けてくれたんだ」

足元がゆらゆらと揺れていた。まるで、大きな船で外海を渡っている最中のように。

「いま、決めなくちゃいけないのか」

「芋の箱を、目当ての相手とふたりきりで担当できるように、段取りをつけなきゃいけない。その相手に話を持ちかけて金を渡したり、箱に穴を開けたりもしなくちゃいけない。そういうことを考えると、今夜には準備を始めないと間に合わない。決めるなら、今だ」

揺らぎはさらに大きくなり、ソナンは船酔いに似た胸苦しさを感じていた。

11

朝一番にやることは、爪《つめ》の手入れ。

専用のやすりを使っててていねいに磨き、色のはげたところを塗り直す。

それから、指に乳液をすり込む。まちがっても、ささくれなどないように。なめらかに、しなやかに保てるように。

「まるで、高貴な家のお嬢様だね」

三日に一度は、ゴンヤが嫌みを言って通る。

羨《うらや》ましいのだ。掃除職に、たいした身だしなみは求められない。髪を短く切り整えて、飾りっけのない制服をぴっちり着込むくらいがせいぜいで、爪磨きの道具が貸し与えられることなど、決してないから。

「ああ、忙しい」

ゴンヤは、いかにも邪魔だといいたげに、大きな尻《しり》を揺さぶりながら、身支度するメダマらの間をわざわざ縫うように通り抜けた。

忙しいのは本当だろう。紫宮《むらさききゅう》は広い。たくさんの部屋があり、通路がある。そのすべてをまわって、綿ぼこりがあったら羽ぼうきで払う。砂ぼこりが舞い込んでいたら、それがどんなにちょっぴりでも、草ぼうきとちりとりで一粒残らず取り去る。光っているべきところを布でこする。ここにお住まいになる方の邪魔にならないように、ひっそりと。

「まったく、あんたたちは」

それでもゴンヤには、三日に一度、メダマらに無駄口をたたけるだけの暇がある。続く言葉をのみこんで、足音高く支度部屋を出て行ったのは、時間を惜しんだからではない。どんなに邪魔そうなしぐさをしても、尻をぶつけてきたり、羽ぼうきでたたいたりしないのと同じく、限度をわきまえているからだ。

ゴンヤの姿が消えると同時に、隣にすわるホホキズが、ふふっと鼻を鳴らした。メダマだってさっきから、腹の中で笑っていた。「あんたたちは」に続く言葉を吐き出したくてむずむず動く口といい、羽ぼうきでなく鞭《むち》を握って、メダマらの背中をぴしりと打ちたくてたまらなそうな手元といい、ゴンヤの姿はいつもながら愉快だった。

「まったく、あんたたちは、奴隷《どれい》のくせに」

ゴンヤが言いたくて言えなかったせりふを、声に出さずに鏡に向かって唇だけでつぶやくと、愉快さはさらにつのった。

指の手入れを終えたメダマは、腰まである長い黒髪にくしを通した。もつれがなくなると、頭頂から四方に編み込んでいった。それから先端を頭の上に集めて布紐《ぬのひも》でしばり、短いかんざしをいくつか使って形を整える。最後に、長いかんざしを右から挿して、出来上がり。

鏡の中の頭には、ほつれ毛ひとつ見当たらない。こめかみから頬、顎《あご》にかけての顔の線がくっきり浮かび、広い額もむき出しだ。そのまんなかの少し浮き出た赤黒い菱《ひし》形《がた》を、メダマはじっと見つめた。

焼き鏝《ごて》の跡は、終生、消えることがない。左手首の、もう赤くも黒くもない菱形が、それを雄弁にものがたっているのに、メダマは毎朝、額の菱形を鏡で確認しないと気がすまない。

だいじょうぶ。今日もある。これで一日が始められる。

支度を終えて立ち上がろうとしたとき、伸びきる寸前の膝《ひざ》の後ろをがくんと押された。相手が誰かと考える前に、上体をとっさに支えた左腕の屈伸と、押されなかったほうの脚の力で、一歩分跳びすさりながら半回転した。着地と同時に、頭から抜いた長かんざしを構えると、目の前には、鏡像のように同じ姿勢でかんざしの先をメダマに向けるホホキズがいた。

ヒュッと、短い口笛が鳴った。

撤退、もしくは戦闘停止の合図。

斜め後ろにすわるアシナガが、自分の髪をまとめながら気怠《けだる》げに言うと、ホホキズは緊張を解いて、自分の席にすわりなおした。

「はい、そこまで」

メダマもふたたび鏡に向かって、頭上のだんごにかんざしをおさめた。いまの動きに、髪は乱れをみせていなかったが、心がいくぶん乱れたと、眼《まなこ》の揺らぎが白状していた。そのせいで、ぎょろりと飛び出た目玉が、いつも以上にみっともない。

この目が、ずっと嫌いだった。鏡を見る機会などあるはずはなく、容姿を確かめられるほど澄んだ水面をのぞいたことも数えるほどしかなかったが、周囲の目つきや投げつけられる言葉から、おのれの醜さはおのずと知れた。左手首の菱形と、ぎょろりとした目玉と、どちらがよけいに嫌いだったか、いまではもう憶《おぼ》えていない。

一年前に、すべてが変わったから。

「ほんとうに、飛び出て大きな、変な目玉」

顔合わせの場でメダマの名前を聞いたとき、ゴンヤは気味悪そうに眉《まゆ》をひそめた。頬に傷跡のあるホホキズへ、同じくらい辛辣《しんらつ》な言葉を浴びせたあとのことだった。

アシナガが、つり上がった目をさらにつり上げてゴンヤをにらんだが、メダマとホホキズは平気だった。

鞭で打たれる痛みが、何度叩《たた》かれようとも慣れることができないのと同じで、メダマは顔の醜さを指摘されるたびに、口の中が酸《す》っぱくなった。

それなのに、このときは違った。

「あたしの名前は、ゴンヤ。古代語で〈健やか〉って意味。両親が願いをこめて、つけてくれた名前よ」

ゴンヤは顎をくいと上げて、見下すようにメダマらを見た。

「へえ。両親が名前をつけたの。じゃあ、生まれてからずっと、その名前なのね。飽きたりしない？」

同じように顎を上げて、ホホキズが言った。

「あたしたちは、昨日、この名をつけていただいたばかりなのよ」

ゴンヤの顔が、ゆがみながら赤みを帯びた。悔しいのだ。羨ましいのだ。そう気づいたら、胸の中で何かが弾《はじ》けた。

手を打って踊り出したかった。声をあげて笑いたかった。どちらもちゃんとこらえたが、顔は笑っていたのだろう。ゴンヤは憎々しげにメダマをにらみ、それから今日まで、三日に一度は嫌みを言って通る。そのたびに、初日に弾けた喜びがまた弾けるので、メダマはゴンヤが大好きだった。

人に羨まれるということが、自分の身に起こるなんて、この日まで考えてもみなかった。配られた粥《かゆ》がひと匙《さじ》ぶん多いとか、与えられた仕事が楽そうにみえるとかで妬《ねた》まれたことなら、ある。同じ感情を、メダマという名になる前のメダマが、他人に抱いたことも。

けれどもそれらは、朝霧の向こうの立ち木のように、おぼろで遠い存在だった。あの頃は、すべてがそんなふうだった。奴隷の心はいつだって忍従という霧に覆《おお》われていて、時おり訪れる鞭の痛みや鋭い空腹といったもの以外は、ぼやけた遠くの立ち木なのだ。

一年前に、それも変わった。

燃えるような嫉妬《しっと》を向けられ、弾けるような喜びを感じ、誇りを胸に働く日々が始まったのだ。

誇りなどというものは、飾りのついた革靴と同じで、鞭をふるう男らを束ねる偉い人や、緋冠《ひかん》や青袖《あおそで》の高位の方々にしか、持ち得ないものだと思っていた。

でもいまは、メダマの心にいつもある。岩のようにでんとして、炭みたいに燃えていて、その熱で、霧は立つそばから消えていく。だから心はつねに冴《さ》え冴《ざ》えとしている——はずだったのに、この朝は冴え方が足りなかった。あんなに簡単に突かれる隙《すき》をつくってしまうようでは、ご用をきちんと果たせない。もっと、しっかりしなくては。

誇りの炭火は悔しさで、常より熱く燃えていた。

一年と少し前、所有者が死んで、奴隷がまとめて売りに出された。ぞろぞろと市場へ移動させられるあいだ、メダマは嬉《うれ》しくもなく、悲しくもなく、ただお腹《なか》がすいていた。

売られたり買われたりすることには慣れていた。言われた場所に行き、言われたことをする。うまくやれても、やれなくても、時に鞭で打たれるから、目立たないよう息をひそめて日々を送る。

市場に着くと、性別と年齢ごとに分けられた。他所《よそ》から来た同年配の女らとともに、檻《おり》の中で何日か過ごした。誰もが黙っているなかで、ひとりだけ、次はどんな人に買われたいかとしゃべりつづける女がいた。

きっと、奴隷の身に落とされたばかりなのだ。そんなやくたいもないことは、すぐに考えることすらなくなると、奴隷になって四、五年だという女が独り言のようにつぶやいた。

そんなものかと、霧の向こうでメダマは思った。ものごころついたときから左手首に刻印があったメダマは、どんな主人がいいとか、嫌だとか、考えたことがなかった。考えるとはどういうことかも、よくわかっていなかった。

少しして、全員まとめて買い上げられた。珍しく、徒歩でなく、車に積まれて移動した。外の見えない荷車だったが、車輪がなめらかに回りだし、外から聞こえるにぎわいが増してきたから、大きな街に向かっているのだと、誰かが――たぶん奴隷になって間がないという女が――言った。誰何《すいか》の声と大扉の開閉の音がしたときも、いま門をくぐったと、同じ女が解説した。そんなことが三回あり、三回目には、荷車の中まであらためられた。

庭のようなところに下ろされた。土ぼこりのたたない、しっかりと踏み固められた地面。花はないが、背の低い木がちらほら。とても広い。正面のずっと先に、高い塀。その手前には、長細い平屋の立派なお屋敷――かと思ったが、窓からのぞく頭は、人ではなくて馬のものだったから、馬屋のようだ。右手にも同じ塀がつづいており、その手前の細長い建物には、たくさんの煙突があって、水音も聞こえる。炊事場と洗濯場だろうか。

左を向いて、驚いた。見たことがないほど背の高い、石造りのどっしりとした建物は、淡い紫色をしていた。

「紫宮」

誰かがつぶやいた。

言われなくてもメダマだって知っている。この世にこんな色の建物は、ひとつしかない。紫姫様のお住まいになる、紫宮だ。

遠くの山から運ばれた紫色の大理石で造られている、この世でもっとも尊い場所。大理石がどういうものか、メダマはよく知らなかったが、外観に紫色を使うことは厳しく禁止されている。だから、全体が紫色の建物は、紫宮のほかにあるはずがない。

奴隷たちのあいだに小さなざわめきが起こって、すぐにおさまった。メダマの驚きも、さほど大きなものではなかったから、同じく短いものだった。

荷車で連れてこられた先が紫姫様のお住まいになる都であったことは、意外だった。しかも、まさに紫宮の敷地に立たされていたとは、びっくりしたが、だからどうということはない。奴隷のやることは、どこでも似たようなものだ。きっと、あの炊事場か洗濯場で、寝るとき以外はからだを動かしつづけるのだ。お屋敷みたいに立派な馬屋にまぐさを運び、糞《ふん》にまみれた藁《わら》を担《かつ》ぎ出す役かもしれない。

そうではなかった。翌日から、へとへとになるまでやらされたのは、格闘技の訓練だった。

こんな仕事は初めてだった。これまでの十数年の人生で、メダマはきつい仕事も、汚い仕事もいろいろやった。どんな仕事も、ことさら嫌だと思ったことはなかった。鞭で打たれれば痛かったが、耐えていれば、いつか薄れた。寒さや空腹や虫刺されのかゆみもただ耐えて、言われたことをこなしてきた。

ところが、格闘技の訓練というものは、こなしただけでは、だめだった。言われたことができるようになるとたちまち、次の課題が現れる。それができたら、その次。前に習ったことを、急にまたやれと言われることもある。うまくできなかったら、練習。そして、また次をやらされる。いくつかを組み合わせての〈応用〉などというものまでが求められる。

メダマは、つらいとか苦しいとか痛いとかとちがう、よくわからないものに苛《さいな》まれた。

紫宮での彼女らの待遇は、奴隷としてはいいものだった。訓練でへばらないだけの食事が与えられ、馬屋の棟の端っこに、固定された木の枕《まくら》がずらりと並ぶ寝部屋が与えられ、寝ていられる時間も長めだった。毎朝ざぶざぶからだを洗われるのは、ありがたいことではなかったが、夜中にかゆみで目覚めることがなくなった。

けれども、訓練という名の労働は、これまでやってきたことと勝手がちがう。そこに不安を感じるのは、ほかの女たちもだったようで、何も考えず、だから何もしゃべらないことに慣れていた娘たちが、とまどいを口にしはじめた。

最初は、新しく奴隷になったばかりらしい女だけが、よくしゃべった。今日教わった技は、大変だけど役に立ちそうとか、私たち、女兵士になるのかしらとか、はしゃいだ口調で。

三日のあいだ、そんな調子でうるさかったが、四日目に姿を消した。

その女だけでなく、毎日のように何人かが、寝部屋に戻ってこなかった。

動きが人より遅い者、一日の訓練の最後におこなわれる対戦で、誰と闘っても負ける者が消えていくのだ。

選別され、人数が絞られていっている。それははっきりわかったけれど、だからといって、不安にかられることはなかった。いなくなった者たちも、まさか殺されたわけではあるまい。そんな無駄は、紫宮でもしないはずだ。ほかの仕事に回されたか、よそに売られるかしたのだろう。

そんなことを、ぼそぼそと話しあった。

いつまで、こんなことが続くんだろう。

新しいことを毎日、覚えなきゃいけないのって、疲れる。

私たち、兵士にでもなるのかな。

まさか。奴隷女の兵士なんて、ありえない。

兵士にしてくれるなら、それもいいよね。

紫姫様のお治めになる地に、攻めてくる敵など、もう長いこといなかったから、その仕事が死と隣り合わせとは、誰も思わなかった。

だけど、格闘技の訓練って、大変。

前に習った動きと組み合わせるのって、難しいよね。

メダマは口を開かずにいたが、みんなの話を聞いているだけでぐったりした。聞きながら、そうだとか、そうじゃないとか考えてしまうせいだ。

考えるのは、まぐさの束を運ぶよりも疲れることだと、メダマは思った。格闘技の訓練が大変なのも、きっと、そのせいだ。教わったとおりにできるだけではいけない。どう攻撃されたら、どう返すか。習ったことを基本において、自分で考えなければならないのだ。それも、瞬時に。

これまでのように、言われたことをこなしつづける毎日に戻りたいような気がしてきた。明日は、教わった動きがうまくできないふりをしようか。それから、対戦のとき、わざと負ける。そうすれば、売りに出されて、こんなことはおしまいになる。

けれども、〈ふり〉や〈わざと〉のやり方が、メダマにはわからなかった。それどころか、手本のとおりにやれなかったら、かっと胸が熱くなり、目玉がいっそう飛び出して醜くなるのもかまわずに、一心に手本を見つめる。全身全霊でそれを再現しようとする。対戦も、負けていいはずだったのに、いざ始まると、死に物狂いで相手を倒そうとしてしまう。

そんな自分にとまどいつつも、最初は三つあった寝部屋がひとつにまとめられるまでに人数が減ったころには、考えることにさほど疲れなくなっていた。やはり何事も、続ければ慣れるものだ。

といっても、いつかの騒々しかった女のように、自分はこの先どうなるだろうとか、何がしてみたいといったことは、考えなかった。もっぱら頭を使ったのは、訓練で習ったことをうまくやる工夫だ。人としゃべることにも少し慣れたので、考えたことを話してみたら、別の工夫を教えてもらえた。数人で、ここはこうすればもっといいかもなどと言い合いながら、その日の動きのおさらいをした。仕事のあとで、無駄に動いてお腹をすかせる自分がおかしかった。軽く息がはずむほどしか動いていないのに、終わってしばらく、胸のうちがぽかぽかしていた。その暖かさを「楽しい」と呼ぶのだと、後に知った。

そして、忘れられないあの日が来た。

荷車数台で運ばれてきた女奴隷は、わずか十人にまで減っており、空の木枕がいくつも並ぶ寝部屋は、夏というのに寒々としていた。

その朝、十人は、水ではなく湯で念入りに洗われて、裸のまま、大理石の建物の中へと導かれた。

まさか紫宮に足を踏み入れることになるとは、その時まで思っていなかった。立派なお屋敷のそばの苫屋《とまや》で寝起きして、戸外や茅屋《ぼうおく》の中で働く。それが当たり前だったから、すぐ近くにあっても紫宮は、山の中の寒村の飯竹《いいちく》畑で噂話《うわさばなし》に聞いたときと同じく、メダマにとって縁遠いもののはずだった。

畏《おそ》れおおくてびっくりしたが、入れと言われたら入るだけだ。歩けと言われてただ歩くのは、どんなに突飛な場所であろうと、格闘技の訓練よりもずっとたやすいことだった。

建物の中は、紫ではなかった。壁は灰色で、床は乳白色。装飾らしきものはなかったが、壁石はきらきらと輝いていた。床石は、これまで触れたどんなものよりなめらかで、はだしの足に吸い付くようなのに、少しも引き止められることがない。その踏み心地と乳白色のやさしさに、うっとりしながら歩いていった。実は天井には、絢爛《けんらん》豪華に彩色された浮き彫りが連なっていたのだが、奴隷の常でメダマラは、ずっとうつむいていたために、このときには気づかなかった。

石の階段をいくつか上がった。上階の通路には、たくさんの窓があった。玻璃《はり》の窓を内から見るのは初めてだった。

衛兵らしい身なりの男のそばを何度か通った。ずらりと並んだ扉のひとつの前で、先導者が足を止めた。扉を開けて、メダマラを中に入れた。

窓を背にして、あの方がすわっていた。

紫色のものは、何も身につけておられなかった。椅子《いす》もお衣装も、格別豪華なわけではなかった。それでも、そのお方が紫姫だと、すぐにわかった。

この世に恐れるものは何ひとつないといわんばかりの、とても強い眼をしておられた。

この印象は正しいものではなかったが、姫様よりも力強いまなざしを、その後もメダマは見ていない。

十人の女奴隷は横並びに立たされた。姫様は、お首を動かしながら、ひとりひとりをながめていかれた。

こんなに尊いお方を直視することなどできず、最初はうつむき、ぎゅっと目を閉じていたのだが、全員、顔を上げて目を開けろと、連れてきた男に命じられ、姫様のご様子を見ないわけにはいかなくなったのだ。

うつむかないでいるには、ありったけの気力が必要で、メダマはずっと歯をくいしばっていた。

姫様の視線は一度メダマを通り過ぎ、左端まで行ってから、右端の女に戻った。

「おまえ、何かしゃべってみろ」

その女に対しておっしゃった。

「は、は、は、はい」

姫様はまぶたを半分閉ざしてから、その隣の女に視線を移し、ぐるりとまわるよう、お命じになった。次の女はしゃがめと言われ、何人かをおいて、メダマの番になった。

緊張に、全身が震えそうになった。それをぐっとこらえると、どうやって息をしたらいいかわからなくなった。苦しかったが、姫様のまなざしの強さは、怖くなかった。吸い込まれるようだった。ぐるりとまわれと言われて、なんとかこなした。

全員をそのようにご検分になったあと、部屋の隅にいた先導者に、姫様はおっしゃった。

「二番と五番と七番」

それからもう、居並ぶ奴隷女への興味はいっさいなくなったとばかりに、膝の上に置いておられた巻き布を手にとって、そこに目を落とされた。巻き布は、遠くからよこされる特別な文《ふみ》で、特別といっても、姫様のもとにはしょっちゅう届いて、読むのに忙しくしていらっしゃるということは、後からおいおい知っていった。

十人は、部屋の外で二つに分けられた。メダマは自分が何番目に立っていたか数えていなかったが、三人と七人に分けられた、少ないほうに入っていた。

別の部屋で衣服と布靴を与えられた。その後ずっと身につけることになる制服だ。裸でなくなってからもう一度、姫様の部屋を訪れた。

「おまえの名前は、メダマ」

姫様は一瞥《いちべつ》のあと、そうおっしゃった。

頬に傷のあるホホキズと、手足がひょろりと長いアシナガとともに、馬屋の中の鍛《か》冶《じ》場《ば》に連れて行かれて、額に焼き鏝を当てられた。すぐに軟膏《なんこう》を塗ってもらえたが、ずきずき痛んで、その夜は眠れなかった。新しい寝部屋が、三人用にしては広くても、これまでよりずっと狭くて落ち着かなかったせいもあったかもしれない。その寝部屋が、紫宮の中にあり、妙に柔らかな藁の枕に頭をのせていたことも、メダマから眠りを遠ざけていたかもしれない。太陽がこの世のすべてを育《はぐ》み動かしているのと同じように、人の世のすべてを回しておられるお方である紫姫様に、すぐ間近でお会いし声をかけられた日に眠りにつくなど、もともと無理なことだったのかもしれない。

この夜、ホホキズやアシナガから寝息が聞こえたかどうか、メダマは憶えていない。そんなことを気にすることもできないほど、その日の出来事に圧倒されていた。何も考えられず、何も感じていなかったが、忍従の霧に覆われていたときと反対に、胸の隅々までが光に満たされていた。そのまばゆさに、眠りは近寄ることもできず、頭や心は身じろぎひとつできずにいたのだ。

翌朝、三人はまず、館《やかた》の長のスルク＝デペー様の副官である、ツルワ＝シューブ様のお部屋に連れて行かれた。三人はまだ、これほど偉い人の前に出るのに不慣れでどぎまぎしたが、紫姫様の強いまなざしを受けた翌日だけに、うつむいてしまうことなく、お顔をじっと見ることができた。

シューブ様は、小柄で端正なお顔立ちで、顎が四角くて、めったにお笑いにならないことをのぞくと、恐ろしい雰囲気の方ではなかった。静かな声で淡々とお話しになるおかげで、頭と心が紫姫様のまなざしに圧倒されたままだったメダマも、お言葉をちゃんと耳に入れることができた。

シューブ様はまず、メダマらの左手首にはすでに奴隷の印が押されているのに、どうしてわざわざ額に新たに焼き鏝が当てられたかを説明された。

「おまえたち、よく聞きなさい。額の焼き印は、紫姫様がお選びになった、姫様の奴隷であることを示しているのだ。その印のある者を鞭打ちしていいのは、姫様ご自身か、そのご命令を受けた者だけだ。ののしっていいのも、姫様だけだ。だからおまえたちは、誰かに打たれたり、侮辱の言葉を投げつけられたら、必ずそれを報告しなければならない。姫様の所有物への侮辱は、姫様ご自身への侮辱と同じだ。その下手人は、罰せられなくてはならないのだから」

「はい。かしこまりました」

習慣から、三人は声をそろえて返事をした。

「ほんとうに、わかったのか。馬鹿者《ばかもの》ども」

シューブ様は、お声を荒らげることなく淡々とおっしゃったから、三人はいまの言葉を叱責《しっせき》とは受け取らなかった。

「はい。わかりました」

「とてもそうは思えないな。おまえたちの頭の中には藁しか詰まっていないようだ」

これにはどう応じていいかわからなくて、メダマとホホキズはとまどった。

アシナガが、すっと息を吸い込んでから、両手を胸の前で重ねた。

「失礼ながら、質問してもよろしいでしょうか」

アシナガは生まれついての奴隷ではないためか、三人の中でいちばんしゃべるのが得意だった。けれども、だからといって、こんな偉い人にものを訊《たず》ねるとは、なんて大胆なことをするのだろうと、メダマは青ざめた。

シューブ様はただ一言、「許す」とおっしゃった。

「お許しを受けてお訊ねいたします。打たれたり、侮辱されたら、必ず報告するようにとおおせでしたが、誰に申し上げればいいのでしょうか」

「無論、私にだ」

「かしこまりましてございます。もしも、ご寛大にもお許しがいただけますなら、もうひとつ、お訊ねしたいことがあります」

「質問を許す。また、紫宮では、物事を急ぐ場合が多い。これからは、誰に対しても、許しを請《こ》わずに訊《き》きたいことを訊ねるように」

「かしこまりました」

三人はそろって返事をしたが、メダマには、そんな度胸が自分にあるとは思えなかった。許しも請わずにものを訊ねたりしたら、鞭で打たれるにきまっている。

あれ、でも、私たちを勝手に打ってはだめなんだっけ。

新しい事態へのメダマの理解はまだその程度だったが、アシナガは一歩先を行っていた。

「それでは、お訊ねいたします。先ほど私たちに向かっておおせになった、〈馬鹿者ども〉というのは、侮辱の言葉ではないでしょうか」

アシナガの大胆すぎる物言いに、メダマは目玉をいっそう飛び出させて、シューブ様をまじまじと見た。その失礼にも、アシナガの物言いにも、シューブ様の表情は変わらなかった。あえていうなら、唇の両端がわずかに上がったかもしれない。

「その通りだ」

「では、ご報告いたします。私たちは、紫宮の館の長であらせられるスルク＝デペー様の副官、ツルワ＝シューブ様に、侮辱の言葉をちょうだいしました」

シューブ様のお口の端が、こんどははっきり上向いた。

「おまえは、アシナガだったな。言いつけの意味を、おまえは理解したようだ。あとのふたりに、よく説明しておきなさい」

それから、一年近くがたった今では、メダマもじゅうぶん理解している。額の菱形は、姫様が自らお選びになり、そばに寄ることを許された、この世に数人しかいない奴隷の印。もう誰も、気紛《きまぐ》れに鞭をふるってくることはない。メダマを打っていいのは紫姫様お一人だけで、姫様は、そんなつまらないことにお手をお使いにはならない。メダマが失敗や、お気にそわない動きをしてしまったときには、じろりとひとにらみされるだけだ。けれどもそれは、メダマにとって鞭より痛い罰だった。同じあやまちを二度とおかさないよう、神経をぴりぴりさせて過ごすあいだは、焼けた石の上を裸足《はだし》で歩いているみたいな心地でいる。

そうやって、ひとつの物事を絶対にやりそこなわないまでに覚えこんでも、仕事の種類は数限りない。だからいまだに、毎日が勉強で毎日が訓練。

それをつらいとは思わない。この世で最も尊いお方、紫姫様の侍女であることの誇りが霧を追い払い、嬉しいが弾けたり、楽しいがほかほかと胸を温めたりするようになったから。

メダマはあれから一年たったいまでも、目覚めたときから寝入るまで、どうすればもっと姫様のお役に立てるかを考えている。夜の眠りの中でさえ、姫様の安寧を願っている。


髪を整えた三人は、並んで支度部屋を出た。こうなったらもう、不意打ちの稽古《けいこ》はなしだ。今日もまた、紫姫様の侍女としてご用を果たすことができる喜びに胸を震わせ、姫様のお命を守る最後の砦《とりで》であることの緊張を、指先までもみなぎらせて、メダマは長くて短い一日を送る。

明日のことを考えたり、どんな自分でありたいと願ったりは、相変わらずしたことがない。一日一日で精一杯なのだ。

けれどもこのごろ少し、先のことが気になり始めた。もうすぐ姫様が紫宮を留守にされると聞いたのだ。一年近く前、メダマたちに名前をお与えになってすぐと同じように。あのときは、メダマたちにとっていい準備期間となった。姫様がご不在の二十日ほどのうちに、ご用を果たすのに必要なあれこれを仕込まれたのだ。

言葉遣いに礼儀作法。身だしなみの整え方に、ここで働く決まり事。紫宮のどこに何があって、誰が勤務し、どんな役目を負っているか。姫様のお召し替えのやり方と、どの儀式で何をお召しになるか。頭で覚えること、からだに覚え込ませることが無数にあり、二十日間はあっというまに過ぎ去った。

そうして、姫様にお仕えする日が始まってからは、一日も欠かさずお顔を拝見してきた。姫様は、儀式などの大事なご用事でしか紫宮をお出にならない。そして外出をなさっても、その日のうちに帰ってこられる。姫様にとって、ここ紫宮が、最も安全な場所だからだ。

侍女としてお仕えするようになった最初の日、紫姫様はまず、こうお言いつけになった。

「私の数々の仕事のなかで、もっとも大切なのは、生き延びることだ。おまえたちは、それを助けよ」

「はい」と即座に答えたのは、メダマだけだった。アシナガとホホキズは、目をむいて、言葉を失っていた。

この世でもっとも尊いお方のもっとも大切な仕事が、生き延びること。こんな途方もない宣言を聞いたのだから、メダマもあっけにとられてしかるべきだったのだろう。

けれども、すとんと理解できたのだ。心配事なく生きているお方に、あれほど強い目は必要ない。何一つ恐れるものがないといわんばかりのあのまなざしは、命を奪いに来る手への絶えざる威嚇《いかく》なのだと。

こうして三人は、奴隷の選別が格闘技の訓練から始まった意味を知った。

それから一年近くのあいだで、メダマが刺客を食い止めたのは一度きりだ。いくら執拗《しつよう》な敵といえども、紫宮の中にまでそうそう入り込めるものではない。メダマがここに来てからは二度だけだったので、そのうちの一回を阻止したというのは、大した手柄だ。スルク＝デペー様ご自身からのお褒めの言葉もいただけた。

けれどもその思い出は、メダマに喜びをもたらさない。もしも少しでもやりそこなっていたらと思うと、肝が冷えるばかりだった。

メダマが気がついたとき、刺客は姫様のおられる階にまで上がっていた。掃除職の一人と顔がよく似ており、制服を着て、髪も短く整えていたので、衛兵は誤魔化されてしまったのだ。

しかしメダマは、背中の形で別人だとわかった。

かんざしを抜きながら、足音を殺して背後に駆け寄った。

侵入者を下の階で見つけたのなら、声を上げて衛兵を呼んだだろう。けれども、姫様のおられる階には、衛兵といえども剣を帯びた者は立ち入れない。呼んでも間に合うはずがなく、一人で仕留めるしかなかった。

あと少しのところで気づかれた。相手は振り返りながら、背中から剣のようなものを取り出し、襲ってきた。

紫宮の制服は、どの職種もからだにぴったりしたもので、武器など隠せないようになっている。髪を短くしているのも同じ理由からだが、この刺客の武器は特別製の、薄くて隠しやすいものだった。

メダマは大声で味方を呼びながら、かんざしを突き出した。

このかんざしは、根元が二股に分かれている。一方はごく短くて、髪をまとめる役には立たないが、開き具合が、刃物を受け止めるのにちょうどよくなっている。このときも、かんざしの股の部分が敵の変形の刃を食い止めて、さらにふたつにぽきんと折った。

敵は、折れ残った武器をメダマの喉《のど》に向けたが、メダマのかんざしの先も、敵の右肩を急襲した。両者が、それをよけながら転がった。メダマは相手より一瞬早く起き上がり、腹に膝頭を埋めた。ほぼ同時に、手刀で首を打たれてよろめいた。その隙に、刺客は背中を向けて走り出し、行き止まりで、窓の玻璃を破って外に飛び出した。おそらく地面に打ち付けられて、大怪我《おおけが》を負ったのだろう。生け捕りにできたということは、あとから教えてもらえたが、それから責め苦を与えられて、誰に雇われたのかを白状したのか、しなかったのか、誰の手引きであそこまで侵入できたのかといったことまでは、メダマの耳に届いていない。

だから、メダマは、紫姫様の命をねらう輩《やから》が、誰なのか、何のためにそんなことをするのか知らないままだ。

誰でも、なぜでも、その殺意がおそろしく強いことだけは、実際に敵の一人と対面したから知っている。だからこそ、今年もまた、姫様が大事なご用でおでかけになり、二十日間も紫宮を留守になさると知って、気を揉《も》むようになったのだ。

メダマらは、姫様について行くことができないという。紫宮の要員は誰一人、デペー様やシューブ様ですらお供しない。ここで待つしかないそうだ。

一年前と同じことがおこなわれるだけなのだが、いまさら姫様のご用を果たさない日を二十回も繰り返すことができるものか、メダマは心許《こころもと》なかった。

おそばでお守りすることができない。姫様の近くに敵が忍び寄っているかどうかを知るすべすらない。そんな一日が二十回。

姫様は、紫宮を出られるとき、ここと比べものにならないほどたくさんの護衛に守られていらっしゃる。その警備の見事さは、これまでの半日ていどのお出かけで、メダマもよく承知している。だから、道中はきっとだいじょうぶだ。

けれども、滞在なさる海の近くのお屋敷というところでは、手薄になったりしないだろうか。

「だいじょうぶ。なんたって、そこは、神様に守られている特別な場所なんだから」

紫宮の外のことにもくわしいゴンヤが、自信満々に言っていた。嫌みを言わない三日に二日、ゴンヤは三人を相手におしゃべりする。途中で不意打ちの訓練が始まったりすると、目を丸くして見物し、「まったく、あんたたちは、女のくせに」などとつぶやく。これは侮辱の言葉ではなさそうだから、報告しなくていいということで、三人の意見は一致していた。

そのゴンヤが、姫様を見送ったあと、気になることをつぶやいた。

「道中は、きっとご無事さ。海の近くのお屋敷でも。だけど、あの場所へのお出かけは、これで二回目。もしも来年もお出かけになって、だめだったら」

「だめって何が」

ホホキズの問いに、ゴンヤは答えを返さなかった。

「もしもだめだったら、何が起こる」

アシナガの詰問《きつもん》にも口を閉ざしたまま、ゴンヤは宿下がりとなり、姿を消した。

12

ふとももをお腹《なか》に強く押しつけて、膝《ひざ》を抱える。

下になった左手の指先は、脛《すね》に沿ってならんでいて、力を入れてはいないのに、つかみ出そうとするみたいに、骨の下にもぐっている。右手のほうは、四本の指で左の膝を握り込み、親指は右膝の丸い骨の下を押している。

この姿勢がいちばん落ち着くことを、九歳のときに見つけだした。いろんな家を転々とする日が終わり、ルーチスさんの納屋《なや》が常の寝床になってから、横になったり、すわったり、からだを曲げたりのばしたり、手や足をあっちこっちにおいてみたりを繰り返してのことだった。

こうしていると、お腹がじんわりあたたかい。

目をつぶって、そのあたたかさ以外を忘れるようにしていると、両方の手の指から白い虫のようなものが這《は》い出てくる。虫は、脛と膝の骨の下からからだの中に入り込んで、〈疲れた〉と〈つらい〉とを食べはじめる。

どんなにがんばっても、虫はちょっとしか出てこない。動きもにぶくて、〈疲れた〉も〈つらい〉も、ほんの少ししかなくならない。

それでも、虫を想像しないときよりましなのだ。

壁の向こうで笑い声があがった。お腹のきりきりする苦しさをもぞもぞと食べてくれていた虫たちが、いっせいに悲鳴をあげて、消え去った。

笑い声は怖い。食卓で、話がはずんでいることを意味するから。

それはつまり、食事が長びくということで、残り物がもらえる時間が遅くなるということで、しかも笑いながらだと、たくさん食べてしまうらしく、もらえる量もちょっぴりになる。きっと今夜は、壁からはがした木くずを噛《か》んで、出てきた唾《つば》を飲み込みながら眠ることになるのだろう。

また聞こえた。さっきよりも太い笑い声。ルーチスさんだ。あの人が声をあげて笑うなんて、めずらしい。

フームーは、姿勢を崩して壁に耳を押し当てた。

食卓の様子がわかっても、もらえる時は早くならない。量が増えるわけでもない。それはわかっているけれど、一度消えた虫は、すぐには出てきてくれない。聞き耳でも立てていないと、気を紛らわせるすべがない。

「だって、………だもん」

ミーゲだ。フームーより少し年上の女の子。しゃべるときにはいつも、口をつんととがらせる。いまもきっと、そうしているにちがいない。

姿勢を変えたときに膝をはなれた親指が、首まわりのつるつるの布地をさわっていた。

この服は、むかしミーゲが着ていたころ、首以外のところは真っ白で、首を囲むつるつるの布は淡い赤色だった。ミーゲには小さくなってフームーがもらい受けたときにもまだ、全体はまあまあ白くて、首回りにもうっすらと色が残っていたけれど、いまではどちらも、まだらな茶色になってしまった。

それでも、つるつるの感触だけは残っている。さわりすぎて、ほころびてしまわないように、指をすべらせるのは特別なときだけだ。ものすごく叱《しか》られたとき。殴られたところがずきずき痛みつづけるとき。夕ご飯がうんと遅くなることがはっきりして、気が遠くなりかけたとき。

「あたしが気に入ってた服を、あの子が着てるの、見たくない」

あるときミーゲが、地面を蹴《け》りつけ、髪を振り乱しながら叫んだ。

「わがままを言うな。あいつのために、わざわざ新しい服を買えとでもいうのか」と、ルーチスさんは取り合わなかった。

それからミーゲは、着ている服がきつくなったら、わざと破いたり汚したりするようになった。だから、このつるつるは最後のきれいな――きれいだった服だ。

ミーゲが口をとがらせて、「だって、……だもん」と声をあげるのがまた聞こえた。その言い分が誰かの機嫌を損ねたらいいのに。そして、黙りこくった食事になれば。フームーの期待に反して、奥様や爺様《じいさま》までが笑っている。今夜は、数匙《さじ》の飯竹粥《いいちくがゆ》くらいしかもらえないかもしれない。

しゃっくりのようにこみ上げてきた嗚咽《おえつ》を、喉《のど》の下でこらえた。泣き声をあげたら、それをルーチスさんに聞かれたら、殴られるかもしれない。粥の数匙さえ、もらえなくなるかもしれない。だから、我慢しなくては。

ここじゃない、どこかに行きたい。

あたしじゃない、誰かになりたい。

襟元をそっとさすりながら、フームーは心の中で叫んでいた。

炎のような恋をした。

ボアセルという名のその人は、頭の先からつま先まで、どんな姿勢でいるときも美しかった。ことに、力を抜いた立ち姿は、ひなびた村の社《やしろ》を守る神木でもあるかのように、微《かす》かな曲がりや傾きから、高さや丸さや太さまで、それより優美になりようのない妙《たえ》なる線を描いていた。見とれつつ、吸い寄せられるように近づいて、手を握ったら、ごみごみとした裏路地がかき消えて、芳香漂う花園に立っているような心地がした。

彼女の肌は、そっと触れると信じられないほど柔らかかった。握ると、えもいえぬ弾力を示した。その一方で、愛らしい口から出てくる言葉は、常に硬くて尖《とが》っていた。よく笑ったが、よく怒った。だからこちらも彼女の美に、ただ陶然としていられなかった。腹を立てたり、はらはらしたり、怒らせてしまったことを悲しんだり、怒りが解けてはじけた笑顔に天にも昇る心地になったり。

あの日々は、何だったのだろう。

まるで、驟雨《しゅうう》に打たれているみたいだった。

雨音のほかは何も聞こえず、水煙で何も見えず、全身から恋情を滴《したた》らせて、雨粒だけを感じていた。

あるいは、連山の朝焼け。

日の出前には夜陰にまぎれる黒いかたまり。昼には、緑の裾野《すその》と稜線《りょうせん》の雪をのぞくと無骨な岩肌を見せるばかりの山々が、曙光《しょこう》を受けて薔薇色《ばらいろ》に輝く。あたかもそこに神が降り立ち、長い髪を解き放ったとでもいうように。

あの奇跡的な瞬間に、恋の季節はよく似ていた。

炎で、驟雨で、朝焼けで、父にいわせれば熱病。

いずれも突然訪れて、圧倒的で特別で、けっして長くは続かない。

ニディン＝クラエスの恋も、秋の大祭で燃え立って、冬の札祭のころには消滅していた。

きっかけは、祭りの夜に、六、七人の男らが、一人の女性に言い寄って騒々しく争っているのを見かけたことだ。

争うといっても、派手な怒鳴りあい以外は小突く程度で、仲裁の必要はなさそうだった。遠巻きにする人々も、心配するのでなくおもしろそうに見物していた。

秋の大祭は、神に踊りを奉納する大切な行事だ。この祭りのために一年間修練してきた国じゅうの腕自慢らが、各地でおこなわれる競技会で審査のふるいにかけられて、この日までに十人ほどに絞られる。厳選された踊り手は、日の沈むころ、紫宮の前に設置された舞台の上で、天に向かって極上の舞いを披露する。一年間の安寧を神に感謝し、次の一年の庇護《ひご》を願う祈りの舞いだ。

ここまでは厳粛な時が流れるが、緋冠《ひかん》らが細心の注意を払ってとりおこなう儀式のあとは、年に一度の無礼講だ。広場にも街路にもかがり火が焚《た》かれ、太鼓と笛でみんなが踊る。もはや、上手《うま》い下手は関係ない。男女や身分や長幼の別なく、好きな場所で好きなだけ踊り、疲れたら思い思いの場所で休んだり、高揚する気持ちをなだめながらそぞろ歩いたり。

雑踏で親戚《しんせき》や知人と行き会っても、軽く片手を上げるだけですれ違ってかまわない。ふだんは無しにはすまされない挨拶《あいさつ》や礼儀の段取りが、この夜ばかりは必要ないのだ。

この免除は、男女の交際についても適用される。通常であれば、誰かが誰かを見初めても、知り合いになるのに一苦労、親の許しを得てふたりきりで会うまでにまた一苦労あるのだが、無礼講のこの宵だけは、一晩に何人もの初対面の異性と睦言《むつごと》を交わすことができるのだ。

こんな好機を若者たちが逃すはずはなく、一時の遊び相手を漁《あさ》る者から生涯の伴侶《はんりょ》を求める独り者までが血眼になって逍遥《しょうよう》し、あちこちでぶつかりあって騒ぎを起こす。すなわち喧嘩《けんか》は、秋の大祭の風物詩だった。

とはいえ、ここまでの人数が一人を巡って争うのは珍しい。ニディンは、いったいどんな美女がこの渦中《かちゅう》にいるのだろうと興味をもって、見物する人垣に加わった。

彼自身は、この手の喧嘩をしたことがなかった。なにしろ祭りのにぎわいに身を置くのは、この夜が初めてだったのだ。

年に一度の無礼講とは、治安を守る役目を担《にな》う青袖《あおそで》が、一年でもっとも多忙になる日でもある。青袖の長であるニディンの父は、その采配《さいはい》を振るという、年に一度の特別な業務に従事する。幼い頃から一日の大半を父の側《そば》で過ごし、その仕事を見て学んできたニディンにとって、祭りとは、青袖の館《やかた》にこもって緊迫したやりとりのなかで過ごす行事だった。

祭りだけでなく、町の若者のその他のお楽しみとも、ニディンは無縁だった。父の側にいられないときには、屋敷で母に上流社会の交際術を、基本から裏読みの仕方まで教わった。そのほかにも、学識者から座学の講義を受けたり、心身を鍛える運動に弟たちと取り組んだりの日課があった。

座学は、一対一より数人で学ぶほうがよく頭に入るということで、選ばれた子供が数人、屋敷に通ってきた。父や母の判断で顔ぶれが時々変わり、のべにして十数人の〈学友〉がいた。新顔の多くは、屋敷に通うようになって少しすると、ニディンにそっと訊《たず》ねるのだった。

こんな勉強漬けの日々は、つらくないですか。一人で外に遊びにも行けない不自由な暮らしを、恨んだことはないですか。こちらに来るまで、高貴な家に生まれたあなたのことを、羨《うらや》ましいと思っていました。けれども、私にはこんな生活は耐えられそうにありません。

ニディンの答えは決まっていた。

つらいことはありません。この家の長子に生まれついたからには、それに耐えられる力を神が与えてくださっているのです。すべては神のおかげです。

そして、謙虚な笑みを浮かべる。母に教わった処世術だ。

とはいえ、この答えはあながち嘘《うそ》ではない。ニディンは、自分の人生をつらいと思ったことがなかった。おとなたちのしゃべっていることがさっぱりわからないのに、父の側で仕事をじっと見ているのも、最初のうちこそ忍耐が必要だったが、慣れてしまえばおもしろかった。屋敷での運動は弟たちとの遊びの時間でもあったし、母に教わる交際術も、実地訓練の段になると駆け引きを楽しめた。座学の合間には、学友たちとこんな無駄話をする暇もある。端で見るほど窮屈な暮らしではない。

そう思っていた。ほんとうに、不満はなかった。いずれ青袖の長となる身であることへの矜持《きょうじ》を胸に励むことは、喜びだった。

それなのに、十七歳の夏を過ぎたころ、ニディンの心に、それまでとはちがう何かが芽生えた。

あと半年で、十八になる。そうなったら、そばで見て学ぶだけではない。父の右腕として本格的に仕事に取り組むことになる。

その日が待ち遠しい一方で、そうなったら二度と許されないであろう、ふらふらとした時をもってみたくなったのだ。

はっきりと、そう自覚していたわけではない。後年に思い返して、こういうことだったのだとわかったのだ。十七歳の秋の大祭が始まった朝には、その晩を十歳や十四歳や一年前の祭りの夜とちがう過ごし方をするなど考えもせず、いつものように父の近くに控えていた。

ところが、舞いの奉納が終わって青袖の館の中があわただしさを増したとき、ニディンの足は後ずさりをはじめた。そのまま、許しも得ずに父の側をはなれた。青袖の館を出る前に一度だけ、足を止めて逡巡《しゅんじゅん》したが、けっきょく引き返すことはせず、祭りのにぎわいに身を投じた。朝には戻って謝罪して、二度とこんな勝手はしませんと誓うつもりで。

無礼講の街路にあふれる人々は、誰もが楽しそうだった。子供と手をつないで歩く若夫婦。肩を組んで放歌する老人たち。追いかけっこをする幼子らを、迷子になる前につかまえようと走り回る年かさの姉。道ばたに座り込んで何か飲みながら談笑する男たち。踊りのにぎわいに向かって小走りになる少女。道の隅で、額をくっつけるようにして囁《ささや》きを交わしている男女。笑顔で先を急ぐ女と、甘い言葉をかけながら追いすがる男。

年齢からいけば、ニディンも出会いを求めて必死になっていいはずだった。だが彼は、十七歳にしてすでに、美女や令嬢に飽き飽きしていた。自由に遊びに行けない生活でも、社交の勉強の中にそうしたことが含まれていたのだ。

いい経験だから、いずれ行きずりの相手と楽しもうとは思っていたが、夜はまだ浅い。しばらくはただぶらぶらと、祭りを楽しむ人々をながめていたかった。

そんなとき、派手な怒鳴り声に耳を引かれたのだ。

七人もに言い寄られている女は、彼らに隠れてよく見えなかったが、嚙み合っていない罵《のの》り合いがおもしろくて、ニディンは喧嘩をながめていた。すると、女の声が空気を裂いた。

「私に何かを求めるなら、全員、いますぐ口を閉じて」

一瞬しんと静まったものの、すぐに三人ほどががなりたてた。

「こいつらが邪魔するから」

「どうしても、あんたに聞いてほしいんだ」

「俺が最初に声をかけた」

さっきの威勢の良さからすると、この女は今しゃべった三人を叱り飛ばして、立ち去るように命ずるだろうとニディンは思った。そして、見せつけるように残りの四人を厚遇する。

ところが、女は意外なほど静かな声で語りかけた。静かなのに、よく通る声で。

「全員の話を聞くから、一度、黙って」

見物人のささやき声まで絶えた。

「全員の話を、ちゃんと聞きます。ただし、順番は私が決める。全員、大きく一歩後ろに下がって」

ニディンから、女の姿が見えるようになった。

「そこの茶色い外套《がいとう》のあなた」

女が、見物人のひとり、初老の背の高い男に声をかけた。

「最後まで見ていかれるおつもりなら、ちょっと手伝っていただけますか」

「何なりと、仰《おお》せのままに」

初老の男は芝居がかった礼をした。

「では、お願いします。私が合図を出したら、一から始めて二十まで、数をゆっくりかぞえてください。それを七回ほど繰り返してほしいのです」

女は七人の男のほうに向きなおって、微笑《ほほえ》みもせずに告げた。

「お一人ずつ話を聞きます。あまり長くは困るから、こちらの紳士が数をかぞえるあいだだけ。二十になったら、途中でも、口を閉じて次の人にゆずってください。絶対に」

丁寧でも有無を言わさぬ口調に、今度は誰も異を唱えなかった。

「順番は――」

女は小首をかしげて、ちょっと考えるしぐさをし、左手をすっと前に出した。

「こちら側の人から、いま立っている順。右から左に向かって」

「待ってくれ」指された男の隣から抗議の声があがった。「あとのやつほど、考える時間がとれる。知らずにこっちに立っていた俺たちは、不利じゃないか」

「最初の人ほど印象に残りやすいから、後の人ほど不利ともいえる。足し引きしたら同じことでしょう。では、始めてください」

初老の男は誠実に、同じ調子で二十をかぞえた。彼の仕事は、七回で終わらなかった。いちばん左の男の横に、さらに四人が並んだのだ。四人目はニディンだった。

三回目の逢瀬《おうせ》で、ニディンは素性を打ち明けた。

「へえ、びっくり」

彼女は素直に驚いた。青袖の長の息子だなどと明かされたら、たいていの人はうろたえて、驚かなかったふりをする。ボアセルに、そんなそぶりはいっさいなかった。

そういうところも好きだった。「びっくり」と言いながら、ニディンに対するその後の態度が少しも変わらなかったところも。

彼女のほうは、十一人の男の中から、なぜ彼を選んだのだろう。

「あなた、美男子よ。知らなかった？」

「君は、顔で男を選ぶのか」

「顔と声。それから、そうね。あなたの、人より少し遠いところを見ている目つきが気になった。気になるということは、知りたいということで、つきあってみようかなという理由になるでしょう」

「やけに整然と答えたが、好きな理由を言えるようでは、ほんとうに好きとは言えないんじゃないか。愛とは、表現しきれないものだ」

「あなたが私に訊ねたのは、祭りの夜にあなたを選んだ理由でしょう。それに答えたつもりだけど」

言われてみたらそのとおりで、返す言葉がみつからなかった。

「あなたこそ、私を好きな理由をよく口にするよね。つまり、その愛は偽物《にせもの》？」

「ちがう。君を好きな理由はいくらでも挙げられるが、言い尽くすことは決してできない」

議論が睦言《むつごと》になり、言い合いになり、また睦言に。

だから、夢中になった。祭りの夜だけの勝手のつもりが、彼女に会うため、しょっちゅう屋敷を抜け出すようになった。

意外なことに、父母はとめだてしなかった。どうせ長くは続かない熱病だから好きにさせていたのだと、後から聞いた。

確かに長くは続かなかった。けれどもあの炎のような四分の一年は、ニディンの中に濃厚に残っている。

恋しさ、苦しさ、喜び、頭痛。ことに、長い議論のあとの頭痛。

彼女があんなに議論好きでなかったなら、ふたりの仲はいつまでも続いただろうか。身分の違いを乗り越えてボアセルを妻とする方策を、ニディンは見つけ出していた。困難極まりないものの、不可能ではなかったはずだ。

けれども、二人は濃厚な四分の一年の末、いっしょにいることに疲れ果てた。


彼女の議論は、世の中の秩序に関するものが多かった。初めて会ったときからそうだったから、ニディンが青袖の長の跡継ぎだからというわけではない。けれども、彼の素性を知った後、まったく意識しなかったわけではないだろう。

「奴隷《どれい》は解放されるべきだと思う。少なくとも、解放される道をつくるべきだと」

何がきっかけだったか、あるとき、そんなことを言い出した。

「奴隷は、死刑になりかねない罪を犯した結果の境遇だ。処刑された者が生き返らないのと同じで、奴隷になったら元に戻れない。だからこそ、生涯消えることのない焼き印が押されるのだ」

「奴隷のほとんどは、よその国から運ばれてくるんでしょう」

奴隷は、きちんと管理できる相手にしか売るのが許されていない。だから、農村部で集団で働いているか、金持ちの屋敷の中で使われるかで、都市部の庶民が目にする機会はめったにないのに、ボアセルは知識が豊富だった。

「その多くは戦争捕虜だ。つまり、ほんとうだったら戦死するはずだった人間だ」

「つまり、犯罪者なんかじゃない」

「それは他国の問題だ。我々は、他国で奴隷の身になった人間を買っているだけだ」

「お金を出したら何をしてもいいってことにはならないと思うけど、それ以上に問題なのは、奴隷が生んだ子供も、奴隷になるってことよ。そんなの、かわいそうって思わないの」

「青袖の長の息子がいずれその職務を継がなければならないのと同じで、生まれは神が定めたものだ。人は、その中で生きねばならない」

彼女の瞳《ひとみ》に一瞬だけ、同情めいた憂《うれ》いが浮かんだが、つづく言葉は冷ややかだった。

「神の定めは、絶対に動かせないものかな」

「動かせるものと、動かせないものがある。神がおつくりになったこの世の仕組みを保つには、動かせないものも必要なのだ」

　父の仕事を見ながらじっくりと考えてたどりついた道理だったが、ボアセルには詭《き》弁《べん》に聞こえたらしい。にらむような目を向けられた。

「仕組みと人間と、どっちが大事なの」

「そのふたつは、比べるものではない。仕組みは世の中を、つまりは人を守るためにある。そして、これだけはぜひとも知っておいてほしいのだが、紫姫様のお治めになるこの国の仕組みは、とても優れたものなのだ。人間の住む地がすべて、ここのようなわけではない」

　これもまた、掛け値なしの本音だった。ボアセルとの議論で彼は、真実だけを述べるようにしていた。言葉遊びのようなやりとりでは、策を弄《ろう》して勝利を得ようとすることもあったが、ボアセルの顔に少しでも真剣味がさしたときには、自分の信じることだけをしゃべった。母から習った社交的な駆け引きも、こう言ったら彼女に気に入られるだろうという打算も排して。それほど彼女に惚《ほ》れていた。

「うん」とボアセルはうなずいた。「紫姫様のお治めになる地からはずれた土地では、人々がひどい暮らしをしてるってことは、緋冠の方々からいやというほど聞かされてる。それは、ほぼ本当のことなんでしょうね。よその土地から来た人たちも、みんな似たようなことを言っているから」

「正確に言うと、異国といえど、いつでも誰でもひどい暮らしをしているわけではない。海人たちの国では、物事がいくぶんましだとも聞く。けれども、多くの土地で、人々の生活が、我々には想像もつかないくらい不安定な状態にあることは確かだ。戦争、飢饉《ききん》、暴政、そのほか紫姫様のお治めになる地では起こらない災厄によって、まるで海にもてあそばれて、いつひっくり返ってしまうかわからない船に乗っているかのように、ある日突然、昨日までの暮らしが覆《くつがえ》される。まじめに働き、人助けもして人望があっても、小金を貯《た》めて身を守っているつもりでいようと、これらの災厄を防ぐことはできない。戦争も飢餓も暴政も、いくつもの村を丸ごと呑《の》み込み、地域すべてを破壊しつくし、時にはひとつの国を滅ぼしてしまう。首まで埋まるほどの黄金を持つ富豪も、小さな国では王族たちさえ、確かな明日を望めないのだ」

いくら言葉を尽くしても、そんな暮らしの悲惨さをすっかり伝えることはできない気がした。ニディン自身は、わずか一年とはいえ異国で暮らしたことがあり、災厄のいくつかをその目で見る機会もあった。よその国の仕組みがひどく不安定で——多くは、仕組みと呼べるものさえなくて——、人の命が一枚の花弁よりも軽く、王とか首《おさ》とかいう人間が、数百人、数千人の抹殺を気紛《きまぐ》れで命じることさえある。

その恐ろしさは、この国を離れたことのない者には想像しがたいものだろう。

案の定、ボアセルは平然と言った。

「だけど、私たちの暮らしが守られているのは、紫姫様のおかげで神のご加護がいただけているからでしょう。奴隷を解放したって、困ることにはならないはずよ」

「ところが、困るんだ。我々の暮らしが安定しているのは、もちろん神のご加護の賜《たまもの》だが、それは優れた仕組みという形になって表れている。だから人は、その仕組みが壊れないよう、守らなくてはならない。そして、奴隷は仕組みの一部なのだ。飯《いい》竹《ちく》を粉にする労働の多くは、彼らが担っている。飯竹は、粉にならなければ人々の腹を満たせない」

ボアセルは、口の片端をゆがめて目《め》尻《じり》に皺《しわ》をよせ、不機嫌さを顔いっぱいで表した。

ニディンは、この表情も好きだった。

ふつうの女がこんな顔になったら、頭の中は不平不満でいっぱいだろう。けれどもボアセルは、真剣に考えているからこその険なのだ。彼の説の正しいところは正しいと認め、そのうえで、穴や欺《ぎ》瞞《まん》をさがしている。

「たしかに、誰もが飯竹をじゅうぶんに食べるには、奴隷の存在が欠かせない。だけど、だったらほかのものを食べればいいのよ。飯竹でなくてもお腹は満たせる。たとえば、よその国みたいに、麦とか米とか豆とかを栽培すれば、収穫してからの手間をあまりかけずにすむ。奴隷を解放できるだけでなく、農村の人たちの仕事が、ずっと楽になる」自分の思いつきに目を輝かせるボアセルは、うっとりするほど綺麗《きれい》だった。

「そりゃあ私だって、小さい頃からずっと飯竹を食べてきた。違うものを食べる毎日なんて、考えただけでぞっとする。だけど、そういうことは慣れるものでしょう」

「たしかに、慣れるだろうね」彼女に倣《なら》って、ニディンも認めるべきところは素直に認めた。「けれども、別のところに問題がある」

「どんな問題」

「第一に、麦や米や豆は、飯竹ほど作りやすくない。さっき言ったよその土地の不幸のひとつ、飢饉の主な原因は、天候の不順だ。いつもの年より雨が少ないとか、夏が寒いとかのせいで、たくさんの人が飢え死にするほどの不作が起こる。それでも彼らが麦や米や豆を作りつづけるのは、彼らの土地が、紫姫様に祝福された我らの大地ほど飯竹の栽培に適していないうえ、収穫の後処理が大変なことを彼らが忌避しているからだ」

「その後処理、私たちだって忌避したい。それに不作って、しょっちゅう起こるものじゃないでしょ。前の年の収穫を蓄えておくとか、知恵を絞れば回避する方法はあるはずよ」

やはり、異国に出たことのない者には、飢饉の悲惨さや避け難さはわからないようだ。

ニディンはこの点に深入りせずに、話を進めた。

「ところが、飯竹の後処理に多大な労力を要するというそのことが、我々の暮らしを守っている。これが、飯竹を他の作物に変えてはいけない、もうひとつの理由だ」

「守るどころか、脅《おびや》かしてるよね」

「逆説的に聞こえただろうが、守っているのだ。我々の住む地の安定は、飯竹を粉にする大変さが支えている」

ニディンはそこで逡巡した。国の仕組みの根幹に関わることを、市井《しせい》の女に話してしまっていいものかと。

けれどもこれは、青袖の館に伝わる秘密などではない。ニディンが自分で考えついたものだ。周囲の強大な国が耳に入れたら、この国の安定をひっくり返す壮大な陰謀に利用できるかもしれないが、そんな陰謀を巡らせるだけの頭のある敵ならば、誰に聞かされずとも察することのできる理屈だ。ボアセルという、青袖の館にもめったにいない良い聞き手を相手に、自らの考えを声に出してまとめる機会をのがしてしまうのはもったいないと、ニディンは思った。

「たとえば飯竹を砕く装置は、北東地域にある、真銀《まぎん》の森と呼ばれる場所で採れる木材で造られる。ほかの木では、強度が足りず、すぐ壊れるのだ。だから、その地域とのつながりを断つことは、どこの村にもできない。また、労力の多くを担う奴隷は他国から購入される。そうした売買には国という後ろ盾が必要だ。管理も、少なくとも村単位でないと、うまくいかない。飯竹を食べているかぎり、家は村と、村は地域と、地域は国と、しっかりつながっていなければならないのだ」

「国がひとつにまとまっているのは、紫姫様のおかげではないの。よその国の人たちも神様をあがめているけれど、人間と神のあいだに緋冠にあたる人しかいないから、どこか遠い存在で、私たちほど強い信仰心がもてずにいるって、聞いているけど」

「その通りだ。我々の信仰心の強さが、紫姫様のお治めになる地をひとつにまとめ、そのまとまりの強さが、我々を戦争から遠ざけている。昔々には幾度となく攻めてくる敵がおり、我々も多くの兵士を必要とした。紫姫様のためなら命を惜しまない勇猛果敢な者たちだったが、時には敗れて土地をとられた。けれども、その土地の住人たちは、紫姫様以外にお仕えすることを決して受け入れず、よそに逃げ出すことができなかった者たちは、殺されるまで抵抗を続けた。占領者は、無人となった地に新しい住人を送り込んだが、国境の近くの土地は地味が悪くて飯竹しか育たない。麦や米や豆で育った人間に居着くことは難しく、いくら強制されても隙《すき》を見て逃げていく。そのためそこは、守りの部隊に人手を割かれるばかりの実入りのない土地となりはてた。その地を足がかりにさらに奥へと攻め込むことをもくろんでも、住人の最後のひとりまで抵抗する地が続くのだ。思うようには進軍できない。その不毛さを幾度も味わった末、我々に戦争をしかける敵はいなくなった」

「我々に対してだけじゃなく、戦争をしかけるなんて、どこに対してもやめればいいのに。あんなに無駄で無惨《むざん》で意味のないものはないと思う。たくさんの人が死んで、たくさんの家が燃やされて、幾月もをかけて育ててきた作物は誰の口にも入らずに、踏みしだかれたり枯れたりするんでしょう。その結果といえば、土地を治める人間が変わるだけ」

「彼らには、それが何より大切なんだ。ある王は、この世のすべてを手に入れたいと切望し、別の王は、隣の国を滅ぼさないかぎり、いつかは自分たちが滅ぼされると妄信している。まあ、それが真実である場合もあるが」

　ふたりはしばらく、戦争の無意味さと無慈悲さについて語りあった。そして、紫姫様のおかげで、世界を覆《おお》う争いの渦からはなれていられることの幸いについても。

戦乱は、それ自体も大きな災厄だが、飢饉や疫病《えきびょう》といった惨劇の呼び水にもなる。反対に、戦乱がなければ他の災難への備えを厚くすることができる。

「すなわちこの国の安定は、紫姫様への篤《あつ》い信仰心と、飯竹のもつ、作りやすいのに収穫後には労力を要するという特徴がもたらしているのだ」

「ちょっと待って。信仰心のところはわかるけど、労力を要することが、人々の暮らしの安定につながるってところが、やっぱり理解できない」

「実は、このふたつは関係しているんだ。ここから先は、緋冠に聞かれるとまずいんだが」

ボアセルは、口に右手の三本の指先をあてるというしぐさで、話を漏らさないことを約束した。

「きみがさっき言ったように、異国の人間も我々と同じように神をあがめている。けれども、結果がついてこないから、この国でのような強固な信仰に至らないのだ」

「結果?」

「そう、結果。神はあまりに寛大で、不信心者に、もれなく罰を与えるようなことはなさらない」

「それは、紫姫様のお治めになる地でも同じでしょう。神を冒瀆《ぼうとく》する悪人が、のうのうと暮らしていたり、誰よりも信心深い善人が、幼い子供を遺《のこ》して不慮の事故で命を落としたり」

「そういうことが、紫姫様のおられない地では、村や国単位でおこる。敬虔《けいけん》な人々の暮らす町がまるまる戦火で滅ぶようなことが。それを間近で見ている者は、我々ほど信心深くはなれないんだ」

「わかるような、わからないような。いったい、あなたの話はどこに向かっているの」

　ボアセルは、もどかしげに鼻の頭を指でつついた。

「飯竹を食べるこの国は、後処理の労力を得るために、全土でまとまっている必要がある。国の端にある小さな村であろうと、全体の仕組みから切り離されたら暮らしていけない。長年の経験からそれを知っているからこそ、人々は紫姫様をあがめ、大きなまとまりの中にいようとする。人々がそうすることで、戦乱に巻き込まれなくなり、平穏な暮らしが維持される。それにより、人々の信仰は篤くなる。国としてのまとまりがさらに強くなる。こうした事態が、どれが先ということなく、ぐるぐるまわりながらかたまったのが、この国の有り様なのだ」

　ボアセルは、やっぱり鼻をひっかいていた。

国の仕組みについての議論はこれ一回きりでなく、ふたりの間で何回か繰り返された。彼女は時に反論し、時にいくぶん感心したが、最後まで深く納得はしなかった。

いまはどう思っているのだろう。そもそもこうした会話を憶《おぼ》えているのか。ニディンのことは、よもや忘れてはいないだろうが、思い出して何らかの感慨にひたることはあるのだろうか。

彼は、この二十余年のあいだに数え切れないほど回顧した。

ボアセルと別れたことを後悔しているわけではない。父母の勧めで結婚した女性は、良き妻となり、母となった。家庭は円満で、もはや彼女以外を妻とする人生は考えられない。

ニディンがあの日々を思い返すのは、それが炎だったからだ。驟雨だったからだ。朝焼けで、熱病で、たった一度の青袖の館をはなれた日々だったからだ。

そのうえ、この国の仕組みについてのあの考えは、ボアセルに何度も語ることでしっかりとかたまった。聞き手を選ぶ話だから、あれ以来、副官のスカリーにしか話していない。緋冠のジョスなど、この説のごく一部でも耳にしたら、頭から湯気を出して腹を立てるだろう。

真実は、時にして人を心底怒らせる。緋冠にとって、神と紫姫は無条件に尊くて、この国の平穏も、すべて神のおかげなのだ。飯竹の性質などという地べたのこととは関係ない。

けれども、だとしたら青袖などいなくていいことになる。緋冠と紫宮だけで、この国を治めていけばいい。

だが現実には、青袖という機関がなければ何一つ立ち行かない。父の急死により五年前から青袖の長の座にあるニディン＝クラエスは、年を追うごとにその任務の重大さを感じている。この国の仕組みは優秀だが、見かけほど強固ではない。紫姫という存在と、人々の信仰心と、飯竹を粉にする労力のために生じる全土の結びつき。この三つのいずれかにほころびが生じただけで、崩れ去る。

それがわかっているからニディンは、一人の天才が見つけ出した、楽に飯竹を粉にする方法を握りつぶした。この天才と秘密を知るすべての者を抹殺したのだ。

ボアセルが知ったら、真っ赤になって怒るだろう。だがニディンは、良心に恥じるところはない。そしてボアセルは、すでに遠い、思い出の中の存在だ。いまの彼には、青袖の長の伴侶として理想的な妻がいて、子供らがいる。彼のすべてを理解して補佐してくれる副官がいる。そしてニディンは、この国の安定を守るためならどんなことでもする覚悟を、子供の頃から持っている。

13

ヒーマンが踊っている。サマヒーの叩《たた》く太鼓に合わせて。

ふたりとも、真剣そのものだ。片方の足でつま先立ち、もう片方の足を高く上げつつ膝《ひざ》をしっかり曲げるのは、それだけで難しいのに、ヒーマンはさらに両手を頭上にのばして、くねくねと動かしている。

サマヒーは、まるで、ちょっとでも間違えたら死ぬほど殴られるのを恐れているみたいな顔でヒーマンをじっと見つめたまま、太鼓をどすんと叩いたり、弱く何度も叩いたりしている。

だけど、フームーは知っていた。踊りがうまくできなくても、誰もふたりを殴ったりしない。反対に、ものすごくうまくできたって、絶対に村で一番にはなれない。一番は毎年、コロンさんちのダーダクなのだ。

一番でなければ、何番でも同じ。何かがもらえたり、得をしたりすることはない。それなのに、どうしてこんなに頑張るのか。

ヒーマンが、宙に浮いていた足を降ろして、ぽんと跳びながら回った。顔の向きが変わって、目が合った。

しまったと思ったのと、怒声が飛んできたのは同時だった。

「こっちを見るな。踊りが穢《けが》れる」

フームーは洗濯物の籠《かご》を抱えて、川へと急いだ。走り出す前に、サマヒーが撥《ばち》を投げつけてきたが、幸い、当たりはしなかった。

「ばか、当たったらどうする」

ヒーマンが弟を叱《しか》る、かん高い声が聞こえた。

踊りは神様への捧《ささ》げものだ。その道具がフームーに触れたりしたら、もう使うことができなくなる。当たらなくて、ほんとうに良かった。かすっただけでも、おまえのせいで高価な撥が使えなくなったと、どれだけ折檻《せっかん》されたことか。

だけど、踊りをおどるあんたの服は、私がこうして洗っている。

心の中でそうつぶやいて、川岸に洗濯籠をどさりと下ろした。

村一番の踊り手を決める競技会ではもちろん、フームーが触れたことのない特別な衣装に身を包む。だけど、練習のときはいつもの服だ。

籠の中の一枚をつかんで、川に浸した。布が重みを増すと同時に、両手がさらさら洗われていく。まだ水は冷たくはなく、泥汚れのある場所をごしごしこすりはじめても、指が痛くなることはない。ずっとこうだったらいいのに。

布を傷《いた》めないよう、気をつけてこする。じゅうぶんきれいになったら、水から上げて、ぎゅっと絞る。力がいる作業だから、うまく加減しないと、くらっと倒れそうになる。

お腹《なか》がすいた。お腹がすいた。

洗濯が終わるころには、両手がふやけている。それでもフームーの手の汚れは、少しも落ちてはいないのだ。生まれついての汚れだから、絶対に落ちることはないのだ。

それなのに、村の人たちの温情で、生きていられる。なんと幸運な子供だろう。

ずっと言われつづけてきたせりふが、頭の中でわんわん響く。

フームーは幸せ者だ。

こんな幸運な子はいない。

神に見放されているのに、食べて、寝て、息をすることができている。

それが何だというのだろう。幸運でなど、ありたくなかった。

ここじゃない、どこかに行きたい。

あたしじゃない、誰かになりたい。

奴隷《どれい》でもいい。この村のフームーでいるよりは。

飯竹《いいちく》の刈り取りの季節にやってくる奴隷たちは、疲れていて、ひもじそうで、からだに鞭《むち》で打たれた跡が盛り上がって残っている人もたくさんいて、最初のうちは初めて仲間を見たのかと思った。

でも、違った。奴隷たちは、寝る前にお祈りをしていた。隣にすわる奴隷仲間と、笑って話をすることもあった。

それを見てからのことだ。両手で膝を抱えたかっこうのとき、指先から白い虫が出るようになったのは。

虫に少しでも食べてもらわないと、からだのうちからぼろぼろに腐っていく。

だけど、腐っても、死ねない。腐っても、お腹はすく。

助けてと、心の中でつぶやいてしまったことがある。

助けを求めても無駄なのに。フームーは神に見捨てられているから、どんな願いも叶《かな》えられることはない。誰にもフームーを助けることなんて、できないのに。

それでも、願いがわいて出るのは止められなかった。

ここじゃないどこかに行きたい。

あたしじゃない、誰かになりたい。

神は気紛《きまぐ》れ。

為《な》すことは、すべて戯《たわむ》れ。

人間はそのおこないに、どんな意味も見出《みいだ》せない。

奇跡を起こすその御手《みて》は、世界の片隅の小さな町を、ひょいと破滅から救ったかと思うと、正しく生きてきた人々の長年にわたる努力の成果を、くるりと白紙に戻したりする。悪の限りを尽くした者を窮地から逃れさせたかと思えば、引き裂かれたはずの恋人たちをふたたび結び合わせもする。

奇跡の事例をならべてみれば、その気紛れぶりは明白だ。宗教家たちがどんな詭弁《きべん》で言い繕っても、勧善懲悪の意図は読み取れない。人類への愛も憎悪《ぞうお》も同情も、どう深読みしても見つけられない。人という無力な存在が必死にあがくことへの皮肉すら、感じ取ることは難しい。

神は気紛れ。

為すことは、すべて戯れ。

そのふるまいは、規模や頻度からみても、人の目に不可解にうつる。

銛《もり》の一突きのような、小さくとも鋭い奇跡で社会に激震をはしらせたかと思えば、驚天動地の大奇跡が、ただの語り草に終わる。人々がその存在を忘れかけるほど長く沈黙したかと思えば、たてつづけに御業を見せつける。


神は気紛れ。

為すことは、すべて戯れ。

それだから、神の奇跡を求める祈りは、何の役にも立っていない。どの時代でも、どこの国でも、人は祈りを欠かさなかったが、奇跡が現れた場に関わった者たちが、どんな祈りを捧げていたかを調べると、見事なまでにばらばらだ。真剣さも、敬虔《けいけん》さも、回数も、どこでどんなふうに祈ったか、どれだけ切実な願いだったかに関わりなく、奇跡は出鱈目《でたらめ》に訪れる。ときには、祈ったことなどない者にも。


神は気紛れ。

為すことは、すべて戯れ。

けれども飽かずによくよく探せば、ひとつだけ、そのふるまいに法則があるようだ。奇跡は一人に二度以上、与えられることはない。一度、常ならぬ力で干渉した人生に、神がさらなる不思議をほどこした例は皆無なのだ。神から直接その旨《むね》を告げられた者もいる。

「ジョス様」

はっとして振り向くと、戸口のところにハトマ＝トルンが立っていた。振り向くまでもなく、幾重にも警備されたこの小部屋に入ることができるのは、ジョスを除けば副宰のハトマだけだ。そのうえ、緋冠《ひかん》の宰という高貴な人物の名前をこんなに軽い響きで呼ぶのも、ハトマくらいのもの。他の人間であるわけがない。

それでも、この書物を見ているところに人が来ると、ぎくりとする。後ろめたい気にさえなる。

「またそれを、ご覧になっていたのですか」

ハトマがとがめるような顔をしたので、かえって後ろめたさが薄らいだ。

「緋冠の宰として、当然のおこないだ」

胸を張って主張したが、ハトマは渋い顔のままだった。

「一度読めば、じゅうぶんなしろものでしょうに」

このずけずけとした物言いに助けられてもきているが、耳にするたび苦い思いを禁じえない。

「何度でも、立ち返るべきしろものだ」

この反論もハトマの心に響きはしないことを、ジョス＝スタンは知っていた。ハトマには、何度も立ち返る必要がないのだ。この程度の長さの文は、一回読めば暗記できるだけではない。この世でふたりしか見ることが許されないのも当然の恐ろしい内容を、一度で胃の腑《ふ》に落とし込み、以後はずっと平気でいられる。

補佐役にこれほどの器量を見せつけられては、苦い思いもわいてこようというものだ。

「私は、呑《の》み込んで、しかる後に忘れることが、こうしたものへの最善の態度と考えていましたが、おっしゃるとおりかもしれません。立ち返る。それもまた、すぐれた対処の仕方です」

一歩譲っているようで、やはり不遜《ふそん》な物言いだ。だがこれが、ハトマという男なのだからしかたない。それに、緋冠の宰は血筋で決まる。どんなに優れた人物にも、地位を脅《おびや》かされるおそれはない。補佐役が有能なのはいいことだ。

胸の内でいつものせりふを唱えて、気を鎮《しず》めた。

日々接している部下の日常的な生意気にも、心を乱され、立ち直るための手順を必要とする。それほどの小心者に、〈禁断の書〉の恐るべき内容を、一度や二度で消化できるわけがない。

ジョス＝スタンは、おのれの器の小ささを自覚していた。その自覚こそ、彼の強みだということも。

だから、ハトマに何と思われようと、事あるごとに立ち返る。幾重にも警護されたこの小部屋に足を運び、物陰にある隠し扉の先に立ち入り、どこの誰が書いたのかわからない、しかし検討を重ねるほどに正しいと認めざるをえない、恐ろしい文面に目を落とす。

その内容は、かいつまんだなら、こういうことだ。

神の奇跡は、人を救うためのものではない。
神は正邪をはなれた場所にいる。
祈りも善意も、神の関心の外にある。

立ち返るたびに、慄然《りつぜん》とする。

だとしたら、緋冠の館《やかた》は何のためにある。我が血筋は、何百年にわたって多くの犠牲を払いながら、いったい何を守ってきたのか。

足元のすべてがすっぽり奪われた心地がする。足元だけではない。衣服を剝《は》がされ、何もない空間にぽいと投げ出されたほどの衝撃だ。信念や誇り、良き思い出や奮起の源、日々の習慣、朝夕の挨拶《あいさつ》。それらがみんな幻と化すのだから。

こんなことは信じるものか、認めるものかと心が叫ぶ。頭を抱えて目を固く閉じ、禁断の書を読む以前の自分に戻りたくなる。

けれども、この抵抗は無駄なのだ。なぜならここは緋冠の館。神の奇跡についての報告が、いやでも集まってくる場所だから。

報告の中には嘘《うそ》八百も混じっているが、人をやってよく調べ、関係者に話を聞けば、真贋《しんがん》の区別はつく。なにしろ、神に会ったという者の体験談は、細部が似通い、語る者の表情に偽りの気配がない。聞いた話を寄せ集めてそれらしいつくり話をする者と、はっきり何かがちがうのだ。

そうやって選別を終えた個々の話は、神の恩寵《おんちょう》への感謝や罰への恐怖に彩《いろど》られている。当事者たちが、神を信じて正しく生きればいいことがあり、悪いことをすれば罰せられる、その証《あかし》だと解釈をした結果だろう。

ひとつだけなら、無理矢理にでもそうできる。そして、奇跡が起こった近隣では、人々の信仰がより篤くなる。

ところが、多くを一度にながめてみれば、禁断の書の言うとおりなのだ。

初めてこの書を繙《ひもと》いたとき、ハトマと何度も検討し、その結果、認めるしかなくなった。この書の主張は真実だと。

それゆえに、〈禁断の書〉と名付けられ、こんなところに隠されているのだ。いっそ燃やしてしまえばよかったのに、歴代の緋冠の宰は誰一人、その勇気をもたなかった。

もちろんジョスも、そんなものはもてずにいる。そして、燃やすどころか、立ち返る。事あるごとにここに来て、文面に目を這《は》わせ、あらたな眩暈《めまい》に襲われる。

神は人を愛してはいない。

神に気に入られるための努力は、いっさい意味がない。

すなわち、緋冠の宰も、緋冠の館も、都市の神殿や村々の社も、入念な準備のうえにおこなわれるさまざまな儀式も、壮大な祭りも、神にとっては何ものでもない。

まったく、なんと重い真実だろう。

ハトマとふたり、〈禁断の書〉を初めて開き、恐れおののき、その内容が正しいのだと検証したあと、ふたりは長いこと話し合った。例によって、ハトマが正論を吐き、ジョスがうなずくやりとりが主だったが、まあ、話し合いだ。

結論は、「神のふるまいがどうあろうと、緋冠の館はこれまでどおりであるべきだ」。信仰は、人々の生きるよすがだ。指針で、目標で、張り合いだ。苦しみをやわらげ、絶望を薄れさせ、死への恐怖をまぎらわせる。

だから、神が意に介さないとしても、これまでどおりの信仰生活を指導していかなければならない。種々の儀式をとりおこない、祭りを開催し、神が嘉《よみ》さないと言われてきたおこないを窘《たしな》め、時には罰する。

「考えてみたら、〈禁断の書〉の内容があのようなもので、まだ良かったかもしれませんね」

この結論を確かめあった後、ハトマが平然と口にしたことを、ジョスはその時の戦慄とともに憶《おぼ》えている。

「気紛れであろうと、神がおいでになるのだから。もしも、この書の主張が神の不在――そもそも神など存在しないというものであり、どれだけ検討してもその説が正しいとしか思えなかったら、いまよりさらに受け止めがたいことだったでしょう」

神の不在。

ハトマの言う意味を頭が理解したとたん、肌が総毛立った。この男は、なんと恐ろしいことを簡単に口にするのだろう。

けれども、この鳥肌は速やかに去った。ハトマでなければ思いつかないほど恐ろしいその事態は、あくまで架空のものであり、神は確かに存在する。それだけは、緋冠の館に集まる奇跡の事例を精査してきた者として、断言できる。だから、そんな事態に怯《おび》える必要はないのだ。

「それでも」ジョスはいそいで気持ちを立て直し、副官に先を越されないうちに明言した。「結論は同じだな。たとえ神がいらっしゃらなくても、人々には祈りも祭りも必要だ。我々は、いまと同じく人々を導いていかねばならない」

「はい」とハトマは目を細めた。

その時の小さな満足感を思い出すまでが、ジョスの〈立ち返り〉だった。

ただでさえ、緋冠の宰でいるのは楽ではない。人々の期待と指示待ちの視線が、一身に集まってくるのだから。崇拝だけは紫姫と分け合っているが、できればこちらを独り占めして、前のふたつをあちらと分け合いたいものだ。

まったく、やっかいな立場だ。この地位にいるとどうしても、日々苛立《いらだ》ちを感じざるを得ない。ひとつひとつは小さなことでも、積もればけっこうな心労となる。それがもう耐えられないとなったとき、ジョスはこの小部屋にやってくるのだ。そして、もっとも見たくない真実を確認しなおし、初めて読んだときの戦慄を再体験し、何とかそこから逃れたときの気持ちまでもを思い出す。すると、胸が軽くなるのだ。どうせまた、心労はすぐに溜《た》まってしまうのだが、そのときはまた、立ち返ればいい。

「で、おまえはどんな用事で、こんなところまでやってきたのだ」

胸の軽くなったジョスは、威儀を正してハトマに問うた。

「紫姫の出立の日が決まりました」

なるほどそれは、〈緋の椅子《いす》〉にジョスが戻るのを待てなかったのも道理の知らせだ。

「いつだ」

「十日後です」

「ぎりぎりだな」

紫姫の〈神の褥《しとね》〉への旅立ちは、春夏秋冬の祭りにもまさる大事な行事だ。これには庶民が関わらないから、青袖《あおそで》たちは気楽なものだが、緋冠の館では儀式が目白押しとなる。この時期に出立があることはわかっていたから、あらかたの準備は終わっているが、それでも、正式な知らせが十日前とは、ぎりぎりだ。紫宮のスルク＝デペーは、どうしてもっと早く日程を知らせてこなかったのかと、すっきりさせたばかりの胸に、新たな苛立ちが降り積もる。

「やはりデペー様は、いまの紫姫との折り合いが良好ではないようですね」

「うむ」とうなずき、ふたりで部屋を出た。

言われてみれば、紫宮の館の長は、必要な伝達を遅らせるといった幼稚な嫌がらせをする人物ではない。あちらで日付の決まるのが、ぎりぎりになったのだろう。

頭の中に暦を浮かべて考える。

「十日後ということは、昨年と同じ日取りになるな」

「はい。通常は、一年目に〈授かり〉がなければ、何日かずらすものですが」

「ずらすものだな、通常なら」

紫姫の〈神の褥〉行きは、生涯に三度しか許されない。三回目もだめだったら、紫姫はその地位にいる資格を失い、紫宮と緋冠の館は、新しい姫様選びをおこなうことになる。すなわち、少しでも自分に近しい者をつけようとする暗闘と陰謀で、都はきな臭い場所となる。

ジョスにとって、その手の紛争は心労の種にはならないのだが、〈授かり〉を得られない事態が何度も続くと、紫姫の権威が薄れてしまう。それは、緋冠の権威の失墜につながる。

今の紫姫は〈授かり〉の御子《みこ》だが、その前は違った。その前も。だからそろそろ二、三代続けて〈授かり〉の紫姫を戴《いただ》きたいというのが、緋冠と紫宮の共通した願いだった。

紫宮は、そのための手を尽くしているはずだ。姫の衣装や寝具。食事の種類に盛り付け方。すべてにわたって、若い娘が身ごもりやすくなるものを用い、さらに薬師《くすし》が姫様のお熱とお脈を日々測って、定めの期間の中で最も適切と思われる時期を見定め、出発の日を決める。その結果、日取りは一年目とずれるのがふつうなのだ。

それが、去年とまったく同じで、しかも緋冠の館に知らせを出すのがぎりぎりになったということは、おそらくあの姫が、デペーに具申された日程を拒絶したのだ。先代はおとなしい方だったのに、当代の紫姫のあの気性は、いったいどこから来たのだろう。

「〈授かり〉がなくて困るのは、誰よりも姫様ご自身でしょうに」

ジョスの心を読んだように、ハトマがつぶやいた。

「困る」とは、かなり婉曲《えんきょく》な表現だ。三度目の褥行きでも身ごもらなかった紫姫は、鋸《のこぎり》で首と腹とを切断され、その亡骸《なきがら》は紫宮の庭で日干しにされて、千々に砕かれ、馬糞《ばふん》とともに捨てられる。その運命を免れるために、必死になってなりすぎることはないだろうに、どうして去年と同じ日にこだわったのか。

そこでジョスは、はたと気づいた。日程の知らせがぎりぎりになったのは、姫とデペーで意見が割れたから。それは間違いないだろうが、去年と同じを主張したのが姫だったとは限らない。スルク＝デペーは、その地位にしては良心的な人物だが、それでも紫宮を率いる者として、やるべきことへの躊躇《ちゅうちょ》はない。気が強くて館の長に異を唱えてばかりの紫姫が早々に代替わりする可能性を、高めようとしたのかもしれない。

これは調べてみるべきだなと、ジョスは頭に刻みこんだ。だがいまは、十日後の出発までにおこなう儀式に専念しなければ。どんな事情があるにせよ、せめてあと半日早く知らせることはできなかったのかと、ジョスの胸にまた、小さな不満が降り積もる。

14

いまなら未練なく死ねる。

そう思った。

頭のてっぺんから足の先まで、生きている喜びが満ち満ちているというのに、どうして死のことが頭に浮かんだのか不思議だが、それが何よりの実感だった。

いまこの瞬間に世界が終わっても、惜しくない。そう言い切れるほど、生を堪能《たんのう》しきっていた。満足感から静かに息を吸い込むと、ウミの放つ湿気と甘酸《あまず》っぱさが鼻の奥に広がった。

むき出しの岩に裸ですわっているのだから、尻《しり》が痛いはずなのに、少しもそれを感じない。感じるのは、ぐったりと彼にもたれかかる彼女のやわらかな重み、それだけだ。

ウミはまるで、ソナンが大きな椅子《いす》ででもあるかのように、彼の両脚のあいだにすわって彼の胸に背を預けている。少し上向いた顔をのぞきこむと、半分しか開いていない目は、何も映していないみたいに虚《うつ》ろだった。

この目の奥で、ウミは何を思っているのだろう。さっきのふたりの営みを、どう感じたのか。

そんなことを考えはじめたソナンは、魂が至福の中に静止しているような状態を抜け出しつつあったのだろう。尻に痛みを感じてきた。すると、ウミが岩の角か何かで怪我《けが》をしていないか心配になった。

すり傷ひとつつけさせないよう、気をつけたつもりだったが、途中からそれどころではなくなった。そもそも、最初は彼が脱いだ衣類の上にいたはずなのに、いまはこうして岩に直接すわっている。

「だいじょうぶか。痛くなかったか」

彼女のまぶたが太い眉《まゆ》のところまでしっかり上がり、怒ったようなまなざしが戻ってきた。同時に、顎《あご》から汗がぽつりと落ちて、甘い香りがまた匂《にお》い立った。

「つまらない質問をするな」

なつかしいせりふを聞けた嬉《うれ》しさに、彼女を包み込むように交差していたソナンの腕が、きゅっと閉まった。

これは失敗だった。ウミは乱暴に身を起こすと、ソナンをはなれて数歩移動し、怒った顔ですわりなおした。

とはいえ、去年ほどには離れていない。去年とちがって顔を彼に向けている。

「約束だから、話をする」

ぶっきらぼうに、ウミが言った。

かつて彼ばかりがしゃべりつづけたこの場所で、彼女が話をするという。内容がどんなものでも、楽しみだった。

「言っておくが、おまえの話のように退屈なものではない」

ウミがまじめな顔でそんな宣言をするから、笑ってしまった。にらまれるかと思ったが、ウミの表情に変化はない。暗い目をして、ソナンと彼の後ろの岩壁を見つめていた。

ソナンがこの場所に戻ってきたのは、これより十日ばかり前のことだった。途中で幸運に恵まれて、こんなに早く到着できた。

最初の幸運は、ワイセワに言われた金を携えて、待ち合わせ場所に向かっていたときのことだ。大通りの喧噪《けんそう》も耳に入らないほど緊張していたのに、突然、少女の声が耳を射貫《いぬ》いた。

「ほら、騙《だま》された」

ぎょっとして足が止まった。

——そうか、騙されたのか。

そうつぶやいて、笑ったウミ。

彼女が近くにいるようで、気づけばソナンは右の手で、上着の裡《うち》の金の包みを押さえていた。だが、いまのはウミの声ではなかった。もっと高くて、もっと幼い。

「私の勝ちよ」

さっきの声がふたたび聞こえた。つづいて子供らが騒ぐ声。

「そんなの、ずるい」「もう一回やろう」「今度は、ぼくが」

ソナンが立っていたのは、通りに面した家の窓のそばだった。この中で、子供が遊んでいるのだ。彼がこれからおこなう取引とは、なんの関係もないせりふだったのだ。

ソナンは歩き出そうとした。けれども、足が動かなかった。ウミとふたたび会うために最も確実な道はワイセワの提案したものだと、さんざん悩んで決めたのだが、ルセドゥのときのように騙されているのではないかとの恐れが、からだを凍りつかせていた。

しばらくそこにたたずんで、最後は直感に従った。ワイセワとの約束をすっぽかし、宿に置いていた荷物を持って、ウーヒルの村の方へと旅立った。

どうせ死ぬなら、人に騙されたためではなく、自分の踏み出した足の置き所のせいがいい。

正直に言うと、あの湿地にふたたび踏み入り、生きて抜けられるとは思っていなかった。きっと途中で命を落とす。それでも、ウミの言った「一年後」に向けて進む努力を最後まで尽くしたい。人を欺《あざむ》いて箱の中に潜むのでなく、自ら足を動かして。その一念で、村のはずれの藪《やぶ》に隠れて夜を過ごし、明るくなる直前に村境を越えて、隠れ沼だらけの荒れ地に踏み込んだ。

前回と異なり、しっかりとした靴を履いている。水も食料も刃物もある。それなのに、少しも進みやすくなっていなかった。いや、むしろ速度が落ちて、危険も増している気がした。荷物があるぶん足が沈みやすいのだ。いっそ空身《からみ》になろうかと、何度か荷物をおろしてにらみつけた。けれども岩棚に着いたとき、綱と水がなくてはどうにもならない。獣との戦いに備えて、刃物も手放せない。

だから荷物を背負って進みつづけた。慎重に、確実に、くじけずに。

体感で、道のりの半ばに達したと思えたころ、曇天となり、方角がわからなくなった。翌日も、翌々日も日は差さず、灌木《かんぼく》の枝の張りから見当をつけて進んだ結果、同じところを回っている気がしはじめた。こんなことをしていたら、約束の日に間に合わないだけではない。水と食料が尽きてもどこにも出られないことになってしまう。

俺はやはりウミに会えないままここで死ぬのかと、星影の見えない夜に覚悟した。少なくとも、〈永遠に安らげる場所〉でマルゴに会ったとき、語って聞かせられるほどにはパロロイを知った。それでもう、いいじゃないかと。

翌朝も厚い雲が居すわって、日差しは貧弱なものだった。けれどもそれが二つ目の幸運につながった。

奥歯を嚙《か》んで弱気の虫を押しつぶし、少しでも可能性のある方に向かおうと、あたりをぐるりと見渡したときのことだ。真正面から風が吹いてきて、思わず目を閉じ、また開いたとき、目の前に銀の光の道があった。

驚いて瞬《まばた》きすると、消えてしまった。ついに幻を見るようになったのか。いいやと首を左右に振って、杖《つえ》で確かめながら二歩前に出た。

幻ではない。確かに見た。ただし、道は地面より高いところにふわりと浮き上がっていた。だから幻めいていたのだ。

ソナンは大きく目を開いて、道があったあたりをしっかりと見た。いくつか並んだ灌木の上部をつなげると、あの道になりそうだ。

湿地にある植物のほとんどは名前を知らないものだったが、さんざん歩き回るなかで、多くは馴染《なじ》みになっていた。この低木の枝は折れやすいから、つかんではだめだ。黄色い花の咲くこの茂みの葉は、わずかに触れても手を切るから危険だ。木肌が斑《まだら》なあの植物は、かぶれる。

そして、道の幻が現れた所に生えているのは、地面近くから細い枝がたくさん張り出して、みっしりと葉を茂らせる灌木だった。この荒れ地のどこにでもあり、無害だが、下の地面が見えにくいので、あまり近づかないようにしてきた。

そんな木が、ここにはやけにたくさんある。しかも、奥や手前にあるものを無視して、右から左に目をやると、飛び飛びながら、一列に並んでいるようだ。

正面の株に近づいて、杖の先で葉叢《はむら》をつついた。密集して並んでいる葉がさわわと揺れて、何枚かが裏返り、灰色の斑《まだら》模様をつくった。

気をつけながらもう一歩近づき、灌木に向けた杖で一枚の葉っぱをひっくり返してよく見ると、ぎっしりと和毛《にこげ》が生えていた。そのせいで灰色に見えたのだが、この毛は、光を浴びたら銀色に光りそうだ。きっと、あのとき吹いた向かい風がたくさんの葉を裏返して、つかの間、幻の道が浮かんだのだ。

喉《のど》が詰まるような思いを味わいながら、目の前の葉叢を杖でぐっと押し倒した。根元に石がいくつもあるのが見えた。しゃがみこみ、杖と腕とで下のほうの枝をかき分けると、石は平たいものばかりで、まるで敷石のようだった。

大きめの石をしっかりと杖で押して確認してから、枝を押し広げたままその上に立った。ひと株にみえた茂みは、人の肩幅くらいの間隔で並ぶ二つの株がくっつきあったものだとわかった。二つの葉叢を左右に倒すと、間に石畳の空間ができる。

その先の株も、やはり二つがくっついており、腕と杖とで押し広げると、同じような敷石が現れた。その次の株までには数歩ぶんの間があり、そこには短い草が生えているが、沼はない。

そのようにして、草の空き地を挟みつつ、葉裏に和毛をもつ灌木の列は、ずっと先まで続いていた。

これは、道だ。たとえば、横枠のついた木の板を敷き換えながら進めば、大勢で危険なくこの荒れ地を抜けられる。ワイセワの情報で、あの塔がこの国の大事な行事に使われているとわかったとき、ならば道があるはずだと考えた、その道をついに見つけたのだ。

そう認識してからあたりをぐるりと見渡しても、灌木は道の部分以外にも点在するので、敷石を隠している連なりを見いだすことは難しかった。あのとき吹いてきた風の向きと強さ、光の加減、そして何よりソナンがその瞬間に適切なほうをながめていたことがそろって初めて、道の発見という幸運に至ったのだ。

それ以降、進むのがぐんと楽になった。石畳が途切れる草地では、これまでのように一歩一歩を確かめながら進んだが、王都で老人が杖を片手に歩くくらいの速さで行けた。

一方で、これまでになかった苦労も生じていた。灌木を押し広げるとき、小枝一本傷《いた》めないようにすることだ。ここがこの国の王族が使う道であるのなら、本来の利用者でないソナンが痕跡《こんせき》を残すわけにはいかない。

そこに時間をとられはしたが、迷うおそれと沼に沈む心配がなくなったことは大きくて、約束の日まで十日以上を残して、目指す場所に到着できた。

塔は相変わらず無人に見えたが近づくことはせず、こぶを作って手や足をかけられるようにした綱を崖際《がけぎわ》の太い木に結んで垂らして岩棚に下りた。綱は結びっぱなしにしてあるが、木の周りと地上の部分は草や土をかけて隠しておいた。垂らしてある場所は、一年前にのぼった角のあたりだから、人に見つかるおそれはないはずだ。

あとは、待つだけの日々。

不思議なことに、十日の間、一度も不安にならなかった。

ウミは本当に来るのだろうか。

ワイセワから塔に関心を持つ海人がいると聞いた青袖《あおそで》たちが、このあたりを捜索してはいないだろうか。

綱が切れて、ここから出られなくなってしまわないか。

心配すべき事柄を指折り数えてみたけれど、どれも他所《よそ》の世界の話みたいで、まるで心に響かない。

あらためてワイセワとの取り引きについて思い返して、やはりあれは罠《わな》だったにちがいない、悪くすると役人に突き出され、良くても金をとられて逃げられていたとの結論を得ても、ワイセワを恨む気持ちは起こらなかった。

窓からこぼれた少女の声で我に返らなかったら、騙されていただろう自分のことを考えても、苦い思いは湧《わ》き上がらなかった。

ソナンはここに着いたのだから。二つの幸運に恵まれて、見事にたどりついたのだから。

閑《しず》かな十日間だった。杖に刃物を取り付け銛《もり》にして、小さな岩棚で跳ねる魚を捕った。水と干し魚と飯竹団子をちびりちびりと口にした。あとは岩陰にすわって海を眺めて昼を過ごし、岩の上に横たわって夜を過ごす。綱を使って上に行けば柔らかい地面の上で寝られたが、いまさら危険な真似《まね》はしたくなかったし、何より一年前と似た状況に浸っていたかった。

あいかわらず、ここには海と岩しかなかった。

ほかにあるのは、潮の香り。

日の出、日の入り。

波の音。

月と星と、肌を焼く陽光。

影の長さからみてあと二日くらいだろうと考えていた日に、彼女は来た。かつてのウミがこの岩棚にやってきていた時間はとうに過ぎていたので、ソナンは穴の出口に目をやることなく、ただぼんやりと前方の海の景色をながめていた。波音に耳をかたむけながら、これといったきっかけもなく視線をふっと右にやったら、海藻に包まれた異形の姿がこちらに進みつつあった。ソナンが反射的に立ち上がったきり、動けず何も言えずにいるうちに、目の前まで来て口をきいた。

「では、お前と子をなす」

中央世界の言葉だったが、一年前より自然な発音だった。もはや、ほかの意味に解釈する余地はない。

「待ってくれ」と、ソナンはこの国の言葉で返した。詳しい事情を聞きたかったし、まずは再会の挨拶《あいさつ》がしたかった。

だがウミは、一年経《た》っても短気だった。「服を脱げ」の一声で、ソナンの言葉をなぎ払い、みずからも乱暴な手つきで海藻をからだから落としていく。

落としおえて生まれたままの姿になったウミは、ソナンが服を着たまま立ちすくんでいるのに気がつくと、目を尖《とが》らせた。

「おまえは、女を身ごもらせる方法を知らないのか」

早くもこの国の言葉に切り替えていた。

「知っている。知ってはいるが」

混乱している頭の中身をどう表現していいかわからなくて、無言でウミの瞳《ひとみ》をじっと見た。

「何だ。何が言いたい」

その目はじれったさに燃え出しそうだった。

「知ってはいるが、それは、こんなふうに始めるものではない」

ウミの顔にとまどいが浮かんだ。そんな彼女を見るのは初めてだったから、ソナンはたちまち後悔した。さっさと服を脱いで抱きしめればよかった。

「では、どう始めるのだ」

あいかわらず鋭い口調だが、表情におぼつかなさが漂っていた。

「まずは、名前も知らないままおこなうことではないから、名前を教えてほしい。それから、互いの気持ちをきちんと述べあい、それから」

しゃべるほどに、本当にそんなことが必要なのか自信がなくなる。互いの気持ちなど、「オマエトコーナス」の宣言の後、一年を経て両者がここに戻ってきたのだ。いまさら何を言うことがある。

「それは、長くかかるのか」

「時間がないなら、名前と気持ちはあとでもいい。だけど、事情だけは話してほしい。どうして、そんなにあせって子供をつくらなければならないのか」

ウミの二つの眼《まなこ》がそろって右上に動いた。三つ数えるくらいのあいだそこにとどまってから、正面に戻ってきた。

「事情は、後で話す。まず先に、子をなす交わりを」

ソナンには、それ以上じっとしていることができなかった。

それから、強すぎる光の中で何も見えないみたいな時が過ぎた。彼女に痛い思いをさせないようにという意識だけが細い糸のようにつながっているほかは、ほとんど何も考えられなかった。

終わって、虚脱を抜け出すと、ウミはいつものウミだった。

「約束だから、話をする」

声の硬さも、少し怒っているような表情も、一年前の、互いにふれあったこともなかったころと同じだった。ちがうのは、語るのが彼女で聞くのがソナンになったこと。それから、二人の間の距離と向き。あとは波の音まで一年前のままだった。

ウミはまず、自分は紫姫だと告白した。驚いたが、どこかで予感もしていた。塔は、紫姫の重要な行事のための場所だ。そして、管理人や使用人にしては、ウミの態度は尊大にすぎた。化け物じみた姿とか、全裸で平然としているところも、常人ではないと感じさせた。

紫姫とはこの国の王であり、祭司の長だ。それほど高位の人物と関わりをもったなどと考えることは難しくて、意識の外に追いやっていたが、聞けばすとんと腑《ふ》に落ちた。

次いでウミは、急いで子をなさなければならない事情を語った。

紫姫は、初潮が来た次の年から三年以内に娘を産む義務があるのだという。そのために、真夏の十日を白い塔で過ごす。正確には、塔の下にある岩穴のような場所で。

そこには、真っ白な絹で作られた褥《しとね》と呼ばれる寝床があるほかは、いまソナンらがいる岩棚と同じく、何もない。

紫姫は、一糸まとわぬ姿でそこに放置される。そして十日間、ひたすら待つ。すると、神が訪れるのだといわれている。神は姫とまぐわい、子種を残し、紫姫は次代の姫を産む。この国は、神の御子《みこ》を頂点に、安定した繁栄を享受《きょうじゅ》する――。

そこまで聞いてソナンは青ざめた。それでは彼は、神の花嫁を横取りしたのか。この世でもっとも神聖なものを、おのれの欲望から汚《けが》してしまったのか。

「心配するな。実際には、神がここに来ることはない。紫姫を、人の出入りがまったくできない場所に閉じ込める。都に戻ってしばらくして、妊娠が判明する。紫姫は常に警護されていて、男が近づく隙《すき》はない。身ごもったのは褥にいたときに違いないが、そこに生身の人間は出入りできない。これだけの理由から人々は、お腹《なか》の子の父親は神だと信じている」

頭が混乱した。

「つまり、それは、どういうことだ」

「私にもわからなかった。けれども、褥にすわって確信した。神がここに来ることはないと。だから、外に出る方法をさがした。正面は荒波が猛《たけ》る海。周りは岩。塔に戻る道は、鉄の格子《こうし》で閉ざされている。一日に一度、侍女が格子の向こうにやってきて、水と食べ物を渡しがてら、紫姫がそこにいるか、褥の絹を破って縄など作っていないか確認する」

つまり、幽閉されているということだ。神以外との接触が、まちがっても起こらないように。

そんなふうに警戒されながら十日間も一人で裸で過ごすのは、どれほど心細いことだろう。

「さがしまわって、岩の隙間を見つけた。すぐに行き止まるかと思ったが、複雑に折れ曲がりながら、奥に進めた。私のからだでぎりぎりの幅だから、かつて岩場をあためた者らがいても、人の通れる幅ではないと判断したのだろう。あまりにもぎりぎりなので、無理に進めば肌に傷がつきそうだった。それでは、この試みがばれてしまう。私は海藻を採り、濡《ぬ》らしてからだに巻きつけた」

「大変だったのではないか。私は、そこの小さな岩棚に打ち上げられた魚を捕るのに、命がけだった」

ふんとウミは鼻を鳴らした。

「もともとすべてが命がけだ。褥行きは、三回までと決まっている。その間に娘を授からなかった紫姫は、惨殺される」

「ザンサツ」

「むごたらしく殺されるということだ」

ウミは、他人事《ひとごと》のように、言葉の意味を説明した。

「褥で待っていても、神は来ない。だから、人間の男をさがすために、岩場を抜け出す方法を求めた。隙間を見つけて、海藻に身を包んで抜け出たら、おまえがいた」

ソナンの尻の下が、まるで船に乗っているときのように揺れていた。ウミの説明は、それほどソナンを混乱させた。理解できないことがある。訊《き》いておくべきことがある。それなのに頭の中がぐちゃぐちゃで、何を訊いたらいいかわからない。

ウミが立ち上がった。反射的に遠くの海に目をやると、波頭に金の輝きが見えた。海際で海藻を濡らすウミを手伝いながら、訊《たず》ねた。

「明日も来るか」

「来る。あと九日、欠かさず来る。今年は確実に身ごもりたい」

そして、出口に向かって歩き出した。

「待ってくれ。もしも、ここにいたのが私ではない、違う男だったとしても」

「くだらない質問をするな」

叱責《しっせき》してから、ウミは振り返った。

「太陽が西に傾きすぎると、帰れなくなる。岩の通路は狭く、複雑で、ちょうどいい角度で向こうから日が差しているときでないとだめなのだ」

それでソナンは、火急に知りたかった質問を控えた。一年前には教えてもらえなかった、波頭が金色を帯びたらたちまち帰ろうとする理由を聞けたのだ。今日はそれでじゅうぶんだ。

翌朝、ウミは約束どおりにやってきた。

「おはようございます。昨夜はよく眠れましたか」ソナンはにこやかに語りかけた。この国では、きちんとした挨拶が重視されている。それが正しくできるところをみせようと、昨夜は練習までしたのだ。「私はぐっすり眠れま……」

「黙れ」

ウミは不機嫌な顔でさえぎった。「みなさんのおかげ」の部分を、「あなたのおかげ」に替えて、一年間で学んだ成果を示すつもりだったのに、そうした下心を見透かされてしまったのか。

「そんな悠長な挨拶をするのは、庶民だけだ」

「ショミン、とは」

「下々の者。地位のない者。市井《しせい》の民だ」

「私は、ショミンだ」

ウミはつかの間、考え込む顔になったが、口をきゅっと結ぶと、左肩の海藻をはぎとった。

「話はあとだ。まずは、子をなす営みだ」

話をしていい時になると、ソナンは知りたいことをウミに訊ねていった。この岩棚にいたのが別の男でも同じことをしたのかという、前日に口にしかけた問いは封印した。そんな質問は無意味だと悟るのに、一晩は長すぎるほどの時間だった。

だから、頭をよくよく整理して残った、もっとも大きな謎《なぞ》から始めた。

「一年前に、どうしてこれを始めなかった」

「これ、とは」

ソナンの足のあいだにすわってぐったりとしていたウミが、気怠《けだる》げに顔をあげて問い返した。

「子をなすための営み。褥に来るのは、三回だけなのだろう。その一回を無駄にしたことにはならないか」

長いこと、ウミは目を閉じ黙っていた。ソナンも答えをせかさなかった。一年前に、ウミがいつまでも待っていてくれたように。

「フンギリガツカナカッタ」

そのパロロイ語が、すぐには理解できなかった。かつて誰かに聞いた言葉だと、記憶を探り、港町の大部屋での会話を思い起こして、ああ、そういう意味かとわかったが、それは、三回しかない貴重な機会の一回を手放した理由になるだろうか。

けれども、ウミの顔を見ていたら、それ以上この謎を追究する気になれなかった。それに、ほかにも大事な質問がある。

「ぶじ懐妊できたとしても、女の子が生まれるとはかぎらない。もしも男児が生まれたら、どうなるのだ」

「子供はどこかに持ち去られる。殺されるのか、紫姫の子とわからないようにして、よそで育てられるのか、私は知らない。紫姫は、残りの回数、褥に行くことができる。つまり男児の出産は、懐妊しなかったのと同じ扱いとなる」

「では」ソナンの視線は、ウミの下腹に向かった。「もしも、あなたが私の子を宿し、その子がもしも、男の子だったら」

殺されるかもしれないのかという恐ろしすぎる念押しは、口に出すことができなかった。

「二度も聞くな。男児が生まれたら、子を産まなかったのと同じ結果となり、私は来年もここに来る」

「〈同じ結果〉ではないだろう。私たちの子が殺されるのだ」怒りのようなものに駆られて、さっき口にできなかった言葉がするりと出た。「それを防ぐ手立てはないのか」

「ない」

ウミの表情に、我が子を殺されるかもしれないことへの恐怖や痛みは見出《みいだ》せなかった。本人の命がかかっているのだから、しかたがないのかもしれないが。

「ほんとうに、何もないのか。子供に女の子のふりをさせるとか」

「無理だ」

「では、これから二人で逃げるのは？」

ソナンは、岩壁の角に垂らしてある綱を指さした。

「無理だ」

眉ひとつ動かさずにウミは断言した。

考えてみたら、そうだろう。これは国の重大事だ。ごまかしや逃亡が可能なわけがない。

「どうしても何かしたいというのならば、祈れ。私が身ごもり、その子が女児でありますようにと」

神の花嫁をかすめ取っておきながら、神に願い事などしていいのだろうか。

「ほかに訊くことがないなら、もう一回、まぐわいをもとう」

混乱し、さまざまな恐怖にさいなまれたまま、誘いに応じた。今年身ごもらなければ、ウミに残された機会は来年の一回だけになる。来年また、彼がここに来られるとは限らない。その切迫感に背中を押され、恐怖が神経を逆なでし、そのせいで子をなす営みに支障が出るかと思ったが、むしろ昂《たか》ぶりが激しくなった。


それからの九日間は、岩に打ちつける波のような日々だった。

同じ調子で繰り返し、激しさと静けさを併せ持つ。

海と岩だけの世界で、一年前とちがったのは、ソナンが命の瀬戸際に追い詰められてはいないこと。

けれどもウミが、惨殺から逃れる命がけの闘いのさなかにあると知ったこと。

ソナンの質問に、ウミが少しは答えてくれること。

手の届かない場所にはなれてすわるだけではないこと。

そして何より、この日々がいつ終わるのか、ソナンが正確に知っていたこと。

それ以外は何も変わらず、ふたりで黙りこんでいるときなど、一年前に戻った気がすることさえあった。

ウミが、この国の王と等しい人物と知ったのに、ほかにも恐ろしい話を山ほど聞いたのに、彼女といると、心がこんなに穏やかになる。

恐ろしい話のひとつに、歴代の紫姫のことがあった。

いろいろ訊ねているうちにウミが教えてくれたのだが、誰も出入りできない場所に幽閉されて身ごもらなければ殺されるという試練に対して、これまでの紫姫がどうしたか、手記が残されていたのだそうだ。

ウミは、紫姫の住居である〈紫宮〉という場所で、紫姫しか入れない部屋を徹底的に捜索した。そして、隠し扉の中にある手記を見つけたのだ。

それによると、歴代の紫姫はみなそれぞれに工夫して、褥を抜け出し、人間の男と出会って、子をなした。あるいは、子をなすことに失敗して、殺された。すなわち、誰のもとにも神は現れなかったのだ。

ソナンは、ウーヒルの村の落ち着いた暮らしや、港町の、騒々しさの中にも秩序や豊かさが見てとれた様を思い起こして、背筋が凍えた。その根っこに、これほど不敬な欺瞞《ぎまん》があるとは、なんと重くて罪深い秘密だろう。

けれども、尻の下の岩がゆらゆらするような混乱には見舞われずにすんだ。驚きの連続に、少しは慣れてきたのかもしれない。

手記には、褥を抜け出す方法も書かれていた。やはりみな、ウミの見つけた隙間を通って、こちらの岩棚に来ていた。うまく通り抜けるには、かすかな明かりを頼りにしなければならないから、太陽が東の空にあるあいだに出て行き、西に傾きすぎないうちに帰ることという注意も記されていた。

歴代の紫姫で身ごもるのに成功した者らは、岩の隙間を抜け、その途中に隠してある、ソナンが獣の掌と呼んでいた道具で岩壁をのぼり、ある者は塔の衛兵とまぐわった。別の者は青袖の館近くまで行って、松明《たいまつ》守りを誘惑した。紫姫だとばれたなら、畏《おそ》れおおくてそんな行為に持ち込むことはできなかっただろうが、裸の娘がいきなり現れたら、わけのわからないまま応じてしまうというのも、わからないではない。

行為の後で、素性を明かして脅迫する。このことをばらされたくなかったら、あと何日か、この営みを続けること。

青袖の館近くまで何日も通うのは、超人的な力が必要だったろう。だが、おのれの命がかかっているのだ。何人かの紫姫はやりとげた。それでぶじに女児を身ごもった姫もいれば、懐妊しなかったり、男児を産んだ姫もいた。何人かの姫は、おそらく途中で岩壁から落ちたり、沼地に沈んで死んだのだろう。神に嫌われ、海に落とされたのだとみなされて、代替わりとなった。

「あなたの母君は、成功したわけだな」

ソナンが言うと、ウミは鼻にしわを寄せて、ふんと笑った。

「人間の男に会えた紫姫の半分は、口封じのため、最後の逢瀬《おうせ》で男を殺した。残りの半分は、こんな重大な罪を口外することはないと考え、よくよく脅して放免した。私はどうするべきだろう」

そんなことを訊かれても、ソナンには返答のしようがない。おまえにならば、殺されても本望だとでも言えばいいのだろうか。

しかし別の日、こんなことを言われた。

「おまえがここにいたことで、私はどの紫姫より楽ができた」

ウミの横顔にはあいかわらず、何の表情も浮かんでいなかったが、これは感謝の言葉だろうか。

そして、最後の日となった。

ソナンの視線は、彼女の下腹に向かった。

「ぶじ、懐妊できただろうか」

「もう少し時がたたなければわからない」

あいかわらず、他人事みたいにウミは言う。

「身ごもったとしても、男の子だったら……」

「私は、できることをやりきった」

ウミの目はひどくさめていた。

守りたいと思った。けれども、その方法がわからない。

ウミがソナンに顔を向けた。

「おまえには、陰がない」

まだそんなことを言っているのかと、ソナンは驚いた。

「説明したように、陰はある。私は人だ」

「人であることは、もうわかった。だから、来年」ウミはそこで少し言葉をとぎらせ、言い直した。「もしも私が女児を出産しなかったら、一年後にまた、ここに来い」

その一年後は、彼女の最後の機会となる。

「私でいいのか」

「つまらないことを訊くな」

「あなたが女の子を産んだかどうかは、どうやったらわかる」

「この国にいれば、必ずわかる」

紫姫が次代の姫を出産したら、国の慶事だ。人々に広く知らされ、祝いの行事などがあるのだろう。

「あなたが女の子を産むよう、祈っている。しかし、その場合、私はあなたにもう会えないのか」

つまらないことを訊くなと言われるのを覚悟していたが、ウミは半分目を閉じ、怒ったような口調で言った。

「おまえは私に、また会いたいのか」

「もちろんだ」

「だったら、海人らしさを何とかしろ」

そう言うとウミは、ソナンがとるべき行動を述べはじめた。海人らしさを何とかすることとどうつながるのかわからない、短く具体的な指示の連なりだった。まず、あそこに行き、こんな仕事に就け。とるべき道は……。

ソナンが覚えるのに必死になっていると、ウミが口を閉ざして、沖のほうに目をやった。ソナンも遠い波頭を見た。

別れの時が近づいていた。

「春には、私が女児を産んだかどうかがわかる。産んでいなかったら、いまから一年後にここに来い。産んでいたら」

またいくつかの指示が続いた。

「紫宮とハグクミノミヤの間に、花籠亭《はなかご》という宿がある。夏の祭りの二十日前に、その宿に行き、亭主におまえの名を告げろ」

それが最後の言葉だった。ウミは海藻に身を包みなおすと、さよならも言わずに岩の隙間に姿を消した。

この翌年、紫姫は女の子を出産した。国は喜びに包まれた。

（下巻につづく）

J・アーチャー
永井 淳訳

ケインとアベル（上・下）

私生児のホテル王と名門出の大銀行家。典型的なふたりのアメリカ人の、皮肉な出会いと成功とを通して描く〈小説アメリカ現代史〉。

J・アーヴィング
筒井正明訳

ガープの世界（上・下）
全米図書賞受賞

巧みなストーリーテリングで、暴力と死に満ちた世界をコミカルに描く、現代アメリカ文学の旗手J・アーヴィングの自伝的長編。

イプセン
矢崎源九郎訳

人形の家

私は今まで夫の人形にすぎなかった！　独立した人間としての生き方を求めて家を捨てたノラの姿が、多くの女性の感動を呼ぶ名作。

ヴェルヌ
波多野完治訳

十五少年漂流記

嵐にもまれて見知らぬ岸辺に漂着した十五人の少年たち。生きるためにあらゆる知恵と勇気と好奇心を発揮する冒険の日々が始まった。

L・M・オルコット
小山太一訳

若草物語

わたしたちはわたしたちらしく生きたい——。メグ、ジョー、ベス、エイミーの四姉妹の愛と絆を描いた永遠の名作。新訳決定版。

J・オースティン
小山太一訳

自負と偏見

恋心か打算か。幸福な結婚とは何か。十八世紀イギリスを舞台に、永遠のテーマを突き詰めた、息をのむほど愉快な名作、待望の新訳。

O・ヘンリー
小川高義訳

賢者の贈りもの
―O・ヘンリー傑作選I―

クリスマスが近いというのに、互いに贈りものを買う余裕のない若い夫婦。それぞれが一大決心をするが……。新訳で甦る傑作短篇集。

P・オースター
柴田元幸訳

幻影の書

妻と子を喪った男の元に届いた死者からの手紙。伝説の映画監督が生きている？　その探索行の果てとは――。著者の新たなる代表作。

カフカ
高橋義孝訳

変身

朝、目をさますと巨大な毒虫に変っている自分を発見した男――第一次大戦後のドイツの精神的危機、新しきものの待望を託した傑作。

カミュ
宮崎嶺雄訳

ペスト

ペストに襲われ孤立した町の中で悪疫と戦う市民たちの姿を描いて、あらゆる人生の悪に立ち向うための連帯感の確立を追う代表作。

カポーティ
佐々田雅子訳

冷血

カンザスの片田舎で起きた一家四人惨殺事件。事件発生から犯人の処刑までを綿密に再現した衝撃のノンフィクション・ノヴェル！

R・カーソン
上遠恵子訳

センス・オブ・ワンダー

地球の声に耳を澄まそう――。永遠の子どもたちに贈る名著。福岡伸一、若松英輔、大隅典子、角野栄子各氏の解説を収録した決定版。

ゲーテ
高橋義孝訳

若きウェルテルの悩み

ゲーテ自身の絶望的な恋の体験を作品化した書簡体小説。許婚者のいる女性ロッテを恋したウェルテルの苦悩と煩悶を描く古典的名作。

テリー・ケイ
兼武　進訳

白い犬とワルツを

誠実に生きる老人を通して真実の愛の姿を美しく爽やかに描き、痛いほどの感動を与える大人の童話。あなたは白い犬が見えますか？

E・ケストナー
池内　紀訳

飛ぶ教室

元気いっぱいの少年たちが学び暮らすギムナジウムにも、クリスマス・シーズンがやってきた。その成長を温かな眼差しで描く傑作小説。

ゴールズワージー
法村里絵訳

林檎の樹

ロンドンの学生アシャーストは、旅行中出会った農場の美少女に心を奪われる。恋の陶酔と青春の残酷さを描くラブストーリーの古典。

サン＝テグジュペリ
堀口大學訳

夜間飛行

絶えざる死の危険に満ちた夜間の郵便飛行。全力を賭して業務遂行に努力する人々を通じて、生命の尊厳と勇敢な行動を描いた異色作。

サガン
河野万里子訳

悲しみよ　こんにちは

父とその愛人とのヴァカンス。新たな恋の予感。だが、17歳のセシルは悲劇への扉を開いてしまう――。少女小説の聖典、新訳成る。

中村能三訳
サキ短編集
ユーモアとウィットの味がする糖衣の内に不気味なブラックユーモアをたたえるサキの独創的な作品群。「開いた窓」など代表作21編。

サルトル
伊吹武彦他訳
水いらず
性の問題を不気味なものとして描いて実存主義文学の出発点に位置する表題作、限界状況における人間を捉えた「壁」など5編を収録。

サリンジャー
野崎　孝訳
ナイン・ストーリーズ
はかない理想と暴虐な現実との間にはさまれて、抜き差しならなくなった人々の姿を描き、鋭い感覚と豊かなイメージで造る九つの物語。

ジッド
山内義雄訳
狭き門
地上の恋を捨て天上の愛に生きるアリサ。死後、残された日記には、従弟ジェロームへの想いと神の道への苦悩が記されていた……。

ジョイス
柳瀬尚紀訳
ダブリナーズ
20世紀を代表する作家がダブリンに住む人々を描いた15編。『フィネガンズ・ウェイク』の訳者による画期的新訳。『ダブリン市民』改題。

H・ジェイムズ
小川高義訳
デイジー・ミラー
わたし、いろんな人とお付き合いしてます――。自由奔放な美女に惹かれる慎み深い青年の恋。ジェイムズ畢生の名作が待望の新訳。

B・シュリンク
松永美穂訳

朗読者

毎日出版文化賞特別賞受賞

15歳の僕と36歳のハンナ。人知れず始まった愛には、終わったはずの戦争が影を落としていた。世界中を感動させた大ベストセラー。

M・シェリー
芹澤　恵訳

フランケンシュタイン

若き科学者フランケンシュタインが創造した、人間の心を持つ醜い〝怪物〟。孤独に苦しみ、復讐を誓って科学者を追いかけてくるが――。

H・A・ジェイコブズ
堀越ゆき訳

ある奴隷少女に起こった出来事

絶対に屈しない。自由を勝ち取るまでは――残酷な運命に立ち向かった少女の魂の記録。人間の残虐性と不屈の勇気を描く奇跡の実話。

スティーヴンソン
田口俊樹訳

ジキルとハイド

高名な紳士ジキルと醜悪な小男ハイド。人間の心に潜む善と悪の葛藤を描き、二重人格の代名詞として今なお名高い怪奇小説の傑作。

スタンダール
大岡昇平訳

パルムの僧院（上・下）

〝幸福の追求〟に生命を賭ける情熱的な青年貴族ファブリスが、愛する人の死によって僧院に入るまでの波瀾万丈の半生を描いた傑作。

スウィフト
中野好夫訳

ガリヴァ旅行記

船員ガリヴァの漂流記に仮託して、当時のイギリス社会の事件や風俗を批判しながら、人間性一般への痛烈な諷刺を展開させた傑作。

C・ドイル
延原 謙訳
シャーロック・ホームズの冒険

ロンドンにまき起る奇怪な事件を追う名探偵シャーロック・ホームズの推理が冴える第一短編集。「赤髪組合」「唇の捩れた男」等、10編。

マーク・トウェイン
柴田元幸訳
トム・ソーヤーの冒険

海賊ごっこに幽霊屋敷探検、毎日が冒険のトムはある夜墓場で殺人事件を目撃してしまい――少年文学の永遠の名作を名翻訳家が新訳。

ナボコフ
若島 正訳
ロリータ

中年男の少女への倒錯した恋を描く誤解多き問題作にして世界文学の最高傑作が、滑稽でありながら哀切な新訳で登場。詳細な注釈付。

J・ノックス
池田真紀子訳
堕落刑事
―マンチェスター市警
エイダン・ウェイツ―

ドラッグで停職になった刑事が麻薬組織に潜入捜査。悲劇の連鎖の果てに炙りだした悪の正体とは……大型新人衝撃のデビュー作！

バルザック
石井晴一訳
谷間の百合

充たされない結婚生活を送るモルソフ伯爵夫人の心に忍びこむ純真な青年フェリックスの存在。彼女は凄じい内心の葛藤に悩むが……。

J・M・バリー
大久保 寛訳
ピーター・パンの冒険

ロンドンのケンジントン公園で、半分が鳥、半分が人間の赤ん坊のピーターと子供たちが繰り広げるロマンティックで幻想的な物語。

P・バック
新居格訳
中野好夫補訳

大地（一〜四）

十九世紀から二十世紀にかけて、古い中国が新しい国家へ生れ変ろうとする激動の時代に、大地に生きた王家三代にわたる人々の年代記。

T・ハリス
高見浩訳

羊たちの沈黙（上・下）

FBI訓練生クラリスは、連続女性誘拐殺人犯を特定すべく稀代の連続殺人犯レクター博士に助言を請う。歴史に輝く〝悪の金字塔〟。

バーネット
畔柳和代訳

小公女

最愛の父親が亡くなり、裕福な暮らしから一転、召使いとしてこき使われる身となった少女。永遠の名作を、いきいきとした新訳で。

J・ヒルトン
白石朗訳

チップス先生、さようなら

自身の生涯を振り返る老教師。生徒の愉快な笑い声、大戦の緊迫、美しく聡明な妻。英国パブリック・スクールの生活を描いた名作。

アベ・プレヴォー
青柳瑞穂訳

マノン・レスコー

自分を愛した男にはさまざまな罪を重ねさせ、自らは不貞と浪費の限りを尽してもなお、汚れを知らない少女のように可憐な娼婦マノン。

フローベール
芳川泰久訳

ボヴァリー夫人

恋に恋する美しい人妻エンマ。退屈な夫の目を盗み重ねた情事の行末は？　村の不倫話を芸術に変えた仏文学の金字塔、待望の新訳！

新潮文庫の新刊

原田ひ香著
財布は踊る
人知れず毎月二万円を貯金して、小さな夢を叶えた専業主婦のみづほだが、夫の多額の借金が発覚し——。お金と向き合う超実践小説。

沢木耕太郎著
キャラヴァンは進む
—銀河を渡るI—
ニューヨークの地下鉄で、モロッコのマラケシュで、香港の喧騒で……。旅をして、出会い、綴った25年の軌跡を辿るエッセイ集。

信友直子著
ぼけますから、よろしくお願いします。おかえりお母さん
脳梗塞を発症し入院を余儀なくされた認知症の母。「うちへ帰ってお父さんとまた暮らしたい」一念で闘病を続けたが……感動の記録。

角田光代著
晴れの日散歩
丁寧な暮らしじゃなくてもいい！　さぼった日も、やる気が出なかった日も、全部丸ごと受け止めてくれる大人気エッセイ、第四弾！

沢村　凜著
紫姫の国（上・下）
船旅に出たソナンは、絶壁の岩棚に投げ出される。そこへひとりの少女が現れ……。絶体絶命の二人の運命が交わる傑作ファンタジー。

太田紫織著
黒雪姫と七人の怪物
—最愛の人を殺されたので黒衣の悪女になって復讐を誓います—
最愛の人を奪われたアナベルは訳アリの従者たちと共に復讐を開始する！　ヴィクトリアン調異世界でのサスペンスミステリー開幕。

新潮文庫の新刊

永井荷風著
つゆのあとさき・カッフェー一夕話
天性のあざとさを持つ君江と悩殺されては翻弄される男たち……。にわかにもつれ始めた男女の関係は、思わぬ展開を見せていく。

村山治著
工藤會事件
北九州市を「修羅の街」にした指定暴力団・工藤會。警察・検察がタッグを組んだトップ逮捕までの全貌を描くノンフィクション。

C・フォーブス
村上和久訳
戦車兵の栄光
―マチルダ単騎行―
ドイツの電撃戦の最中、友軍から取り残されたバーンズと一輛の戦車。彼らは虎口から脱することが出来るのか。これぞ王道冒険小説。

C・S・ルイス
小澤身和子訳
ナルニア国物語2
カスピアン王子と魔法の角笛
角笛に導かれ、ふたたびナルニアの地を踏んだルーシーたち。失われたアスランの魔法を取り戻すため、新たな仲間との旅が始まる。

黒川博行著
熔果
五億円相当の金塊が強奪された。堀内・伊達の元刑事コンビはその行方を追う。脅す、騙す、殴る、蹴る。痛快クライム・サスペンス。

筒井ともみ著
もういちど、あなたと食べたい
名脚本家が出会った数多くの俳優や監督たち。彼らとの忘れられない食事を、余情あふれる名文で振り返る美味しくも儚いエッセイ集。

紫《むらさき》姫《ひめ》の国《くに》(上)

新潮文庫　さ-93-5

令和七年一月一日発行

著者　沢《さわ》村《むら》凜《りん》
発行者　佐藤隆信
発行所　株式会社新潮社
郵便番号　一六二―八七一一
東京都新宿区矢来町七一
電話　編集部(〇三)三二六六―五四四〇
読者係(〇三)三二六六―五一一一
https://www.shinchosha.co.jp

価格はカバーに表示してあります。

乱丁・落丁本は、ご面倒ですが小社読者係宛ご送付ください。送料小社負担にてお取替えいたします。

印刷・株式会社光邦　製本・加藤製本株式会社

ISBN978-4-10-102335-9 C0193